अनबीता व्यतीत

(उपन्यास)

अनबीता व्यतीत

कमलेश्वर

लोकभारती प्रकाशन

लोकभारती प्रकाशन
पहली मंजिल, दरबारी बिल्डिंग, महात्मा गांधी मार्ग
प्रयागराज-211 001
वेबसाइट : www.lokbhartiprakashan.com
ईमेल : info@lokbhartiprakashan.com
शाखाएँ : 1-बी, नेताजी सुभाष मार्ग, दरियागंज
नई दिल्ली-110 002
अशोक राजपथ, साइंस कॉलेज के सामने
पटना-800 006
1, अनमोल सोराबजी संतुक लेन, धोबी तलाव,
मरीन लाइंस, मुम्बई-400 002

पहला संस्करण : 2004
पंचम संस्करण : 2024

मूल्य : ₹400

बी.के. ऑफसेट
नवीन शाहदरा, दिल्ली-110 032
द्वारा मुद्रित

ANBITA VYATIT
by Kamleshwar

ISBN : 978-81-8031-031-7

दो शब्द

करुणा, दया और सह-अस्तित्व का भारतीय सिद्धांत सदियों पुराना है। यह कोई आज का राजनीतिक सिद्धांत नहीं है, बल्कि भारतीय सभ्यता ने इसे जीव और जीवन, प्रकृति और परा-प्रकृति के लिए सदियों पहले स्वीकार किया था। जीवन और वनस्पति के, वनस्पति और जीव-जन्तुओं के आपसी संतुलन को खोजा था।

दु:ख की जगह करुणा, दर्द की जगह दया और सह-अस्तित्व के लिए जीवन को स्वीकारा था। हमारी सभ्यता ने किसी भी तरह की मृत्यु का विरोध किया था।

इसी सर्वमांगलिक निष्ठा ने बौद्धकालीन और जैनकालीन अहिंसा को जन्म दिया था।

लेकिन आधुनिकीकरण के दौर में प्रकृति और पर्यावरण को शोषण का जरिया बनाया गया... प्रकृति पर विजय को ज्यादा सराहा गया और इस विजय में मानवता की कितनी बड़ी पराजय हुई—इसे अब दशकों बाद पहचाना गया है।

इसी प्रकृति में तरह-तरह के जीव हैं—इनमें से सबसे मासूम और सुन्दर हैं वे पंछी जो हमारी वन्य-संस्कृति की सम्पदा भी हैं। अपने मखमली पंखों को लहराते, अपनी मधुर आवाजों से संगीत पैदा करते, ये पंछी बरसों-बरस मन की शांति को जीवन देते हैं...

और इन्हीं पंछियों में आ मिलते हैं, वे परदेसी पंछी जो सर्दियों में सायबेरिया और उत्तरी गोलार्द्ध से उड़कर हर वर्ष भारत आते हैं। यहाँ बसेरा करते हैं। ये सुन्दर और मासूम पंछी लगभग 11,000 वर्षों से भारत आते हैं—हजारों मील का सफर तय करते हैं, हिमालय को पार करते हैं और सर्दियों में भारत को अपना घर बना लेते हैं।

लेकिन इन मासूम पंछियों के पीछे भी मृत्यु पड़ी रहती है... जगह-जगह इन्हें पकड़ा या मारा जाता है और इनका व्यापार किया जाता है।

इसी यथार्थ को उजागर करती है और इसी सत्य को उद्घाटित करती है,

वह नीली झील, जहाँ वे परदेशी पंछी जीवन पाने के लिए आते हैं—बसेरा करते हैं...

परन्तु शिकारी बन्दूक की एक़ गोली छूटती है और सारा वातावरण कोलाहल से भर जाता है... इसी दारुण मृत्यु परम्परा के अंधे अभियान से मुक्ति का एक आख्यान है यह उपन्यास!

कमलेश्वर
08.06.2004

116, ब्लॉक-5,
इरोज गार्डन, सूरज कुण्ड रोड,
नई दिल्ली - 110 044

[1]

दूर-दूर तक फैली अरावली पर्वतमाला की गोद में एक ऊँची समतल-सपाट पहाड़ी पर बने सुमेरगढ़ की दुर्गनुमा कोठी पर रात तेजी से उतरती चली आ रही थी। सुमेरगढ़ की इस प्राचीन दुर्गनुमा कोठी में लाल-पत्थरों तथा संगमरमर से बने महलों और विशाल सूने प्रकोष्ठों और गलियारों में अंधेरा भरता जा रहा था।

सुमेरगढ़ के विशाल दुर्ग में गहरा सन्नाटा छाया हुआ था। सुमेरगढ़ राज्य भारत देश में विलीन हो चुका था। इसलिए अब दुर्ग की वह आन-बान, शान और चहल-पहल नहीं रही थी। भारत में विलय हो जाने के बाद ही दुर्ग के सैनिकों और पहरेदारों को ही नहीं, दर्जनों दास-दासियों को भी छुट्टी दे दी गई थी। नाम मात्र की जागीरों से गुजारा होता न देख राज-परिवार के लोग सुमेरगढ़ छोड़कर अन्य नगरों में चले गये थे और उनके तलवार उठाने वाले हाथों ने तरह-तरह के व्यवसाय करने आरम्भ कर दिए थे। तलवार छोड़कर तराजू उठा लेने वाली कहावत यथार्थ में परिवर्तित हो गई थी।

नानी माँ महारानी राजलक्ष्मी अपने महल की सबसे ऊपरी छत पर इस छोर से उस छोर तक बड़ी बेचैनी से चक्कर लगा रही थीं। उनके सुन्दर और तेजस्वी चेहरे पर पीड़ा की गहरी रेखाएँ स्पष्ट उभरी दिखाई दे रही थीं। बड़ी-बड़ी आँखों में भय तथा विषाद की छाया झाँक रही थी। आज उनका मन बहुत ही अशान्त था। रह-रहकर वह इस तरह चौंक पड़ती थीं जैसे कोई देखा हुआ भयानक दृश्य उनकी आँखों के आगे एक बार फिर साकार हो उठा हो।

सचमुच बहुत भयानक दृश्य था वह। विशाल दीवान खाने के संगमरमर के सफेद फर्श पर दूर-दूर तक खून फैला हुआ था। महल के जोहड़ में कई आकार-प्रकार के छोटे-बड़े पक्षियों के मृत शरीर पड़े थे। एक कोने में एक बड़ी-सी मादा हिरणी की रक्त रंजित लाश पड़ी थी। उसका मुँह दीवान खाने की छत की ओर उठा हुआ था। उसकी बेजान आँखें शून्य से टिकी हुई थीं। उन आँखों की पथरीली पुतलियों पर उदास इंतजार झलक रहा था। एक अजीब-सा दर्द चमक रहा था उन बेनूर आँखों में।

नानी माँ महारानी राजलक्ष्मी देर तक हिरणी की उन पथराई आँखों को नहीं देख सकीं, क्योंकि उनकी आँखों से उमड़ते आँसुओं की चादर ने पुतलियों को ढँक दिया था। वह जैसे देखने की शक्ति खो बैठी थीं। उनका सिर बुरी तरह चकराने लगा था।

अपने चकराते सिर को थाम कर वह कुछ देर दीवान खाने की एक दीवार के साथ पड़ी संगमरमर की उस चौकी पर बैठ गईं, जिस पर मखमल का गद्दा बिछा था।

"हे भगवान! जब तूने इन जीव-जन्तुओं को जीवन दिया था तो इन्हें इतनी शक्ति भी देता कि ये बेचारे अपने जीवन की रक्षा कर पाते। ...तेरी दी धरोहर को उन निर्दयी हाथों से बचा पाते जो तूने इन्हें दी थी। विचित्र है तेरी माया... जीवन-मृत्यु का यह दु:खदायी संयोग... काश इन्सान इसे समझ पाता...।"

दर्द की तेज लहरों से बेचैन होकर उन्होंने आँखें मूँद लीं। खून में डूबी पशु-पक्षियों की लाशें देख पाने का साहस उनमें नहीं रह गया था। अपने पिता के राजमहल में ऐसे वीभत्स दृश्य उनकी आँखों के आगे से कभी नहीं गुजरे थे।

एक लम्बी सांस छोड़ती हुई वह उठीं और अपने शयनकक्ष की ओर चल पड़ीं।

●●

अमावस की अँधियारी और काजल-सी काली रात आधी से अधिक बीत चुकी थी। अरावली पर्वत श्रेणियों की ऊँची समतल पहाड़ियों पर बने सदियों पुराने सुमेरगढ़ दुर्ग के सिंहद्वार पर लटका विशाल घड़ियाल काफी देर पहले रात के बारह बजने की सूचना दे चुका था। सुमेरगढ़ दुर्ग जितना प्राचीन और विशाल था, सिंहद्वार पर लटका घड़ियाल भी उतना ही प्राचीन और विशाल था। उसकी आवाज कई मिनट बीत जाने के बाद भी अभी तक दुर्ग की प्राचीरों को लाँघ कर अरावली पर्वत की चारों ओर खड़ी पहाड़ियों से टकरा कर गूंज रही थी। सुमेरगढ़ दुर्ग में बने हुए बेशुमार राजमहलों की इमारतों की छतों और दीवारों से टकरा कर आती हुई अनुगूंज अभी तक महारानी राजलक्ष्मी के कानों से टकरा रही थी।

घड़ियाल की आवाज ने महारानी नानी माँ की सोने की कोशिश एक बार फिर विफल कर दी थी। तंग आकर वह उठकर अपने बिस्तर पर बैठ गईं। उन्हें जैसे विश्वास हो गया था कि आज रात उन्हें नींद नहीं आयेगी, क्योंकि सोने की कोशिश में जब भी वे आँखें मूँदतीं, शाम का वीभत्स दृश्य उनकी आँखों की सतह पर साकार हो उठता था। वे बार-बार यही सोचने लगती थीं कि आखिर इन्सान इतना निर्दयी, इतना बेरहम और इतना जालिम कैसे बन जाता है?

सोचते-सोचते उनकी नजर अपनी नातिन समीरा के बिस्तर की ओर घूम गई। समीरा अभी तक सोयी नहीं थी। वह आँखें मूँदे बिस्तर पर करवटें बदल रही थी।

"क्या बात है समीरा, तुम अभी तक सोयी नहीं!"

रानी माँ राजलक्ष्मी ने समीरा को बिस्तर पर करवटें बदलते देखकर पूछा और अपने बिस्तर से उठकर समीरा के बिस्तर पर आईं।

"आज नींद नहीं आएगी नानी माँ!" समीरा ने धीरे से उत्तर दिया और फिर करवट बदल ली।

महासनी राजलक्ष्मी समीरा को इस तरह करवटें बदलते देख बेचैन हो उठीं। उन्होंने उसका सिर अपनी गोद में रख लिया और उसे सहलाती हुई बोलीं, "तुम्हारी तबियत तो ठीक है न बेटी कहीं सिर-विर में दर्द तो नहीं है?"

"जी नहीं!"

"फिर नींद क्यों नहीं आ रही?" नानी माँ ने चिन्ता भरी आवाज में पूछा और एक पल रुककर बोलीं, "सारे दिन दिव्या के साथ धमा-चौकड़ी मचाती रहती हो। पता नहीं दिन भर में तुम दोनों नीली झील के कितने चक्कर लगा डालती हो? पढ़ने के समय के अलावा मैंने तुम्हें आराम से बैठे कभी नहीं देखा...।"

"आजकल नीली झील पर परदेसी पंछी आ रहे हैं नानी माँ, उन्हीं को देखने चली जाती हूँ।" समीरा ने कहा और उठकर बैठ गई।

"अभी तो सर्दियाँ शुरू भी नहीं हुई है लेकिन परदेसी पंछियों ने आना शुरू कर दिया है। रंग-बिरंगे, भाँति-भाँति के पंछी... कुछ तो नानी माँ चुनमुन चिड़िया से भी छोटे और कुछ सारस से भी बड़े।"

"अच्छा... !"

"कल आप हमारे साथ नीली झील पर चलिए न नानी माँ...। ऐसे रंग-बिरंगे और अनोखे पंछी आए हैं इस बार कि उन्हें देखकर आप खुशी से झूम उठेंगी। मेरा तो जी चाहता है नीली झील के किसी घाट की छतरी में जाकर रहने लगूँ और रात-दिन उन परदेसी पंछियों को देखती रहूँ... उनमें से हर एक की आवाज अलग-अलग है। जब वे सब एक साथ चहचहाने लगते हैं तो ऐसा लगता है जैसे आर्केस्ट्रा बज रहा हो! जैसे अनगिनत कलाकार मिल कर एक साथ अलग-अलग साज-समवेत स्वर में बजा रहे हों।"

"तू भी मेरी तरह ही पगली निकली समीरा।" नानी माँ ने उसके बालों पर हाथ फेर कर उसे प्यार कर लिया, "तू इतना पसन्द करती है इन पंछियों को... तेरी माँ को तो पशु-पक्षियों के नाम से जैसे चिढ़ थी। मैं रंग-बिरंगे पंछी बहेलियों से मँगाकर सोने के पिंजरों में रखती, लेकिन विजया को जब भी मौका मिलता, मेरी

और दास-दासियों की नजरें बचाकर वह पिंजरों के दरवाजे खोल देती और पंछियों को उड़ा देती थी... मैं नाराज होती तो कहती—माँ साब, चिड़ियाँ पिंजरों में नहीं, पेड़ों और आकाश में उड़ती हुई ही अच्छी लगती हैं...।''

''तब तो माँ साब चिड़ियों से नफरत नहीं प्यार करती हैं'', समीरा ने अपनी नानी के सामने अपनी माँ का पक्ष लेते हुए कहा, ''नानी माँ इसका मतलब है कि हम तीनों को ही पशु-पक्षियों से बेहद प्यार है।''

''विजया की वह बात कि 'पंछी आकाश और पेड़ों पर ही अच्छे लगते हैं', मुझे बहुत अच्छी लगी थी। इसीलिए मैंने काकातुआ का जो जोड़ा पाला है उसके लिए पिंजरे नहीं, सोने के झूले बनवाए हैं। उन्हें उड़ने, चलने-फिरने की पूरी-पूरी आजादी दी है, फिर भी वे दोनों राजमहल से बाहर नहीं जाते। उड़ते हुए इस कमरे से उस कमरे में चक्कर काटते रहते हैं। काकातुआ मुझे अपने...।''

''नानी माँ, काकातुआ पुराण न सुनाकर आप मुझे कोई मजेदार कहानी सुनाइए! जब से दाई माँ अपने गाँव गई हैं, कहानी सुने बिना बोर हो गई हूँ।''

नानी माँ राजलक्ष्मी कुछ देर खामोश बैठी रहीं। फिर खंखार कर गला साफ करती हुई बोलीं, ''बचपन में मैंने अपनी दाई माँ से एक कहानी सुनी थी। शायद मेरी दाई माँ को बस एक यही कहानी याद थी, वह इसी को बार-बार सुना देती थीं और सच पूछो समीरा तो यह कहानी मुझे भी बहुत अच्छी लगती थी और इसीलिए मुझे अभी तक याद है वह कहानी...।''

''तो फिर वही कहानी सुनाइए न नानी माँ'', समीरा ने अपनी नानी के दोनों हाथ थाम कर आग्रह किया।

''अच्छी बात है'', महारानी ने कहा और कुछ देर रुककर कहानी सुनाने लगीं... सुनो समीरा—बहुत दिनों की बात है। एक राज्य में एक राजकुमार रहता था। एक दिन राजकुमार अपने साथियों के साथ शिकार खेलने जंगल में गया। शिकार की तलाश करते हुए वह अपने साथियों से बिछुड़ गया और एक बहुत ही घने जंगल में जा पहुँचा।

बहुत देर हो गई थी, रात का अँधियारा चारों ओर फैल गया था। जंगल बहुत ही घना था। घोड़े पर सवार राजकुमार का सिर और बदन पेड़ों की डालियों से टकरा जाते थे। कंटीले पेड़ों की डालियों स उसके चेहरे और बदन पर जहाँ-तहाँ खरोंचें आ गई थीं। उनसे बचने के लिए वह घोड़े से उतर पड़ा और उसकी लगाम पकड़कर जिस ओर खुली पगडंडी दिखाई दी, धीरे-धीरे बड़ी सावधानी से बढ़ने लगा।

अभी उसे पगडंडी पर चलते हुए थोड़ी देर ही हुई थी कि अचानक चारों-

ओर छाये अँधेरे में उसे हल्का-हल्का-सा उजाला फैलता दिखाई दिया और फिर कुछ देर बाद ही सामने का जंगल रोशनी से जगमगा उठा। उसके साथ ही लोगों की आवाजों का कोलाहल भी उसके कानों से टकरा उठा।

वह तेजी से उस रोशनी की ओर चल दिया।

यह रोशनी एक विशाल प्राचीर की तरह दिखती मजबूत दीवार की मुडेरों पर जलते हुए दीपकों की रोशनी थी। शायद वह किसी विशाल नगर के परकोटे की दीवार थी। जैसे-जैसे राजकुमार दीपकों से जगमगाती दीवार की ओर बढ़ता गया, सब कुछ स्पष्ट दिखाई देने लगा। उस दीवार के पीछे से आती हुई आवाजें भी साफ-साफ सुनाई देने लगीं।

परकोटे में एक विशाल फाटक था, जिसके बीच से एक चौड़ी सड़क अन्दर की ओर जा रही थी।

उस सड़क के दोनों ओर स्त्रियाँ, पुरुषों और बच्चों की भीड़ लगी हुई थी।

दीपावली का त्यौहार न होने पर भी दीपावली और लोगों की भारी भीड़ को देखकर राजकुमार ने एक आदमी से इसका कारण पूछा तो वह हैरानी से उसकी ओर देखते हुए बोला, "लगता है तुम इस राज्य के रहने वाले नहीं हो! अगर होते तो तुम्हें जरूर मालूम होता कि आज हमारी राजकुमारी जी पूरे सोलह वर्ष की हो गई हैं। आज वह पहली बार अपने विशेष महल से बाहर निकली हैं और भवानी माँ के मन्दिर में पूजा करने जा रही हैं। उन्हीं के दर्शन के लिए नगर निवासी और राज्य के लोग इकट्ठे हुए हैं। राजकुमारी के जन्म के सोलह वर्ष के बाद आज नगर और राज्य के निवासी ही नहीं, महाराज और महारानी भी पहली-पहली बार उन्हें देखेंगे।"

"यानी सोलह वर्ष तक राजकुमारी को किसी ने नहीं देखा?" राजकुमार ने हैरान होकर पूछा।

"जी हाँ!" एक दूसरा व्यक्ति जल्दी से बोल उठा। "राजकुमारी की कुण्डली बनाने वाले महापंडित और राज्य के अन्य सभी ज्योतिषियों ने बताया था कि राजकुमारी के जीवन पर अनिष्ट और महाकाल की छाया है... इससे यह राज्य भी नष्ट हो सकता है, अत: आवश्यक है कि जब तक राजकुमारी की उम्र सोलह वर्ष की न हो जाए, उनके माता-पिता और परिवार के लोग उन्हें न देखें। उन्होंने बहुत सोच-विचार के बाद केवल धाय माँ और कुछ दास-दासियों के नाम ही बताए थे कि वे ही सोलह वर्ष तक राजकुमारी की सेवा और देखभाल करें और यह कि उन्हें भी राजकुमारी की ही तरह अपने परिवार तथा दुनिया के दूसरे लोगों से दूर एकान्त महल में ही पूरे सोलह वर्ष बिताने पड़ेंगे।"

"इसका मतलब है कि राजकुमारी के साथ उन दास-दासियों को भी अपनी जिन्दगी के सोलह साल कैद में बिताने पड़े? ...कमाल है।" राजकुमार की हैरानी और बढ़ गई।

"अरे भाई, उन्होंने मुफ्त में यह सोलह साल की कैद थोड़े ही काटी थी!" तीसरे आदमी ने कहा, "महाराज ने उनके परिवार वालों को मालामाल कर दिया था। ...खैर आपकी बातों से पता चल गया है कि आप परदेसी हैं। राजकुमारी का रथ आ रहा है। आप एक ओर हट कर खड़े हो जाइए।"

"क्या राजकुमारी सचमुच बहुत सुन्दर है?" राजकुमार ने उत्सुकता से पूछा।

"सुना तो यही है कि राजकुमारी बहुत सुन्दर है। हम सब भी आज ही तो उन्हें देखेंगे।"

"सब यही अनुमान लगाते हैं कि जैसे वह निश्चय ही स्वर्ग की कोई अप्सरा होगी जिसे किसी ऋषि के शाप के कारण धरती पर जन्म लेना पड़ा होगा।"

"अगर राजकुमारी अप्सरा जैसी सुन्दर है तो मैं उसे जरूर देखूँगा। देखूँगा ही नहीं बल्कि उसे प्राप्त भी करूँगा।" राजकुमार के शब्दों में दृढ़ता थी।

"ऐसी डींग हाँकने से पहले सोच लो परदेसी, कहीं खुद तुम्हें जान के लाले न पड़ जाएँ? ...राजकुमारी के अंगरक्षक तुम्हें पकड़कर किसी काल-कोठरी में ठूँस देंगे।" एक युवक ने चेतावनी दी।

"मैं इसकी चिंता नहीं करता..." राजकुमार ने कहा और अपने घोड़े को एड़ देकर उस ओर चल दिया, जिधर से राजकुमारी का रथ आने वाला था।

लोगों ने उसे आगाह भी किया कि जब तक राजकुमारी को महाराज और महारानी नहीं देख लेते, तब तक किसी को देखने की आज्ञा नहीं है, पर राजकुमार का घोड़ा तो हवा के पंख लगाकर उड़ चुका था।

राजकुमारी का रथ चारों ओर से सशस्त्र अश्वारोहियों और पैदल सैनिकों से घिरा हुआ आ रहा था। राजकुमार को तेजी से रथ की ओर आते देख उन्होंने अपने तलवारें निकाल लीं और उसे रोकने के लिए उसकी ओर झपटे।

लेकिन राजकुमार असाधारण योद्धा था। उसने तलवार निकाली और राजकुमारी के अंगरक्षकों को चीरता हुआ उसके रथ के पास पहुँच गया।

रथ पर पर्दे पड़े हुए थे। राजकुमार ने सैनिकों के खून से भीगी तलवार की नोक से पर्दे फाड़ दिए।

सच कहा था नगर निवासियों ने! राजकुमार ने आँखें आश्चर्य से फैली रह गईं। इतना रूप-सौन्दर्य उसने केवल सुना और पुस्तकों में पढ़ा भर था। आज रूप-

सौन्दर्य की सजीव और साकार प्रतिमा को इतने निकट से देख पाने का सौभाग्य पाकर जैसे वह पागल हो उठा।

परदेसी राजकुमार की अभद्रता और राजकुमारी के दर्जनों अंगरक्षकों की पराजय का समाचार जैसे पंख लगाकर सारे नगर में फैलता हुआ महाराज के कानों तक पहुँच गया। परदेसी राजकुमार की अभद्रता पर जहाँ उन्हें क्रोध आया, वहीं अपने इतने सशस्त्र सैनिकों की पराजय का समाचार सुनकर महाराज ठहाका मारकर हँस पड़े।

दरबार में बैठे सभी लोग आश्चर्य से उनकी ओर देखने लगे। उन्हें तो आशा थी कि अपने सैनिकों की पराजय की खबर पाते ही महाराज क्रोध से फट पड़ेंगे और राजकुमारी के सोलहवें जन्मदिन पर नगर की सड़कें खून से लाल हो जायेंगी।

"महाराज!" प्रधानमंत्री ने अपने आश्चर्य को दबाते हुए कुछ कहना चाहा।

"मंत्री जी, जाइए और उस परदेसी राजकुमार को सम्मान के साथ यहाँ ले आइए।" महाराज ने आदेश दिया। "हमें अपनी बेटी के लिए ऐसे ही वर की इच्छा थी, जो इतने सशस्त्र सैनिकों को चीरता हुआ आगे बढ़ सकता हो!... वह भले ही कोई भी क्यों न हो? ...हमने निश्चय कर लिया है कि हम इसी के साथ अपनी पुत्री का विवाह करेंगे।"

●●

कुछ देर बाद ही महामंत्री राजकुमार को लेकर दरबार में पहुँच गए। राजकुमारी तो उसे देखते ही अपनी सुधबुध खो बैठी थी। वह भी उसके पहुँचते ही दरबार में पहुँच गई।

महाराज और दरबारियों ने राजकुमार को देखा। उसके वंश आदि के संबंध में पूछताछ की तो सब लोगों की खुशी की सीमा न रही। राजकुमार सुन्दर, वीर और पराक्रमी ही नहीं था, वह एक बहुत बड़े राज्य का युवराज भी था।

राजकुमारी की स्वीकृति पाकर उसी दिन उसका विवाह परदेसी राजकुमार के साथ कर दिया गया।

कुछ दिन ससुराल में रहने के बाद राजकुमार अपनी रानी को लेकर अपने घर लौट आया।

राजकुमारी के रूप-सौन्दर्य अप्सराओं को भी लजाने वाला था। राजकुमार भँवरे की तरह रात-दिन उसके आसपास मंडराता रहता था। उसे अपनी पत्नी संसार की सबसे अधिक सुन्दर और सुघड़ औरत दिखाई देती थी। इतना बोलकर

महारानी राजलक्ष्मी एकाएक खामोश हो गईं।

"नानी माँ, क्या हुआ? आप कहानी सुनाते-सुनाते इस तरह चुप क्यों हो गईं?" समीरा ने जल्दी से पूछा, "क्या कहानी खत्म हो गई?"

"नहीं समीरा! कहानी अभी खत्म नहीं हुई, बल्कि शुरू हुई है।" महारानी राजलक्ष्मी की आवाज में सहसा उदासी झलक उठी।

"क्या मतलब? समीरा हैरान हो उठी, तो आप अब तक जो कहानी सुना रही थीं, क्या वह कहानी नहीं थी?"

"नहीं समीरा, वह तो इस कहानी की भूमिका थी। वास्तविक कहानी तो इसके बाद शुरू होती है।"

"भूमिका! मैं समझी नहीं नानी माँ।"

"समीरा बेटी, राजकुमारी का शरीर तो वास्तव में बहुत ही सुन्दर था, लेकिन उसका दिल सुन्दर नहीं था।

"जी...?" समीरा ने हुंकारा भरा।

"उस राजकुमारी के सोने जैसे शरीर के अन्दर जो दिल था वह कोयले से भी अधिक काला था।" महारानी राजलक्ष्मी ने कहा, "उस राजकुमारी के दिल में अपने पति के अलावा और किसी के लिए प्यार, अनुराग और उदारता जैसी कोई भावना नहीं थी, लेकिन इसके लिए राजकुमारी स्वयं दोषी नहीं थी।"

"जरा खुलकर बताइए नानी माँ।"

"हमने तुम्हें बताया था न कि उस राजकुमारी की ज्योतिषियों के कहने के अनुसार एक बहुत बड़े बाग में बने एक सुन्दर और विशाल महल में रखा गया था। उसके पिता ने अपनी बेटी की सेवा-टहल, लालन-पालन और देखभाल के लिए कुछ दास-दासियों को भी सोलह वर्ष तक उस महल में रहने के लिए भेज दिया था।"

"हाँ नानी माँ, उन निर्दोष दास-दासियों को बिना किसी दोष या अपराध के सोलह वर्ष का बनवास सहना पड़ा था।"

"हाँ समीरा बेटी!" नानी माँ राजलक्ष्मी ने एक ठण्डी सांस भर कर कहा। "हालाँकि राजकुमारी के पिता ने उन्हें इतना धन और सम्पत्ति दी थी कि वे इस तरह कैदी बनकर रहने से इन्कार नहीं कर पाईं, लेकिन वे सब रात-दिन परेशान रहती थीं।"

"हे भगवान, सोलह साल की कैद... धन-दौलत का लालच इन्सान को कितना मजबूर बना देता है," समीरा दुःख भरी आवाज में बोली।

"तुम ठीक कहती हो बेटी," महारानी राजलक्ष्मी ने कहा—"वे दास-दासियाँ भी आखिर एक से काम की एकरसता से ऊब गई थीं, आखिर काफी सोच-विचार के बाद उन्हें अपने आपको ही नहीं, राजकुमारी को व्यस्त रखने के लिए एक रास्ता नजर आ गया।"

"कौन-सा रास्ता?"

असल में महल कई एकड़ में फैले बाग के बीचों-बीच बना हुआ था। उसके वृक्षों पर फल तो लदे ही रहते थे। जगह को सुरक्षित देखकर तरह-तरह के पंछियों ने भी उन वृक्षों पर अपने घोंसले बना लिए थे, क्योंकि उस बाग में कोई शिकारी या बहेलिया नहीं आता था, इसलिए पंक्षी भी निश्चिंत और निडर हो, वहाँ रहने लगे थे।

अचानक एक दिन किसी दासी को एक पेड़ के नीचे एक ऐसी चिड़िया दिखाई दे गई जिसे एक बाज ने घायल कर दिया था, लेकिन दासी को देख उसे छोड़ कर उड़ गया था। दासी उस घायल चिड़िया को उठा लाई ताकि किसी तरह उसे बचाया जा सके। लेकिन महल तक पहुँचते-पहुँचते चिड़िया ने दम तोड़ दिया।

उस बेजान चिड़िया को देखकर सभी दासियों को बहुत दुःख हुआ। वे उसे बाग में कहीं दफन करने जा रही थीं कि तभी एक दासी के दिमाग में एक विचार कुलबुला उठा। उसने उस चिड़िया को खूब चटपटे मसालों के साथ पकाया और राजकुमारी के सामने परोस दिया। राजकुमारी ने चिड़िया के मांस का बना वह व्यंजन खाया तो उसे बहुत स्वादिष्ट लगा और उसके बाद उसके भोजन में मांस के व्यंजनों की संख्या बढ़ गई और फिर यहाँ तक हुआ कि उन व्यंजनों के न होने पर उसका पेट ही नहीं भरता था...।

विवाह के बाद जब राजकुमारी अपनी ससुराल आई तो उसके साथ उसकी दासियाँ भी थीं। कुछ दिन तक तो वह राजमहल में जो भी भोजन बनता था, वही खाकर वह अपनी भूख मिटा लेती थी, लेकिन जब बर्दाश्त नहीं हुआ तो उसने राजकुमार से साफ-साफ कह दिया था कि अगर उसके भोजन में मांस से बने पदार्थ नहीं होंगे तो उसका पेट नहीं भरेगा और इस तरह भूखी रहकर वह कमजोर हो जाएगी। उसका शारीरिक सौन्दर्य नष्ट हो जाएगा।

राजकुमार कई दिनों से इस बात को खुद भी महसूस कर रहा था। उसने अपनी रानी के सौंदर्य और खुशियों के लिए खुद ही चिड़ियों और अन्य पशुओं का शिकार करना शुरू कर दिया।

लेकिन कुछ दिन बाद ही वह अपनी रानी की इस आदत से तंग आ गया।

उसने उसे बहुत समझाया कि वह निर्दोष पशु-पक्षियों का मांस खाना छोड़ दे लेकिन राजकुमारी ने उसकी बात अनसुनी ही नहीं कर दी, बल्कि उसने मांसाहार की मात्रा और बढ़ा दी।

राजकुमार की समझ में नहीं आ रहा था कि वह अपनी पत्नी की इस आदत को कैसे बदले? धीरे-धीरे उसके मन में राजकुमारी के लिए क्रोध और घृणा इस सीमा तक जाग उठी कि वह उससे छुटकारा पाने का उपाय सोचने लगा। वह रात दिन इसी सोच में डूबा रहने लगा कि राक्षसी स्वभाव की इस राजकुमारी से कैसे छुटकारा पाया जाए?

राजकुमार को रात-दिन इसी चिन्ता में डूबा देखकर, राजकुमारी की एक दासी को उस पर दया आ गई। वह दासी भी राजकुमारी के इस राक्षसी स्वभाव से बेहद दु:खी थी, क्योंकि अब तो राजकुमारी ने जीवित चिड़ियों को ही खाना शुरू कर दिया था।

राजकुमार अब आजिज आ चुका था। कभी वह अपनी राक्षसी रानी को जहर देकर मार डालने की सोचता तो कभी तलवार के घाट उतार देने की। राजकुमार की इस उलझन को देखकर उस दासी ने एक दिन राजकुमार को बताया कि उसे न तो विष देकर उससे मुक्ति मिल सकती और न उसे किसी हथियार से मारा जा सकता है।

"तो क्या राजकुमारी कभी मरेगी ही नहीं?" राजकुमार ने दासी की बात सुनकर हैरानी से पूछा।

"राजा जी, इस धरती पर जिसने भी जनम लिया है वह अमर तो हो ही नहीं सकता। राजकुमारी को भी किसी-न-किसी दिन मौत अपने खूनी पंजों में जकड़ लेगी, लेकिन तभी, जब आपके महल के सामने वाली पहाड़ी पर खड़े बरगद के पेड़ में लटके उस पिंजड़े तक कोई पहुँच पाएगा..."

राजकुमार दासी की बात का मतलब नहीं समझ पाया। वह उसे देखता रह गया। तब दासी ने रहस्य खोला, "राजाजी, बरगद के उस पेड़ पर लटकते पिंजरे में जो तोता रहता है उसी में इस राजकुमारी के प्राण बसते हैं," यह सुनकर राजकुमार हैरान रह गया। उस हैरानी-परेशानी में वह बोला, "बरगद के पेड़ पर कोई ऐसा पिंजरा है, हमें अब तक मालूम ही नहीं था और उसके तोते में राजकुमारी की जान बसती है यह तो बड़े अचम्भे और असम्भव-सी बात है।... आखिर वह पिंजरा... वह पिंजरा यहाँ आया कैसे?" राजकुमार की हैरानी और बढ़ गई थी।

"राजकुमारी विवाह के बाद जब यहाँ आई थीं, इस पिंजरे को अपने साथ लाई थीं और पहाड़ी वाले बरगद की एक डाल में वह पिंजरा उन्होंने मुझसे ही

लटकवाया था। पेड़ की डाल पर लटका तोते का पिंजरा राजकुमारी के महल की खिड़की से साफ दिखाई देता है। राजकुमारी खुद हर समय उस पिंजरे पर नजर रखती हैं।'' दासी ने बताया, ''अगर उस तोते की गर्दन मरोड़ दी जाए तो राजकुमारी की भी मृत्यु हो जाएगी।''

राजकुमारी की मृत्यु के इस रहस्य को जानते ही राजकुमार उसी रात राजकुमारी की नजरों से खुद को बचाता हुआ बरगद के पेड़ के पास पहुँच गया और उसने पिंजरे से तोते को तत्काल निकाला और उसकी गर्दन मरोड़ दी।

कहानी सुनती समीरा यह घटना सुनकर अवाक् और भौंचक्की-सी नानी माँ को देखती ही रह गई।

''और समीरा, उस दासी ने सच ही कहा था।'' महारानी राजलक्ष्मी ने कहानी का अन्त करते हुए कहा, ''उस तोते की गर्दन जैसे ही राजकुमार ने मरोड़ी तो राजकुमारी को ऐसा लगा जैसे कोई उसकी ही गर्दन मरोड़ रहा हो। फिर राजकुमार ने जैसे ही तोते की लाश एक चट्टान पर पटकी, वैसे ही राजकुमारी चक्कर खाकर अपने शयनकक्ष के फर्श पर जा गिरी और उसके प्राण पखेरू उड़ गए।''

''और इस तरह राजकुमार को जिन्दा चिड़िया खाने वाली अपनी राक्षसी रानी से छुटकारा मिल गया!'' समीरा खुश होकर बोली।

''हाँ बेटी...'' महारानी राजलक्ष्मी ने समीरा को सो जाने की हिदायत दी और अपने बिस्तर पर जा लेटीं।

◆◆◆

[2]

सुबह समीरा उठी तो रह-रहकर उसे नानी माँ की सुनाई रात की कहानी याद आ रही थी। बार-बार वह सोचती थी कि कोई राजकुमारी इतनी निर्दयी कैसे हो सकती थी और यह कैसा रहस्य था कि उसके प्राण बरगद वाले तोते में बसते थे? उस तोते के मरते ही वह स्वयं कैसे मर गई? यह कैसा रहस्य था?

समीरा यह सब बातें नानी माँ महारानी राजलक्ष्मी से पूछना चाहती थी, पर वे ज्यादा थकान के कारण अभी भी सो रही थीं। वह फिर अकेले ही झील की ओर निकल गई। झील की तरफ जाते रास्ते में ही कई खण्डहर और टूटी-फूटी हवेलियाँ खड़ी थीं, जो महल का ही हिस्सा थीं। इन्हीं में नाना जी साहब के कई

मंत्री और एक बड़ी हवेली में सेनापति चन्द्रभान सिंह रहा करते थे। रास्ते में बाईं ओर फीलखाना था। कुछ आगे जाकर दाहिनी ओर अरबी घोड़ों की घुड़साल थी। बचपन की यह कुछ धुंधली-धुंधली स्मृतियाँ उसके मन पर अभी भी अंकित थीं। कई बरस हुए नानी माँ और नाना जी साहब ने उसे अपने पास ही बुला लिया था। उसे भी यहाँ बहुत अच्छा लगता था। वह यह भी जानती थी कि अब वह पहले जैसी रौनक, शानो-शौकत नहीं रह गई है, पर अपने पुराने दिनों जैसी शान-शौकत बरकरार रखने के लिए उसके नाना जी साहब महाराज सुरेन्द्र सिंह जी ने कई व्यापार और धंधे शुरू किये थे। अपनी सामंती आरामपसंदी के कारण नानाजी साहब का कोई काम-धंधा चल नहीं पाया था।

झील के पास पहुँचते हुए उसे वह बड़ा शाही फाटक भी दिखाई दिया, जिससे इस सुमेरगढ़ रियासत के रणबांकुरे सजीले घुड़सवार गुजरा करते थे। पीतल के बड़े-बड़े अक्षरों में लिखा सुमेरगढ़ शाही महल का नाम भी अब काला पड़ गया था। उसे साफ करके चमकाने वाले नौकर-चाकर भी काम छोड़कर जा चुके थे। फिर भी महल के गिने-चुने रिहायशी कमरों में अभी भी पिछली कुछ रौनक बाकी थी। इसके बावजूद बहुत कुछ ऐसा था जो व्यतीत हो गया था और होता जा रहा था।

समीरा अपने इस राजसी घराने के अतीत से अपरिचित नहीं थी। वह इससे भी परिचित थी कि उसके नाना जी साहब उन पुराने दिनों को भूल नहीं पाये हैं।

●●

झील किनारे पहुँचकर समीरा एक चट्टान पर बैठ गई... झील पर इन दिनों हजारों की संख्या में साइबेरिया और टुण्ड्रा से परदेसी पंछी आते थे। वह घंटों इन पंछियों को निहारा करती। परदेसी पंछियों का एक झुण्ड तभी झील के एक किनारे से दूसरे किनारे की ओर उड़ता हुआ निकल गया। तभी उसका मन फिर उससे सवाल पूछने लगा कि वह राक्षसी राजकुमारी आखिर इतने मासूम पंछियों का मांस खा कैसे पाती थी?

यही सोचते-सोचते उसे नानी माँ का ख्याल आया। वे अब तक जरूर उठ गयी होंगी। नाना जी साहब भी काफी सबेरे उठते हैं। वे अपने राजसी कमरे में बैठे निश्चय ही या तो चाय पी रहे होंगे या किसी नये उद्योग-व्यवसाय से संबंधित कागजातों की फाइलें देख रहे होंगे! या किसी पुराने परिचित से बीते हुए दिनों की बातें कर रहे होंगे।

●●

और यही सच भी था... रियासत सुमेरगढ़ के महाराज सुरेन्द्र सिंह, समीरा के नाना जी साहब अपने एकांत कक्ष में अकेले थे। सुबह की चाय पीते हुए... पर उनके सामने से बीते हुए दिन गुजर रहे थे।

सुमेरगढ़ का दुर्ग वही था। उसके चारों ओर बनी पत्थरों की प्राचीरें आज भी उसी तरह अडिग खड़ी थीं। दुर्ग के बुर्ज और बुर्जियाँ आज भी सिर उठाए अपने पुरातन इतिहास को याद कर रही थीं।

सब कुछ लगभग वैसा ही था, लेकिन कुछ भी वैसा नहीं था... जिस दुर्ग के लम्बे-चौड़े आँगन हाथियों की चिंघाड़ों, घोड़ों की हिनहिनाहटों और सैनिकों तथा दास-दासियों की उल्लास भरी आवाजों से गूँजते रहते थे आज उनमें सन्नाटा छाया हुआ था। ऐसा सन्नाटा जो शायद अब कभी खत्म नहीं होगा। इस सन्नाटे ने सुमेरगढ़ के ऐतिहासिक दुर्ग को एक विशाल श्मशान में बदल दिया था। दुर्ग के राजसी महल अनगिनत समाधियों की तरह दिखाई देने लगे थे। सूने, उजड़े-उजड़े और खामोश। लगता था राजमहलों में पाँव तोड़कर बैठा यह मौन सन्नाटा कभी खत्म नहीं होगा। यह सन्नाटा असहनीय बनकर महाराजा सुरेन्द्र सिंह के अंग-अंग में जैसे स्थायी रूप से समा गया था।

फिर आजादी आई थी, 15 अगस्त, 1947 का दिन। लगभग दो सदियों की गुलामी के बाद भारत ब्रिटिश साम्राज्य के शिकंजे से आजाद हुआ था। सारे देश में हर्ष और उल्लास का सागर लहरा रहा था। अरावली पहाड़ी के दामन में बसा सुमेरगढ़ नगर अनगिनत दीपों की कतारों से जगमगा रहा था। जनता जश्न मना रही थी, लेकिन सुमेरगढ़ के दुर्ग में अन्धकार और सन्नाटा छाया हुआ था। उस अन्धकार और सन्नाटे में आज तक सुमेरगढ़ के दुर्ग को ही नहीं, स्वयं महाराज सुरेन्द्र सिंह के तन और मन को नहीं छोड़ा था। देश आजाद हो गया था लेकिन सुमेरगढ़ के महाराजा सुरेन्द्र सिंह यही मानते थे कि वे अब कभी समाप्त न होने वाले अन्धकार और सन्नाटे के घेरे में घिर गए हैं।

महाराजा सुरेन्द्र सिंह अतीत की यादों में डूबे हुए थे कि सहसा उनके कानों में लाउडस्पीकर से आते एक गीत के कुछ शब्द टकराए। लाउडस्पीकर से आवाज आ रही थी—"मेरी माता के सिर पर ताज रहे..." गीत के इन बोलों के कानों से टकराते ही उनका हाथ अपने सिर पर चला गया। उनका सिर सूना था। उनके सिर पर सुशोभित होने वाला ताज—सुमेरगढ़ राज्य के महाराजाओं का मुकुट तो शाही खजाने की एक तिजोरी में बन्द था और उस तिजोरी पर प्रशासक की सील मुहर लगी हुई थी। अब तो उनके सिर का ताज देश की स्वाधीन सरकार की सम्पत्ति और धरोहर बन गया था। जिसे वह हर वर्ष विजयादशमी के अवसर पर ही देख पाते थे। राजमुकुट में हीरे-पन्ने आज भी जड़े थे, लेकिन जैसे उनकी आन,

उनकी शान और उनका प्रताप कहीं गुम हो गया था।

अतीत और वर्तमान की यादों की मँझधार में डूबते-उतराते महाराजा सुरेन्द्र सिंह के तन-मन पर एक दर्द भरी गहरी उदासी-छा गई। आँखें डबडबा आईं। होंठों से एक उच्छ्वास-सा निकला और फिर उनके कदम सीढ़ियों की ओर बढ़ गए।

अपने शयन कक्ष में आकर वह बिस्तर पर फिर लेट गए। पर ज्यादा देर वे लेटे भी नहीं रह सके, उठकर वे उदास से खिड़की पर आकर खड़े हो गये। कक्ष की खिड़की को पार करके आती तरह-तरह की चिड़ियों के चहचहाने की आवाजें सुनते रहे। उनका तन ही नहीं मन भी इतना थका हुआ था कि वे फिर बिस्तर पर आकर बैठ गये।

तभी समीरा ने उनके कक्ष में कदम रखा। आते ही उसने पूछा—"आपकी तबियत तो ठीक है न नाना जी साहब?"

"हाँ बिटिया, वैसे तो ठीक ही है, पर आज तबियत कुछ ठीक-सी नहीं है।" महाराज सुरेन्द्र सिंह ने उत्तर दिया।

"असल में आप देर तक सोए रहते हैं इसलिए आपकी तबियत अकसर ठीक नहीं रहती," समीरा ने अपने नाना महाराज की ओर देखते हुए कहा, "आप हमारे साथ सुबह झील पर टहलने चला कीजिए। आपकी तबियत फिर हमेशा ठीक रहेगी ...हमारे साथ चल के तो देखिए। कितने परिन्दे इस बार रूस, साइबेरिया और टुण्ड्रा से आये हैं। वैसे तो यह पंछी हर साल आते हैं, पर इस साल बहुत ज्यादा आये हैं।"

"हाँ बेटी ये परिन्दे तो हर साल आते हैं पर...," कहते-कहते महाराज बात को अधूरा छोड़कर खामोश हो गये।

◆◆◆

[3]

"इस पर... का जवाब तुम्हारे नाना साहब के पास नहीं है।" नानी माँ ने थोड़ी हिकारत से कहा। "वैसे तो हम सभी इन्हीं राजघरानों के हैं, लेकिन इन घरानों के मर्दों ने जिंदगी जीना सीखा ही नहीं... इन्हें सिर्फ एक ही चीज आती है—तरह-तरह से जिंदगी को जलील करना..."

समीरा नानी माँ की बात सुनकर सोचती ही रह गई कि नानी माँ आखिर

कहना क्या चाहती हैं... लेकिन उसे खुद अंदर ही अंदर मालूम था कि नानी माँ का इशारा नाना जी साहब की तरफ है।

नानी माँ के काकातुओं का जोड़ अपनी भाषा में उन्हें पुकार रहा था। वे अपने झूलों पर बैठे बार-बार नानी माँ को देखते, झूलों को अपनी आदत के मुताबिक जोर-जोर से हिलाते, चहक रहे थे। उनकी आवाज तेज से तेजतर होती जा रही थी।

"सुन लिया... अरे सुन रही हूँ... आती हूँ बाबा, आती हूँ..." कहती हुई नानी माँ उस तरफ मुड़ी ही थीं कि समीरा ने पूछ ही लिया, "नानी माँ... एक मिनट... वो कहानी में आपने बताया था कि राजकुमारी की जान बरगदवाले तोते में बसती थी... यह कैसे मुमकिन हो सकता है नानी माँ?"

"क्यों? अब जैसे मेरी जान आप में बसती है" ...नानी माँ ने मुस्कुराते हुए कहा और पुकारते काकातुओं की ओर चली गयीं।

समीरा ने काकातुओं को देखा। नानी माँ ने उनके पैरों में सोने के छोटे-छोटे घुंघरू बाँधे थे। झूले से उतर कर अब वे फर्श पर फुदक रहे थे। उनके घुंघरू एक अजीब-सी मगर बहुत प्यारी कुदरती लय में बज रहे थे। नानी माँ उनके रंग-बिरंगे पंखों पर हाथ फेरते उनसे बातें भी कर रही थीं... भूख लगी है?... अम्मा-अम्मा... रुन-झुन घुंघरुओं की आवाज... बाजरा नहीं खाओगे... तो ठीक है न, मत खाना... अमरूद खाओगे... अम्मा अम्मा... रुन-झुन घुंघरुओं की आवाज...

फिर उसने देखा, नानी माँ ने उन्हें अमरूद दिये थे और वे उन्हें कुतर-कुतर कर खा रहे थे... फुदकते हुए, बीच-बीच में उनसे छोटी-छोटी बातें करते हुए...

अच्छी तरह याद है समीरा को। एक विदेशी बहेलिये को नानी माँ ने मुँहमांगे दाम देकर काकातुओं की यह जोड़ी खरीदी थी। विदेशी बहेलिए ने बताया था—"यह अफ्रीका के खास तोते हैं। इतने बड़े और इतने रंगीन परों वाले यह तोते दुनिया में और कहीं नहीं मिलते। अब इनकी नस्ल खत्म हो रही है मलिका।"

उसने फिर नानी माँ को देखा। वे उन्हीं पंछियों के साथ बातें करने में मशगूल थीं...

अम्मा... अम्मा... हाँ बोलो न... रुनझुन-रुनझुन तो ठीक है न... अम्मा... अम्मा... सुन लिया, ठीक है... ठीक है... और अमरूद देती हूँ।

यह दृश्य समीरा के लिए अनोखा होता था। इन काकातुओं के साथ नानी माँ एक अजीब-सी जादुई दुनिया में खो जाती थीं, वे इन्हें दाना चुगाने के बाद ही

नाश्ता करती थीं। जब मर्जी होती, दोनों इधर-उधर उड़ते रहते। कभी तो नानी माँ की नाश्ते की मेज पर भी आ बैठते। कभी पूजाघर में भी पहुँच जाते और नानी माँ के पास पुरोहितों की तरह बैठे रहते...

●●

उन्हें खिलाकर नानी माँ नाश्ता करने चली गई थीं। समीरा तो झील से लौटते ही नाश्ता कर लेती थी। वैसे तो काकातुओं के साथ उसने नानी माँ को लगभग रोज ही देखा था, पर आज एकाएक 'दूसरों में प्राण बसने' वाली बात उसकी समझ में आ गई थी। उसे लगा था कि इन काकातुओं में ही नानी माँ के प्राण बसते हैं।

इससे पहले कि समीरा अपनी सहेली दिव्या के घर, वहीं उसी परिसर में उसके पिता से पढ़ने के लिए जाती, उसके कानों में मोटरों के स्टार्ट होने की आवाज पड़ी। वह समझ गई कि अपनी छोटी-सी मित्र मंडली के साथ नाना जी साहब शिकार पर जाने के लिए निकल रहे हैं। उसने खिड़की से झाँक कर देखा। उसका अंदाजा सही था। गिने-चुने दोस्तों के साथ तीन मोटरो और ट्रेलरों में शिकार का सारा सरंजाम था। समीरा का दिल हलके से धड़का था। वह जानती थी कि नानाजी साहब के लौटने के बाद एकाध हफ्ते महल में काफी तनाव रहेगा। नानी माँ को उनका शिकार पर जाना कतई पसंद नहीं था... लेकिन इसके अलावा समीरा नानाजी साहब के अंदरूनी तनाव और दबाव को भी समझती थी। जब भी कभी उन्हें अपने धंधे या व्यापार में ज्यादा नुकसान होता था तो हमेशा वे शानो-शौकत और एय्याशी की जरा ज्यादा ही नुमाइश करते थे। पानी की तरह पैसा बहाते थे। यह जताने के लिए कि करोड़-दो करोड़ के नुकसान की वे परवाह नहीं करते। लेकिन समीरा यह भी जानती थी कि नाना जी साहब कहीं भीतर तक हिले हुए हैं। ऐसे और इन दिनों में वे खासतौर से अपनी बंदूकें और पुराने तमंचे भी साफ किया करते थे। कभी-कभी वो कांपते हाथों से एकाध फायर करके अपनी बंदूकों-तमंचों की आजमाइश भी कर लिया करते थे।...

यही सब सोचकर समीरा का मन भारी हो आया था। न मालूम नाना जी साहब के लौटने के बाद नानी माँ की प्रतिक्रिया क्या होगी? नानी माँ उनकी महफिलों से नाराज नहीं होती थीं, पर उनका शिकार पर जाना, जंगल में जशन मनाना और अपने साहस तथा निशानेबाजी की क्रूर निशानी के तौर पर किसी बड़े शिकार को लेकर महल लौटना उन्हें कतई पसंद नहीं था... यह सब सोचकर समीरा का मन आशंकाओं से भर उठा था।

उसी उलझन में वह दिव्या के घर चल दी थी। उसी परिसर में था उसका

घर। दिव्या के पिता पं० दीनानाथ उसके अध्यापक भी थे। महाराजा साहब ने उन्हें वहीं पास की हवेली दान में दे दी थी और उन्हें ही समीरा की शिक्षा–दीक्षा का भार सौंप दिया था। समीरा उनकी बहुत इज्जत करती थी। वे आधुनिक विषयों के अलावा भाषाओं के प्रकाण्ड पंडित थे। दिव्या लगभग समीरा की उम्र की ही थी। उसकी रुचि संगीत में अधिक थी। इसलिए वह नगर कें एक संगीत विद्यालय में पढ़ने जाती थी।

समीरा जब दिव्या के घर पहुँची तो वह घर पर ही थी। वैसे दिव्या का अधिक समय स्वयं समीरा के साथ महल में या झील पर ही गुजरता था। दोनों गहरी मित्र थीं।

वैसे तो दीनानाथ जी कभी भी महाराजा साहब या महल की कोई बात नहीं किया करते थे, पर आज वे भी महाराजा साहब को लेकर चिंतित थे। बातों–बातों में ही समीरा को पता चला था कि उसके नाना जी साहब उस जमीन की मुआवजे वाले मामले का मुकदमा सुप्रीम कोर्ट में हार गये थे, जो सरकार ने नहर बनाने के लिए अपने कब्जे में ले ली थी। वह करीब इक्कीस हजार एकड़ जमीन थी जो उन्हें कौड़ियों के मोल सरकार के हवाले करनी पड़ी थी। जो रेट सरकार ने तय किया था, वह एकांगी था। उसी पर दुबारा विचार किये जाने का जो माली मुकदमा महाराज साहब ने दायर किया था, वह वे हार गये थे।

और उसी का गम गलत करने नाना जी साहब शिकार पर निकल गए थे। यह सहज ही समीरा ने सोचा था। पराजय के दंश और अपमान को बर्दाश्त करने का यही उनका तरीका था।

●●

गनीमत यह हुई कि महाराज साहब इस बार कोई बड़ा शिकार लेकर नहीं लौटे। इसीलिए नानी माँ से उनकी कोई तकरार नहीं हुई। इतना तो नानी माँ भी समझती थीं कि जीने के हालात बद से बदतर होते जा रहे हैं, शायद इसीलिए वे खामोश रहीं।

पर महाराजा साहब के अंदर घुमड़ता हुआ बवंडर खामोश नहीं हुआ था। वे बेहद एकांतवासी हो गये थे। चिड़चिड़े तो वे जरूरत से ज्यादा हो गये थे... हर समय उनके चेहरे पर हवाइयाँ उड़ती रहती थीं...

उदासी और परेशानी भरे ऐसे ही एक दिन दीवान द्वारिकादास ने कुछ फाइलें उनके सामने रखी थीं।

महाराज सुरेन्द्र सिंह ने एक उचटती नजर उस खास फाइल पर डाली जो

दीवान जी ने अभी-अभी उनके सामने रखी थी। फाइल में वर्ष भर के खर्चे और आमदनी का ब्यौरा लिखा था। आमदनी के लिहाज़ से खर्च बहुत ज्यादा था। महाराजा साहब और उनके विश्वासपात्र दीवान की समझ में नहीं आ रहा था कि आमदनी बढ़ाने का क्या उपाय किया जाए? महाराजा साहब न तो अपने खर्च घटा सकते थे और न आमदनी बढ़ा सकते थे।

दीवान द्वारिका दास ने उन्हें सलाह दी थी कि किले की अधिकांश इमारतें खाली पड़ी हैं। राज्य सरकार को अपने ऑफिसों के लिए जगह की जरूरत है। क्यों न उन्हें किराए पर उठा दिया जाए, इससे हर साल कई लाख रुपए किराए की सूरत में मिल जाया करेंगे। लेकिन राजा साहब को भीड़भाड़ पसन्द नहीं थी। किले में सरकारी दफ्तरों में काम करने वालों के हर समय आने-जाने और उनके शोरगुल वाले माहौल से वे चिढ़ते थे। उन्हें अपने से अधिक महारानी राजलक्ष्मी की चिन्ता थी, जिन्हें शोरगुल बिल्कुल पसन्द नहीं था। राजपाट चला जाने के बाद उन्होंने अपने आपको अपने महल और किले के पिछवाड़े वाली नीली झील तक सीमित कर लिया था।

सुबह-शाम नीली झील की ओर देखते-देखते समीरा झील के पानी पर और उसके आसपास की पहाड़ियों पर रहने वाले एक-एक वृक्ष और पक्षी को पहचान गई थी पर महाराज का संबंध प्रकृति से बिल्कुल टूट गया था।

लेकिन न मालूम उस दिन प्रकृति को क्या हुआ था। एकाएक आकाश मटमैला होकर धरती पर उतरता-सा दिखाई दे रहा था। शायद काली आंधी आनेवाली थी... और एकाएक वातावरण भयावना होने लगा और आसमान काला पड़ने लगा... तेज आंधी आई थी... पछाड़ें मारती तूफानी हवा महल के प्राचीरों से चक्रवात की तरह टकराने लगी थी... जंगल के पेड़ पागलों की तरह झूम रहे थे... पास के कुछ पुराने पेड़ लड़खड़ाते हुए जड़ों से उखड़ गये थे... प्रकृति का यह रूप कुछ अजीब ही था। अमूमन सर्दियों में ऐसी आंधियाँ नहीं आतीं... लेकिन उस दिन प्रकृति का रूप अलग ही था... सर्दियों की महावट वर्षा आती भी थी तो पानी खूब बरसता था पर उसका यह रौद्र रूप नहीं होता था।

महल में अँधेरा भर गया था। नौकर-चाकर बड़ी-बड़ी खिड़कियों के पल्ले बंद करते हुए रोशनियाँ भी जलाते जा रहे थे कि तभी उस भीषण अंधड़ की आवाज में गड़गड़ाते बादलों का डरावना शोर भी शामिल हो गया... सारा आकाश उमड़ते-घुमड़ते काले बादलों से भर गया और कभी इधर कभी उधर से तड़कती-चमकती बिजली की दिल दहला देने वाली घनघोर आवाजें आने लगीं...

समीरा प्रकृति के इस रौद्र रूप को देख रही थी। नानी माँ उस समय शायद पूजाघर में ध्यानमग्न बैठी थीं... प्रकृति के इस भयावह ताण्डव से बेखबर...

महाराज सुरेन्द्र सिंह हमेशा की तरह प्रकृति के प्रति वीतराग थे। वैसे भी शिकार से लौटने के बाद से महाराज कुछ ज्यादा ही परेशान थे। उन्हें उम्मीद थी कि नहर के लिए ली गई उनकी जमीन का बेहतर मुआवजा उन्हें जरूर मिलेगा, क्योंकि उनकी जमीन के आगे वाली जमीन के मालिक नेता जी श्योराज चौधरी को उनकी जमीन के मुकाबले दस गुना ज्यादा मुआवजा मिला था। इस अन्याय से वे त्रस्त थे... सामने पड़ी फाइलों के आंकड़े उन्हें और भी त्रस्त कर रहे थे... ऊपर से हैसियत टैक्स की अदायगी का नोटिस भी उन्हें परेशान कर रहा था... उनकी समझ में नहीं आ रहा था कि वे परेशानियों के इस दलदल से कैसे निकल पायेंगे?

मानसिक हलचल के ऐसे मौकों पर, अंदरूनी तनाव के इन और ऐसे क्षणों में जब उनकी समझ में कुछ नहीं आता था तो वे अपनी बंदूकें गिनने, सँभालने या साफ करने लगते थे... तब उनके भीतर अनजाने की हिंसा का सैलाब-सा आता था। शायद उनके लिए अपने लाचार वजूद, खोए हुए मान-सम्मान और खण्डित राजसी घमण्ड को संतुष्ट करने का यही सिलसिला बचा था... अपनी बंदूकों को देखना... एक आँख दबाकर दुश्मन को ताकना, उस पर निशाना साधना... फिर दूसरी बंदूक को उठाना और उसे साफ करना...

वह ऐसे ही भयानक मानसिक तनाव में थे कि तभी आसमान में काले बादलों के बीच तेज बिजली कड़की और एकाएक दीवानखाने की तरफ से कुछ तेज आवाजें आने लगीं। ऐसा लगा कि पंछियों का कोई झुण्ड दीवान खाने में घुस आया हो। भयग्रस्त चीखें, पंख फड़फड़ाने, इधर-उधर टकराने और फिर काँच के टूटने की तेज आवाजें और तेज होती चली गईं...

महाराज एकाएक बौखला गए... उनकी समझ में नहीं आया कि यह जंगली शोर कैसा था? वे तेजी से दीवानखाने की ओर लपके। जाते-जाते उन्होंने बंदूक और कारतूस उठाये और जोर से पुकारा—''राम सिंह!''

दीवानखाने में पहुँचे तो देखा—दोनों काकातुआ जैसे बेहद भयग्रस्त होकर छत और दीवारों से टकराते, पंख फड़फड़ाते, चीखते, छत से लटकते शाही झूमर के इर्द-गिर्द उड़ते, उसी से बार-बार टकराते, चोंच मारते चकरा रहे थे।

बिजली तब भी कड़क रही थी... उनके टकराने और पंखों के फड़फड़ाने की चोट से शाही झूमर की काँच की लड़ियाँ टूट-टूट कर फर्श पर गिर रही थीं। उनके अठ-पहलू काँच के मोती इधर-उधर बिखर रहे थे। वे चीखे, ''राम सिंह! भगाओ काकातुआओं के इस जोड़े को वरना यह झूमर टूट कर गिर जायेगा।''

और महाराज को जो आशंका थी वह सच साबित हुई। काकातुओं के जोड़े

के पंखों की चोट और उनकी मार से झूमर छत में लगे कुंडे से निकला और एक जोरदार धमाके के साथ दीवान खाने के फर्श पर आ गिरा। काँच के लाखों टुकड़े दूर तक बिखरते चले गए। उनके फर्श पर गिर कर टूटने की झनझनाहट से दीवानखाना गूंज उठा।

महाराज सुरेन्द्र सिंह के क्रोध की सीमा नहीं रही। उन्होंने जल्दी-जल्दी बन्दूक में कारतूस डाले और फिर उसकी नाल चक्कर काटते काकातुआओं की ओर उठा दी।

एक-एक कर बन्दूक से दो शोले निकले और फिर धमाकों के साथ ही दोनों काकातुआ चीखते हुए फर्श पर आ गिरे। बन्दूक की गोलियों की आवाजें उनकी दर्द भरी चीखों और पंखों की फड़फड़ाहट में खो गईं।

दीवानखाने के साफ शफ्फाक संगमरमरी फर्श पर काकातुओं के फड़फड़ाते जख्मी पंखों से खून की बूंदें छिटक-छिटक कर गिर रही थीं... दीवारों पर भी यहाँ-वहाँ खून के छींटे पड़े हुए थे। काकातुओं की दर्द भरी चीखों और बेचैन पंखों की मनहूस फड़फड़ाहट की आवाज दीवानखाने में भरी हुई थी...

तभी एकाएक जैसे महाराज को होश आया... खून से लथपथ तड़पते-चीखते पंछियों को देखते हुए, बंदूक एक तरफ फेंक कर, वे पछतावे के स्वर में बोले—"हे भगवान... यह हमने क्या कर डाला..."

और उन्होंने अपने किये पर पछताते हुए दु:ख से अपनी आँखें मूंद लीं—वे समझ नहीं पा रहे थे कि महारानी राजलक्ष्मी को वे क्या उत्तर दे पायेंगे...

●●

रानी माँ पूजा कर रही थीं कि अचानक गोली की आवाज सुनकर उनका ध्यान भंग हुआ था। उन्होंने गोली की आवाज की दिशा में कान लगा दिए। दूसरे ही पल काकातुओं के चीखने के साथ ही कांच की किसी भारी चीज के जोरदार आवाज के साथ फर्श पर गिरने की आवाज सुनाई दी थी। कांच के टुकड़ों के दूर-दूर तक खनखन कर बिखरने की आवाजों के साथ ही काकातुओं की दर्द भरी चीखों से जैसे पूरा महल भर गया था।

महारानी माँ पूजा अधूरी छोड़ कर उठीं और लगभग दौड़ती हुई अपने महल से जुड़े दीवानखाने में पहुँच कर जो उन्होंने देखा, वह देख कर अवाक् रह गईं। फिर वह धम से फर्श पर बैठ गईं।

उनके सामने ही काकातुओं का जोड़ा फर्श पर लहूलुहान पड़ा छटपटा रहा

था। दीवानखाने के फर्श पर दूर-दूर तक उनके खून के छींटे और काँच के टुकड़े बिखरे पड़े थे।

महारानी माँ ने जल्दी से दीवानखाने की छत पर नजर डाली। छत के बीचों-बीच लटकने वाला झूमर अपने स्थान पर नहीं था। वह काँच के बड़े ढेर की तरह फर्श पर पड़ा था। उसके टुकड़े संगमरमर के फर्श पर दूर-दूर तक बिखरे हुए थे। काकातुओं के जोड़े की दर्द भरी छटपटाहट और चीखें अब शान्त हो गई थीं।

तभी उनकी नजर अपने पति महाराजा साहब पर पड़ी। वे टूटे हुए झूमर को देख रहे थे।

"कमबख्तों ने हजारों रुपयों का नुकसान कर दिया।" महाराजा साहब की गुर्राती हुई आवाज गूँज उठी, "यह झूमर हमारे खानदान की पुरानी निशानियों में से एक था। हमारे परदादा इसे बेल्जियम से खरीद कर लाए थे। महारानी साहिबा, आपके काकातुओं ने हमारे परदादा की अनमोल निशानी चूर-चूर कर डाली!"

"हम पूछते हैं आपको इन पर गोली चलाने की क्या जरूरत थी?" महारानी माँ गुस्से से तमतमा कर उठ खड़ी हुईं। "काँच के बेजान झूमर के लिए आपने निर्दोष पंछियों के प्राण छीन लिए।"

"ये निर्दोष नहीं थे। हमने आपसे पहले भी कहा था कि इन्हें पिंजरों में बन्द रखिए। लेकिन आपने तो इन्हें आजादी दे रखी थी कि जहाँ भी जी चाहे उड़ें और कीमती चीजों को बर्बाद करें। हमारी खानदान की इतनी कीमती निशानी आज बर्बाद हो गई, आपके इन काकातुओं की वजह से। हम इन्हें मार न देते तो और क्या करते?"

"महाराज, किसी की जान लेना तो बहुत आसान है लेकिन मुश्किल है किसी को जिन्दगी देना!"

"हमने जान-बूझकर इन्हें नहीं मारा। हम तो चुपचाप बैठे अपने खर्चे और आमदनी का हिसाब-किताब देख रहे थे कि ये दोनों उड़ते हुए आए और झूमर की लड़ियों में उलझ गए। इनके पंखों की टक्कर से झूमर की कई लड़ियाँ टूटकर फर्श पर आ गिरीं। फिर पूरा झूमर ही टूट गया। अपनी खानदानी धरोहर को इस तरह बर्बाद होते देख हमें गुस्सा आ गया और हमने इन पर गोलियाँ चला दीं। आज इस झूमर की कीमत लाखों में थी... गुस्सा आना लाजिमी था... सारा दोष आपके इन काकातुओं का है।"

"महाराज, हमें अपने मैके से जो जमीन-जायदाद मिली हुई है, हम उससे आपको एक नहीं, कई ऐसे झूमर खरीद कर दे देते, अब भी दे सकते हैं। लेकिन क्या आप हमें इन मासूम पंछियों की जिन्दगी लौटा सकते हैं?" महारानी साहिबा ने दुःख और पश्चाताप भरी आवाज में कहा और फिर जैसे घोषणा करती हुई

बोलीं, ''जो हो गया, उसे तो अब वापस लाया नहीं जा सकता महाराज, लेकिन एक बात अच्छी तरह सुन लीजिए कि अगर हमारे राज की सीमा में आपने फिर किसी पंछी-पखेरू ही नहीं, किसी भी मासूम जानवर पर बन्दूक उठाई तो हम समीरा को लेकर अपने पिताजी महाराज के पास चले जायेंगे... यह हमारा आखिरी फैसला है।''

महारानी माँ की इस घोषणा से महाराज साहब का सारा क्रोध हवा हो गया। उन्होंने फर्श पर पड़ी बंदूक उठाई और दीवार में लगी एक खूँटी पर लटका कर थके कदमों से अपने कक्ष की ओर लौट गए।

●●

महारानी माँ का आदेश पाकर नौकर काकातुओं की लाशें उठा ले गए और राजमहल के पास के एक बगीचे में उन्हें दफन कर दिया।

''दीवानजी, हमारे काकातुओं की जल्द से जल्द सुर्ख पत्थरों की शानदार समाधि बना दी जाए।'' महारानी माँ ने कहा और पास ही, आँखों में आँसू लिए खड़ी समीरा के कन्धे का सहारा लेकर अपने सोने के कमरे में चली गईं।

पता नहीं कैसा मनहूस दिन था वह। रानी माँ अपने सोने के कमरे में जाकर बिस्तर पर लेटीं तो उन्हें बिस्तर ने पकड़ ही लिया। समीरा को लगा कि सच ही नानी माँ के प्राण उन काकातुओं में बसते थे।

उनकी हालत दिन-पर-दिन खराब होती चली आ रही थी। डॉक्टर और वैद्य इलाज कर रहे थे, लेकिन कोई भी दवा कारगर साबित नहीं हो रही थी।

''नानी माँ, एक बात कहूँ, अगर आप मानें?'' समीरा ने उनकी बिगड़ती हालत से घबरा कर कहा।

''हाँ, बोलो समीरा, ऐसी कौन-सी तुम्हारी बात है जो हमने नहीं मानी?''

''नानी माँ, मेरी और दिव्या की राय है कि आप कुछ दिन बड़े नाना साहब... यानी कि अपने मैके चली चलें। वहाँ जाने पर आबोहवा तो बदल ही जायेगी। काकातुओं की याद भी कम हो जाएगी...'' समीरा ने सुझाव दिया। ''मैं और दिव्या आपके साथ चलेंगी।''

''समीरा बेटी, वहाँ जाकर मैं अपना दु:ख भूल जाऊँगी या मौत हमें भूल जाएगी यह तो अब मुमकिन दिखाई नहीं देता, लेकिन आखिरी बार अपने माता-पिता महाराज और बहन-भाइयों को देख लूँगी... उस धरती को देख लूँगी, जहाँ एक दिन मैंने जन्म लिया था। ठीक है। हम चलेंगे... जाओ... जाकर महाराज को

बता दो और उनसे निवेदन करके हमारे जाने का इन्तजाम करवा दो।''

●●

तमाम मतभेदों के बावजूद महाराजा सुरेन्द्र सिंह को अपनी महारानी से बेहद लगाव था। वह उन्हें देवगढ़ जाने नहीं देना चाहते थे, लेकिन समीरा और दिव्या के कहने-सुनने पर उन्होंने इस शर्त पर रानी माँ को देवगढ़ जाने की इजाजत दे दी कि जैसे ही उनकी तबियत ठीक हो जायेगी, वह सुमेरगढ़ लौट आयेंगी।

●●

देवगढ़ पहुँचकर रानी माँ अपने माता-पिता तथा परिवार के अन्य सदस्यों के बीच अपना दु:ख कुछ सीमा तक भूल गईं। उन्हें सुमेरगढ़ में हर समय जो हल्का-हल्का बुखार रहता था वह भी दूर हो गया। धीरे-धीरे स्वास्थ्य सुधरने लगा। उनके उदास रहने वाले चेहरे पर चमक लौट आई।

लेकिन वह जैसे ही राजमहल की खिड़की से महल से थोड़ी दूर हरी-भरी पहाड़ियों से भरी छोटी-सी झील पर नजर डालतीं तो उन्हें अपनी सुमेरगढ़ की नीली झील याद आ जाती। झील के ऊपर आकाश में इधर-उधर उड़ाने भरते तरह-तरह के रंग-बिरंगे पंछी याद आ जाते और फिर बरबस उन्हें अपने काकातुओं की याद सताने लगती। वह अपने काकातुओं की निर्मम हत्या को जितना भुलाने की कोशिश करतीं, उनकी याद उतनी ही अधिक तीव्रता से भड़क उठती। काकातुओं की निर्मम हत्या ने उनके समूचे अस्तित्व को ही नहीं, उनकी आत्मा तक को घायल और क्षत-विक्षत कर दिया था।

●●

उस दिन सुबह से ही आकाश में बादल छा गए थे। देवगढ़ के प्राचीन दुर्ग की प्राचीरों और उसे घेरे खड़ी पहाड़ियों पर आकाश ने काली-कजरारी घटाओं का सुरमई रंग छिटक दिया था। रह-रहकर आकाश में छाई श्यामल घटाओं को चीर कर एक छोर पर बिजली कड़कती और काली घटाओं के सीने पर रजत रेखा, खींचती हुई उल्टी ओर चली जाती।

उन्हें यह आवाज बन्दूक की गोलियों की आवाज की तरह लगती और वे अवसन्न-सी खड़ी रह जातीं। इसी ऊहापोह और भय ने उन्हें आक्रांत कर दिया

था। दिल और दिमाग में सब कुछ गड्ड-मड्ड हो रहा था... कड़कती बिजली की आवाज बंदूक की आवाज में बदल जाती थी और उनके सामने वही दृश्य होता और वही पुराने दृश्य लौट आते।

जब महाराजा साहब शिकार से लौटते थे तब गाड़ियों में हिरन, बाघ और अन्य जानवरों की लाशें देखकर महारानी माँ की आत्मा चीख उठती थी। आँखों के आगे अंधेरा छा जाता था और कई-कई दिन तक वह न तो महाराजा साहब के महल में जाती थीं और न उन्हें अपने महल में आने की इजाजत देती थीं।

"समीरा..." सहसा रानी माँ ने पुकारा।

"जी नानी माँ...।" समीरा दौड़ती हुई चली आई।

"बेटी, सुमेरगढ़ चलने की तैयारी करो। अब हमारा मन यहाँ नहीं लग रहा है।" महारानी ने एक लम्बी साँस भर कर कहा।

"लेकिन नानी माँ, आपको यहाँ आए अभी एक हफ्ता भी तो नहीं हुआ," समीरा ने नानी माँ के उदास चेहरे की ओर देखते हुए कहा, "और अभी आपकी तबियत भी तो ठीक नहीं हुई है।"

"बेटी, पता नहीं इतने दिनों में अपने सुमेरगढ़ में क्या कुछ हो गया होगा," नानी माँ ने चिन्ता और उदासी भरे स्वर में कहा और एक पल रुक कर आकाश की ओर देखती हुई बोलीं, "अब तक तो न जाने कितने निर्दोष पंछियों और पशुओं की हत्या हो चुकी होगी। चलो, हम पिताजी महाराज और माँ साब को बता दें कि कल सुबह होते ही हम वापस जा रहे हैं।"

समीरा चुपचाप खड़ी नानी माँ की चिन्ता और उनकी उदासी से भरी आँखों को देखती रह गई।

●●

और जब चार-पाँच दिन के बाद ही महारानी साहिबा बिना किसी पूर्व सूचना के सुमेरगढ़ लौट आईं तो राजा आश्चर्य में पड़ गये।

"आप...! आप इतनी जल्दी लौट आईं?" महाराज साहब ने महारानी साहिबा के महल में पहुँचकर कहा, "क्या देवगढ़ में मन नहीं लगा?"

"अब हमारा मन देवगढ़ और सुमेरगढ़ से ही नहीं, इस पूरी दुनिया से ही उचट गया है महाराज... आपसे हमने बहुत पहले एक बात कही थी..." महाराज ने उन्हें ऐसे देखा जैसे उन्हें कोई बात याद न आई हो। तब महारानी ने दुःख और उदासी भरे स्वर में कहा "आपने हमारी बात पर विश्वास नहीं किया महाराज और

हमारी काकातुओं के जोड़े को आपने मार डाला। हमने आपसे बताया था कि हमारे प्राण काकातुओं के जोड़े में बसते हैं। जिस दिन वे दोनों मर जायेंगे, हमारे प्राण-पखेरू भी उड़ जायेंगे। आप देख ही रहे हैं, हम उसी दिन से बिस्तर पर पड़े हैं और हमें अब ऐसा लग रहा है कि किसी भी समय हमारे प्राण...।"

"आप तो परियों की कहानी दोहरा रही हैं महारानी साहिबा। हर इन्सान की जान उसके शरीर में रहती है किसी पंछी में नहीं," महाराजा साहब ने रोष भरे स्वर में कहा, "आप पढ़ी-लिखी महिला हैं। एक राजा की बेटी हैं और एक राजा की पत्नी भी। आप ऐसी दकियानूसी बातों पर विश्वास करती हैं। हमें इस बात पर हैरानी भी है और परेशानी भी।"

महारानी साहिबा ने कोई उत्तर नहीं दिया।

महाराजा साहब चुपचाप अपने कक्ष की ओर चले गए।

महारानी राजलक्ष्मी ने अपनी खास दासी को कक्ष का द्वार बंद करने का आदेश दिया और उसी रात उनके प्राण पखेरू उड़ गए। राजमहल में कोई भी न जान सका।

सुबह होने के बाद ही पता चला कि उनका देहांत हो गया है। राजमहल से समीरा, दिव्या और रानी साहिबा की दासियों के रोने की आवाजें दुर्ग की प्राचीरों से टकरा कर गूँजने लगीं।

◆◆◆

[4]

महारानी राजलक्ष्मी की मृत्यु से ऐतिहासिक दुर्ग में एक अजीब-सी खामोशी छा गई। एक ऐसा सन्नाटा जो राजमहल में रहने वाले प्रत्येक व्यक्ति के सीने में एक स्थायी पीड़ा भरी उदासी बन कर समा गया था।

महारानी साहिबा की इस दुःखद मृत्यु ने महाराजा साहब को हिला कर रख दिया था। राजमहल में छाये सन्नाटे में उनके अकेलेपन की पीड़ा को और अधिक बढ़ा दिया था। महारानी साहिबा की मृत्यु के लिए वह अपने आपको जिम्मेदार मानते थे। रह-रह कर वह भयानक और अमंगलकारी घड़ी उन्हें व्याकुल कर देती थी। जब अपनी आर्थिक परेशानी की घड़ी में उन्होंने बहुमूल्य झूमर को टूटते देखा था और उसके लिए दोषी काकातुओं के जोड़े पर फायर किया था।

●●

महारानी माँ की मृत्यु का सबसे गहरा प्रभाव पड़ा था समीरा पर। नानी माँ ने उसे बचपन से पाला था। उसे उन्होंने वे सभी संस्कार दिए थे जो उन्हें अपने माता-पिता से मिले थे। राजमहल के सूनेपन और सन्नाटे से घबराकर वह दिव्या के साथ नीली झील पर चली जाती थी। उनका अधिकांश समय वहीं बीतने लगा था।

वे दोनों कभी नानी माँ की मौत की बातें करतीं, कभी परदेस से आये पंछियों को देखतीं, उनके पीछे जातीं, वे उड़कर कहीं और जा बैठते तो उनका पीछा करतीं... उनकी मासूमियत और सुंदरता पर बातें करतीं... पर समीरा कभी-कभी यह महसूस करती कि दिव्या उसके साथ मित्रता के क्षणों को पूरा करके लौट जाने की जल्दी में रहती थी। दिव्या कहती तो कुछ नहीं थी, पर जब से वह देवगढ़ से लौटी थी, उसे दिव्या में अंतर नजर आने लगा था। उसकी समझ में नहीं आता था कि इसका कारण क्या था?

इसके अलावा समीरा को लेकर महाराज नानाजी साहब भी बहुत चिंतित, उदास और परेशान दिखाई पड़ते थे। नानी माँ के देहांत के बाद तक तो उनका एकाकीपन समीरा की समझ में आता था, लेकिन उसके बाद वे दीवान द्वारिका दास के साथ ज्यादा ही नहीं, जरूरत से ज्यादा व्यस्त दिखाई देते थे। न मालूम क्यों रियासत के मालखाने और रिकार्डरूम से धूल झाड़-झाड़ कर पुराने दस्तावेज और नक्शे तलाशे जाते थे और अंग्रेजी जमाने के गजेटियरों और कमिश्नरों की खुफिया रपटों की तफतीश आँख गड़ा-गड़ा कर की जाती थी। दो एक मशहूर वकील भी दूर-दराज शहरों से बुलाये जाते थे, उनसे बहुत गंभीर सलाह-मशवरा होता था...

यह सब क्यों और क्या था, यह समीरा की समझ में नहीं आता था, पर वह नानाजी साहब की परेशानियों को लेकर परेशान रहती थी।

●●

एक दिन दिव्या जब उसके साथ थी तो समीरा ने दीवान द्वारिकादास को रोक कर आखिर पूछ ही लिया था, "दीवान जी... नानाजी साहब इन दिनों इतने खामोश और परेशान क्यों रहते हैं... वे दिन-रात पुराने दस्तावेजों और नक्शों को क्यों पढ़ते रहते हैं?"

तब दीवान द्वारिकादास ने बहुत हिचकते हुए बताया था—

"बिटिया! महाराजा साहब की परेशानी का कारण यह कि भारतीय पुरातत्त्व विभाग से एक नौजवान अफसर आनेवाला है, जो अपनी सुमेरगढ़ रियासत के

पुराने भवनों, खण्डहरों, इमारतों और उनके पुरातन इतिहास की खोजबीन करेगा... ऐसा पता चला है...''

''लेकिन वो क्यों आ रहा है?'' समीरा ने पूछा था।

''शायद केन्द्र सरकार पुरानी रियासतों की विरासती इमारतों और खण्डहरों को हमारे अधिकार से मुक्त करके अपने हाथ में लेना चाहती है... इसी को लेकर महाराजा साहब बहुत परेशान हैं। इसलिए वे पुराने दस्तावेजों और प्राचीन नक्शों के जरिए अपनी खानदानी मिल्कियत का पिटीशन तैयार करवा रहे हैं। आला वकील एक-एक कागज को गौर से पढ़कर कानूनी नुक्ते निकाल रहे हैं... ताकि खानदानी जायदाद को सरकारी अधिग्रहण के चंगुल से बचाया जा सके...'' दीवान द्वारिकादास ने पूरे विवरण के साथ समीरा को महाराजा साहब की उलझन और परेशानियों के बारे में बताया।

''लेकिन सरकार ऐसा क्यों कर रही है?'' समीरा ने पूछा।

''सरकार यह सब पुरानी धरोहर को बचाने के नाम पर कर रही है। आला वकील अपनी सुमेरगढ़ रियासत के भारत में विलीन होने के कानूनी प्रावधानों का अध्ययन भी कर रहे हैं, ताकि जरूरत पड़ने पर बाकायदा मुकदमा भी लड़ा जा सके...'' दीवान द्वारिकादास ने बताया।

''एक तरह से तो यह ठीक ही है, दीवान काका!''

''यह आप क्या कह रही हो बिटिया?'' दीवान साहब ने चौंक कर कहा।

''तो और क्या... नाना जी साहब तो सारी रियासती जायदाद की देखभाल करने में असमर्थ हैं... है तो यह देश की ही। सरकार देखेगी तो कम से कम इमारतें खण्डहर होने से तो बच जायेंगी...'' समीरा ने दीवान काका को गौर से देखते हुए कहा, ''और फिर पिछली बार राधाजी के मंदिर को लेकर हुए खून-खराबे जैसी घटनाओं के दुबारा घटित होने की संभावना भी समाप्त हो जाएगी!'' समीरा ने जैसे नानी माँ वाली बात दोहरा दी थी।

दीवान द्वारिकादास इस विवाद में न पड़ने की नीयत से, किसी तरह जल्दी का बहाना बनाकर वहाँ से चले गये थे। वे महाराज साहब की आर्थिक दिक्कतों से बखूबी परिचित थे... इसीलिए वे चाहते थे कि सरकारी अधिग्रहण से जो कुछ बचाया जा सके उसे बचाया जाए। खासतौर से उनकी निगाह राधाजी के प्राचीन मंदिर पर थी, जिसके चढ़ावे की आमदनी लाखों में थी।

इसी राधा मंदिर को लेकर आदिवासी गूजरों और महाराजा साहब के पूर्वजों में चार सदी पहले एक भयानक संघर्ष हुआ था। तब काफी खून-खराबा भी हुआ था।

इसके बारे में नानी माँ ने समीरा को एक बार बताया था—"बेटी! बड़ा विचित्र है अपना इतिहास और परम्पराएँ... राजे-महाराजे तो सिर्फ राज्यों की सरहदों का आधा-अधूरा इतिहास तय करते हैं... सभ्यता और संस्कृति का इतिहास तो प्रजा बनाती है..."

समीरा सोचती रह गई थी... कितना अंतर है नानी माँ और नाना साहब की सोच में! तब दिव्या भी मौजूद थी, जब एक बार नानी माँ ने इस पूरे इलाके का इतिहास बताया था—"यह वह क्षेत्र है... पाँच गाँवों का वह इलाका जो युधिष्ठिर ने दुर्योधन से महाभारत काल में मांगा था। दुर्योधन ने सुई की नोंक बराबर जमीन देने से इनकार कर दिया था। यही क्षेत्र था त्रिगर्त, बहरोड़, भरतपुर का... राधा यहीं की थीं—गूजरी... और इस प्रदेश की खोई हुई पौराणिक पहचान गोस्वामी नारायण भट्ट ने स्थापित की थी। वे आन्ध्र से आये थे। तैलंग थे। राधा और कृष्ण के समय का पूरा भूगोल खो गया था। इस भूगोल को उन्होंने दुबारा खोजा था और उसी जमाने में मीराबाई आई थी ब्रजपीठाधीश गोस्वामी नारायण भट्ट के पास दीक्षा लेने, लेकिन गोस्वामी नारायण भट्ट ने दीक्षा देना मंजूर नहीं किया था..."

"लेकिन क्यों नानी माँ?" दिव्या ने पूछा था।

"क्योंकि राधा बरसाने की पुत्री थीं... ब्रजाचार्य गोस्वामी नारायण भट्ट गूजरी राधा को पुत्रीवत मानते थे। वे राधा को कृष्ण की स्वकीया स्वीकार करते थे... मीराबाइ तो कृष्ण के प्रति दाम्पत्य भाव रखती थीं, तो ब्रजाचार्य अपनी पुत्री राधा की सौतन को कैसे स्वीकार कर सकते थे... लेकिन मीराबाई को मना भी कैसे कर सकते थे... इसलिए उन्होंने एक रास्ता निकाला। गोस्वामी नारायण भट्ट ने अपने शिष्य मथुरादास को बुलाया। उन्हें आदेश दिया कि वे भक्तिमति मीराबाई को दीक्षा प्रदान करें... पर यह राधाजी के मायके में तो संभव था नहीं, वैसे भी राधाकृष्ण के ब्रजमण्डल में दाम्पत्य भाववाली मीरा को स्थान मिलना मुश्किल था और फिर गोस्वामी नारायण भट्ट का आदेश था कि मीरा को दीक्षा तो दो पर ब्रजमण्डल से बाहर जाकर। वहाँ से वे द्वारिका चली जाएँ, क्योंकि द्वारिका के कृष्ण राधा के कृष्ण नहीं हैं..."

"तब नानी माँ?" समीरा और दिव्या ने उत्सुकता से एक साथ पूछा था।

"तब मथुरादास जी मीरा को ब्रजमण्डल क्षेत्र से बाहर त्रिगर्त ले गये थे वहीं बांके बिहारी जी के मंदिर में मथुरादास जी ने मीराबाई को दीक्षा दी थी... वहीं से मीराबाई दीक्षा ग्रहण करने के बाद द्वारिका चली गयी थीं... वहीं वे श्रीकृष्ण में अंततः विलीन हो गई थीं... उसी दौर में गूजरों ने अपनी बेटी राधा का मंदिर स्थापित किया था। राधाभाव के कारण उस राधा मंदिर की मान्यता स्थापित हुई

थी... तब से वह मंदिर चढ़ावे का भण्डार बन गया है।''

◆◆◆

[5]

एक रोज दिव्या जब अपने संगीत विद्यालय की ओर जा रही थी कि अचानक एक तेज रफ्तार कार उसके करीब से गुजरी और फिर अचानक उसके ब्रेक चरमरा उठे और कार एक झटके के साथ रुक गई।

ब्रेकों की चरमराने की आवाज सुनकर दिव्या भी चौंकी और ठिठककर रुक गई।

दूसरे ही पल कार बिना कोई आवाज किए रिवर्स होती हुई दिव्या के बराबर आकर रुक गई।

हैरान-परेशान-सी दिव्या कार की ड्राइविंग सीट पर बैठे व्यक्ति की ओर देखने लगी। वह सुन्दर और सुशोभन नौजवान दिखाई देता था। बदन पर शानदार सूट और गले में सूट से मैच करती टाई थी। कार की पिछली सीट पर एक सरकार चपरासी जैसा आदमी बैठा था।

''सुनिए,'' ड्राइविंग सीट पर बैठे नौजवान ने खिड़की से झांकते हुए कहा था, ''हलो... देखिए मैं इस शहर में नया हूँ। अभी-अभी दिल्ली से आ रहा हूँ। इस शहर में पहली बार आया हूँ, इसलिए नहीं जानता कि सरकारी गेस्ट हाउस किधर है? क्या आप मुझे वहाँ का रास्ता बता सकती हैं?''

दिव्या बड़े ध्यान से उस नौजवान को देख रही थी, जो सुन्दर और सुशोभन होने के साथ-साथ शालीन भी दिखाई दे रहा था। दूर तक सड़क सुनसान थी। ऐसे में किसी अपरिचित युवक से बातें करना उसे अच्छा नहीं लग रहा था। लेकिन युवक की शालीनता ने उसे विवश कर दिया। सुमेरगढ़ दुर्ग से आने वाली सड़क के ढलान की ओर हाथ उठा कर दिव्या बोली, ''सड़क के ढलान पर दायीं ओर जो इमारत दिखाई दे रही है वही सरकारी गेस्ट हाउस है।''

''धन्यवाद,'' युवक ने मुस्कराते हुए कहा, ''अच्छा हुआ आपसे मुलाकात हो गई, वरना अभी न जाने कितनी देर तक गेस्ट हाउस की तलाश में मुझे भटकना पड़ता। इस शहर के लोग भी अजीब हैं, ठीक-ठीक किसी जगह का रास्ता भी नहीं बताते। जी... मैं ठीक कह रहा हूँ न...''

दिव्या को हँसी आ गई। हँसते-हँसते बोली, ''माफ कीजिएगा, मैं भी तो इसी शहर की रहने वाली हूँ। हो सकता है आपने जिन लोगों से पूछा हो वे आपकी

बात समझ न पाए हों। यह पहाड़ी आदिवासी इलाका है। यहाँ के लोग आपकी शहरी भाषा को शायद समझ नहीं पाए होंगे।''

''एक बार फिर धन्यवाद'' युवक ने कहा और अपनी कार गेस्ट हाउस की ओर बढ़ा दी।

दिव्या खड़ी-खड़ी उस कार को गेस्ट हाउस की ओर जाते देखती रही। फिर एकाएक उसे दीवान द्वारिकादास वाली बात याद आई थी... उसका माथा ठनका—वह गेस्ट हाउस में जा रहा है। उसके पास अपनी कार भी है। पीछे चपरासी बैठा हुआ है तब तो जरूर कोई बड़ा सरकारी अफसर होगा। उसे अपने आप पर झुंझलाहट हो आई कि उसने उससे यह क्यों नहीं पूछा कि वह कौन है और दिल्ली से यहाँ सुमेरगढ़ क्यों आया है?

उसके मन में उस युवक के संबंध में सब कुछ जानने का अनायास ही कौतूहल जाग उठा था।

●●

तीन-चार दिन बीत गए। दिव्या रोजाना इसी रास्ते से संगीत महाविद्यालय जाती थी, लेकिन इन तीन-चार दिनों में एक बार भी उस युवक से भेंट नहीं हुई। जब भी वह अपने करीब से किसी कार को आते-जाते देखती, तो बड़ी उत्सुकता भरी नजरों से उसकी ओर देखने लगती और जब उस कार में वह नौजवान दिखाई न देता तो बरबस ही एक लम्बी साँस उसके होंठों से निकल कर ट्रैफिक के शोर में गुम हो जाती।

न जाने क्या हो गया था दिव्या को। जब तक उस नौजवान से भेंट नहीं हुई थी, वह पहले तो हर समय समीरा और महारानी के बारे में सोचती रहती थी या फिर दीवान द्वारिकादास की बताई बात के बारे में... लेकिन न जाने क्यों अब उसके सारे विचार, सारी सोच उस अपरिचित युवक तक केन्द्रित होकर रह गई थी। संगीत महाविद्यालय की क्लास में भी उसका मन न लग पाता। सितार पर भैरवी के स्वर छेड़ते-छेड़ते उसकी अंगुलियाँ राग कल्याण के स्वर छेड़ बैठतीं और कुछ देर बाद जब उसे अपनी भूल का अहसास होता तो सितार उठाकर एक ओर रख देती और उठकर चुपचाप विद्यालय से निकल आती।

सुमेरगढ़ दुर्ग से संगीत महाविद्यालय की ओर जाने वाली सड़क के किनारे ही ढलान खत्म हो जाने के बाद गेस्ट हाउस था। दिव्या गेस्ट हाउस के सामने से ही संगीत महाविद्यालय आती-जाती थी। कई बार उसके जी में आया कि गेस्ट हाउस में जाकर उस नौजवान के बारे में पूछताछ करे। हो सकता है कि वह अभी

यहीं ठहरा हुआ हो। लेकिन उसके कदम गेस्ट हाउस के करीब जाकर ठिठक जाते। उसके संकोची संस्कार आड़े जा जाते। और फिर दिव्या को उसका नाम भी तो नहीं मालूम था। वह दिल्ली से आया है सिर्फ इतना ही उसे मालूम था। वह किस सरकारी विभाग का अफसर है यह भी नहीं मालूम। ऐसी सूरत में उसके बारे में पूछताछ कैसे की जा सकती थी?

आज जब दिव्या संगीत महाविद्यालय में सितार पर रियाज कर रही थी तो अचानक उसे याद आया कि आमतौर पर सरकारी ऑफिस शाम को पाँच बजे बन्द हो जाते हैं। अगर वह नौजवान किसी सरकारी ऑफिस में काम करता होगा तो शाम को उसे भी छुट्टी मिल जाती होगी और वह गेस्ट हाउस की ओर चल पड़ता होगा। उसके पास अपनी कार है, इसलिए अधिक से अधिक साढ़े पाँच बजे तक गेस्ट हाउस पहुँच ही जाता होगा।

और यह सोचकर वह संगीत विद्यालय से चल पड़ी।

शाम के पाँच बज चुके थे, इसलिए सड़क पर काफी ट्रैफिक था। दिव्या को बस इतना पता था कि उस नौजवान की कार का रंग सिलेटी था।

धीरे-धीरे चलते-चलते गेस्ट हाउस का गेट आ गया। गेट के अन्दर पोर्टिको और लॉन में कई कारें खड़ी थीं। लेकिन उनमें सिलेटी रंग की कोई भी कार नहीं थी। दिव्या दस-पन्द्रह मिनट गेट पर खड़ी अन्दर खड़ी कारों और सड़क पर आने-जाने वाली कारों को आँखें फाड़-फाड़ कर देखती रही, और जब उसे सिलेटी रंग की कार दिखाई न दी तो निराश होकर अपने घर की ओर चल पड़ी।

घर पहुँचकर दिव्या ने अपनी नोटबुक और पर्स अलमारी में रख दिया और शाल ओढ़कर नीली झील की ओर चल दी। उन दिनों समीरा कुछ दिनों के लिए अपनी माँ साहब के पास गई हुई थी।

दुर्ग के पूर्वी द्वार से निकलकर दिव्या नीली झील की ओर बढ़ रही थी। सूरज डूबने में अब एक डेढ़ घण्टा ही रह गया था। फिर भी नीली झील की सतह के ऊपर पसरे बादलों का रंग सिन्दूरी होने लगा था। बादलों के सिंदूरी रंग में नीली झील, उसके चारों-ओर की हरी-भरी पहाड़ियों को नहीं सम्पूर्ण प्रकृति को अपने सिन्दूरी रंग में रंग लिया है। पीछे की ओर खड़ी दुर्ग की वे प्राचीरें भी काई और सिन्दूर की पुती दिखाई दे रही थीं।

नीली झील की ओर जैसे-जैसे दिव्या बढ़ती जा रही थी, पक्षियों की तरह-तरह की चहचहाने की आवाजें सुनकर उसे ऐसा लग रहा था जैसे वे दिनभर के साक्षी सूर्य को विदाई दे रहे हों। संगीत की दीवानी दिव्या को लगा जैसे पक्षियों का यह कलरव ही प्रकृति का शाश्वत संगीत है...

सहसा एक पत्थर से ठोकर खाकर उसके कदम लड़खड़ा गए और फिर जब उसने सम्भल कर नीली झील के किनारे की ओर देखा तो उसने किसी को झील के किनारे एक पत्थर पर बैठे देखा।

पत्थर पर बैठे व्यक्ति की पीठ दिव्या की ओर थी इसलिए वह यह नहीं जान पाई कि वह व्यक्ति क्या कर रहा है?

सहसा दिव्या के मन में एक आशंका जाग उठी और उसी के साथ उसका समूचा शरीर क्रोध से तमतमा उठा। नीली झील में तरह-तरह की मछलियाँ भरी पड़ी थीं। लोगों के कहने के अनुसार नीली झील में ठीक वैसे ही ट्राउट मछलियाँ भी पाई जाती थीं जैसे कश्मीर में झेलम नदी के स्रोत वाली छोटी-सी झील में पाई जाती थीं। दिव्या को संदेह हुआ कि पत्थर पर बैठा व्यक्ति निश्चय ही बंसी डाले मछली फँसाने की कोशिश कर रहा है।

"ऐ... तुम यहाँ क्या कर रहे हो?" दिव्या ने दूर से ही गुस्से से चीखकर कहा—"तुम्हें पता नहीं नीली झील की मछलियों को मारने की सख्त मनाही है।"

दिव्या की क्रोध भरी आवाज सुनकर पत्थर पर बैठे व्यक्ति ने बड़ी तेजी से गर्दन घुमाई और फिर एक झटके के साथ उठ खड़ा हुआ।

और उस व्यक्ति के चेहरे को देखते ही दिव्या का क्रोध हर्ष भरे आश्चर्य में बदल गया। यह तो वही युवक था... गेस्ट हाउस का पता पूछने वाला और जिससे मिलने के लिए वह उसी दिन से बेचैन थी। आज अनायास ही उसे अपने सामने खड़ा देखकर उसे अचम्भा भी हुआ और खुशी भी।

"आप यहाँ?" दिव्या ने अपनी आन्तरिक प्रसन्नता को दबाते हुए पूछा।

"मेरा काम ही ऐसा है मिस...।" नौजवान कहते-कहते रुक गया।

"मेरा नाम दिव्या है।" दिव्या ने हल्की-सी झिझक के साथ बताया। "और आपका नाम...?"

"जी, मुझे गौतम कहते हैं," नौजवान ने चट्टान से उठकर दिव्या की ओर बढ़ते हुए कहा। "मेरा संबंध केन्द्रीय पुरातत्त्व विभाग से है। प्राचीन इमारतों, ऐतिहासिक भवनों, स्थलों आदि को खोजने, परखने और उनकी जन्मकुण्डली बनाने का काम करता हूँ।"

"ओह..." दिव्या के मन में कुछ कौंधा...

"जी... दिल्ली से मुझे यहाँ सुमेरगढ़, अपने देश की उसी पुरानी धरोहर की जानकारी प्राप्त करने के लिए भेजा गया है..." गौतम ने कहा। दिव्या ने उसे गौर से देखा। "अब देखिए न... सदियों पहले राजे-महाराजाओं के बनवाए हुए किले, राजमहल, मंदिर आदि हमारी नजर में देश की ऐसी बहुमूल्य धरोहर हैं, जिनकी

रक्षा करना अब भूतपूर्व राजा-महाराजाओं के लिए तो असम्भव हो गया है। इसलिए देश की सरकार ने यह काम हमारे विभाग को सौंप दिया है। जबसे आया हूँ सुमेरगढ़ के आसपास बिखरे उन्हीं स्थानों को खोज रहा हूँ।''

''गौतम जी, हमारे इस सुमेरगढ़ राज्य में सबसे अधिक सुन्दर और मूल्यवान धरोहर है यह नीली झील...'' दिव्या ने झील की ओर ऊँगली उठाई। ''हमारे राजा-महाराजाओं ने इस झील के प्राकृतिक सौन्दर्य की केवल रक्षा ही नहीं की, बल्कि इसके चारों ओर सुन्दर घाट और मंदिर वगैरह भी बनवाकर इसके सौन्दर्य को और भी बढ़ाया है।''

''क्षमा करें दिव्या जी, अगर आप मेरी आँखों से देखें तो इस नीली झील के सौन्दर्य को इन घाटों, दीप स्तम्भों और मंदिरों ने नहीं बढ़ाया है, बल्कि इस झील को सुन्दर बनाया है तरह-तरह के इन पक्षियों ने... जिनमें सुदूर उत्तरी देशों से आये ये पक्षी भी शामिल हैं जो उत्तरी प्रदेशों की सर्दी से बचने के लिए यहाँ आते हैं। आपने ठीक ही कहा... यह झील ही इस सुमेरगढ़ की सबसे अधिक मूल्यवान धरोहर है।''

''लगता है प्राचीन इमारतों और पत्थरों से प्यार करते-करते दो ही दिनों में आप पक्षियों से भी प्यार करने लगे हैं।'' दिव्या धीरे से हँस पड़ी और झील के किनारे पड़ी एक चट्टान पर बैठती हुई बोली, ''आइए, यहाँ बैठिए, यहाँ से दूर तक झील और पहाड़ियाँ अच्छी तरह दिखाई देती हैं। मैं और समीरा जब भी झील पर आती हैं यही बैठती हैं।

''समीरा...?'' गौतम ने दिव्या के पास चट्टान पर बैठते हुए पूछा।

''सुमेरगढ़ के महाराज सुरेन्द्र सिंह की राजकुमारी विजयलक्ष्मी की बेटी समीरा!'' दिव्या ने बताया, ''मेरी सहेली है वह, उसे उसकी नानी महारानी राजलक्ष्मी ने बचपन से ही पाला-पोसा है। वह यहीं अपनी नानी के पास रहती है। सुमेरगढ़ के इतने विशाल दुर्ग के पूर्वी भाग में महाराज, महारानी और समीरा रहते हैं... पास की हवेली में मैं अपने पिताजी के साथ रहती हूँ... महल में कुछ दास-दासियाँ हैं... दुर्ग का बहुत बड़ा हिस्सा महाराज ने मजबूरी में सरकार को किराए पर दे दिया है। कई ऑफिस खुल गए हैं, पुरानी इमारतों में।'' दिव्या ने विस्तार से बताया, ''समीरा इन दिनों अपनी माँ साहब के पास गई है। इसलिए मैं अकेली रह गई हूँ। मन बहलाने के लिए शाम को झील पर चली आती हूँ।''

''हाँ... समय बिताने के लिए इस शहर में इस झील के अलावा और कोई स्थान भी तो नहीं है,'' गौतम ने दिव्या की पसन्द का समर्थन किया, ''अब तो इस शहर में मुझे शायद काफी दिन रुकना पड़ेगा। तब यह झील ही मेरे अकेलेपन की साथी रहेगी।''

"जब आपको काफी दिन इस **शहर** में रहना है तो अपने परिवार को बुला लीजिए। अभी तो दुर्ग में कई अच्छी-**अच्छी** हवेलियाँ खाली पड़ी हैं। मेरे पिताजी महाराज से कहकर कोई अच्छी-सी हवेली आपको दिलवा देंगे।"

"मुझे रहने के लिए जगह तो चाहिए, क्योंकि गेस्ट हाउस में रहते हुए मुझे परेशानी होती है। लेकिन मैं अकेला ही रहूँगा, क्योंकि मेरा परिवार बस मुझ तक ही सीमित है।"

"क्या मतलब," दिव्या ने हैरानी से कहा—"आपके माता-पिता, पत्नी-बच्चे?"

"पिता बचपन में ही मुझे अकेला छोड़ कर स्वर्ग सिधार चुके हैं और अभी तक मेरी शादी हुई नहीं है। इसलिए पत्नी और बच्चों का सवाल ही नहीं उठता है।"

"ओह!" दिव्या ने एक लम्बी साँस ली।

"तो फिर आप मेरे मकान की समस्या हल कर सकेंगी" गौतम ने पूछा।

"आप मेरे साथ चलिए। पिताजी इस समय घर पर ही होंगे। वह आपके लिए मकान की व्यवस्था शायद करवा सकेंगे।" दिव्या ने कहा और उठ खड़ी हुई।

गौतम भी उठकर उसके साथ चल दिया।

●●

दिव्या के पिता ने उसी दिन गौतम को एक छोटी-सी हवेली किराए पर दिलवा दी। हवेली के बाहरी कमरों में गौतम ने अपना ऑफिस खोल लिया था और अन्दर के कमरों में अपने रहने-सहने की व्यवस्था कर ली थी। उसने ऑफिस की व्यवस्था होते ही अपने दिल्ली स्थित हेड ऑफिस से एक चपरासी और दो क्लर्क बुला लिए थे।

कई दिन से कड़ाके की सर्दी पड़ रही थी। सारे दिन चारों-ओर घना कोहरा छाया रहता था। इसलिए चाहते हुए भी दिव्या उससे मिलने नहीं जा सकी थी। दोपहर को कोहरा कुछ घटा तो दिव्या अपने घर से निकली और गौतम की हवेली की ओर चल पड़ी।

आज रविवार था इसलिए गौतम का ऑफिस बन्द था। लेकिन हवेली का मुख्य द्वार खुला हुआ था। एक बहुत कम परिचित नौजवान से सूनी हवेली में मिलने के लिए जाते हुए उसके कदम एक बार तो ठिठके लेकिन दूसरे ही पल उसके ठिठके हुए कदम आगे बढ़ने लगे। न जाने क्यों उसका दिल कह रहा था

कि गौतम के पास जाने में कोई खतरा या नैतिक अपयश नहीं है।

दिव्या पहुँची तब गौतम एक अलमारी में किताबें रख रहा था। दिव्या के कदमों की आहट सुनते ही उसने गर्दन घुमाकर दरवाजे की ओर देखा। उसके होंठों पर मुस्कराहट जाग उठी। किताबें मेज पर रखते हुए बड़ी उत्साह भरी आवाज में बोला—"आइए दिव्या जी, मैं तो जब से इस हवेली में अया हूँ तभी से आपका इन्तजार कर रहा था।"

"दरअसल आजकल कड़ाके की ठण्ड पड़ रही है। सुबह से शाम तक कोहरा छाया रहता है। सर्दी की वजह से घर से निकली ही नहीं। न संगीत विद्यालय गई और न झील पर।" दिव्या ने अपने शाल को इस तरह लपेट लिया जैसे शीत लहर ने उसके बदन को छू लिया हो।

"आप पहली बार मेरे घर आई हैं," गौतम ने हल्की-सी मायूसी के साथ कहा, "लेकिन मेरा चपरासी बाजार गया है कुछ जरूरी सामान लाने... मुझे अफसोस है कि मैं आपको एक प्याला चाय तक नहीं पिला सकता।"

"कोई बात नहीं। आप हमारे घर चलिए। आपको चाय मैं पिलाऊँगी।" दिव्या ने कहा और उठने लगी।

"आपने मुझ पर यह क्या कम अहसान किया है कि मुझे रहने के लिए इतना अच्छा मकान दिलवा दिया है, इतने सस्ते किराये पर, अब अपने अहसानों का इतना बोझ मुझ पर मत डालिए कि मैं सिर भी न उठा सकूँ।"

"नहीं, इसमें अहसान की कोई बात नहीं है। दरअसल मेरे पिताजी आपसे मिलना चाहते हैं," दिव्या ने उठते हुए कहा, "और उनसे मिलकर आपको अच्छा लगेगा, क्योंकि रियासतों के बारे में उन्हें पूरी-पूरी जानकारी है और सुमेरगढ़ राज्य की ऐतिहासिक इमारतों की धरोहर कहाँ-कहाँ बिखरी है... इसके बारे में उनसे बेहतर कोई नहीं जानता..."

"अगर ऐसी बात है तब तो मुझे आपकी चाय का निमन्त्रण स्वीकार है।" गौतम ने कुर्सी पर पड़ा शाल ओढ़ लिया और दिव्या के साथ उसके घर की ओर चल दिया।

●●

दिव्या के घर जाकर और उसके पिता मास्टर दीनानाथ से मिलकर गौतम यह भूल ही गया कि वह अपने शहर दिल्ली से सैकड़ों मील दूर एक पहाड़ी और आदिवासियों के इलाके में अकेला है। दीनानाथ ने उसके साथ इतनी आत्मीयता का व्यवहार किया था, जैसे वह उनका कोई सगा-संबंधी हो।

"गौतम बाबू, आपको रहने के लिए अच्छा मकान मिल गया है। मकान क्या हवेली है! किसी जमाने में महाराजा सुरेन्द्र सिंह के चाचा साहेब इस हवेली में रहा करते थे।" दीनानाथ ने कहा। "अब आप अपनी फैमिली को यहीं ले आइए। खाने-पीने की समस्या भी समाप्त हो जायेगी।"

"मास्टर जी, परिवार में केवल मेरी माँ हैं और वह अपने पुरखों के शहर को छोड़कर कहीं जाने को तैयार नहीं होतीं। इसलिए मुझे यहाँ अकेले ही रहना पड़ेगा।" गौतम ने बताया।

"अभी तक आपने शादी नहीं की।" चाय का प्याला गौतम की ओर बढ़ाते हुए दीनानाथ ने पूछा।

"जी नहीं।"

"क्या कोई लड़की पसन्द नहीं आई?" हँसते हुए दिव्या ने पूछा।

दिव्या के इस प्रश्न को सुनते ही गौतम के चेहरे की मुस्कुराहट गायब हो गई। दिव्या ने उसके उस घाव को कुरेद दिया था, जिसकी टीस वह अपने कामकाज की भीड़ में छिपाए रखता था।

वह एक अपरिचित लड़की को कैसे बताता कि उसे अपने एक सहपाठी की बहिन दीपाली से प्यार था और दीपाली भी उसे जी-जान से चाहती थी। वे दोनों शादी करके हमेशा-हमेशा के लिए जीवन साथी बन जाना चाहते थे, लेकिन दीपाली के पिता को यह रिश्ता मंजूर नहीं था। वह जातिवाद के इतने कट्टर हिमायती और गुलाम थे कि अपनी इकलौती बेटी के अरमानों और इच्छा को उन्होंने अपने जातिवाद की कुल्हाड़ी से टुकड़े-टुकड़े करके उसकी शादी दिल्ली में अपनी जाति के एक ऐसे युवक के साथ कर दी जो मानसिक रोगी था।

अपनी विधवा माँ का ख्याल करके गौतम ने तो दीपाली के पिता के इस बेरहम फैसले को जहर का घूँट मानकर पी लिया था लेकिन दीपाली इसे बर्दाश्त नहीं कर पाई थी। वह पिता से बगावत करने पर आमादा हो गई और शादी के दो महीने बाद ही, अपने पति से तंग आकर उसने आत्महत्या कर ली थी। वह चुपचाप घर से निकली, उसने बस पकड़ी और बस से उतरकर वह सीधे वजीराबाद के पुल पर आ खड़ी हुई और बाँध के दरवाजों से बहुत तेजी से निकलती जलधारा में उसने छलांग लगा दी थी।

गोताखोरों ने एक सप्ताह तक उसकी लाश खोजने की कोशिश की, लेकिन लाश नहीं मिली।

यह गौतम के अब तक के जीवन की सर्वाधिक दु:खद घटना थी। दीपाली के आत्महत्या के बाद उसने शादी का विचार ही हमेशा-हमेशा के लिए छोड़

दिया था।

आज जब दिव्या ने उससे शादी के बारे में पूछा तो उसे दीपाली की याद आ गई। दर्द से वह तिलमिला उठा। उसने दिव्या के प्रश्न का उत्तर न देकर मास्टर दीनानाथ की ओर देखते हुए कहा, "मास्टर जी, आप तो बरसों से सुमेरगढ़ में रह रहे हैं। इस राज्य के राजा-महाराजाओं द्वारा बनवाए गए कई स्मारक राज्य में इधर-उधर बिखरे हुए होंगे। मैं सुमेरगढ़ राज्य की उन्हीं ऐतिहासिक इमारतों की पुरातनता, कलात्मकता और उनके ऐतिहासिक महत्त्व का आकलन करने के लिए यहाँ आया हूँ। क्योंकि अब सुमेरगढ़ राज्य भारत में विलीन हो चुका है इसलिए ये सभी प्राचीन इमारतें राष्ट्र की धरोहर बन चुकी हैं। सुमेरगढ़ के वर्तमान वारिसों का इन ऐतिहासिक इमारतों पर वैसे भी कोई अधिकार नहीं है क्योंकि इस राजवंश से पहले धौलपुर के परमार राजाओं का यहाँ आधिपत्य था... क्या आप इस संबंध में मुझे कुछ जानकारी दे सकेंगे?"

पहले तो मास्टर जी कुछ संकोच में पड़ गये, यह सोचकर कि कहीं उनका बताना महाराज सुरेन्द्र सिंह के खिलाफ तो नहीं चला जायेगा, पर यह सोचकर कि महाराज सुरेन्द्र सिंह तो इन पुरातन अवशेषों की देखभाल नहीं कर पा रहे हैं, अपने संकोच से उबरकर वे बोले, "जरूर सहायता करूँगा गौतम बाबू" मास्टर दीनानाथ ने चाय का आखिरी घूँट पीकर खाली प्याला मेज पर रखते हुए कहा। "सुमेरगढ़ के पुरातन परमार महाराजाओं को इमारतें बनवाने का बड़ा शौक था। उन्होंने राज्य के अनेक स्थानों पर बहुत ही सुन्दर इमारतें, मंदिर और सरोवर बनवाए थे। पुरातत्व की दृष्टि से ये सभी इमारतें राष्ट्र की मूल्यवान धरोहर हैं। इनकी रक्षा होनी ही चाहिए। अगर पुरातत्त्व विभाग इन्हें अपने संरक्षण में ले ले तो ये ऐतिहासिक स्मारक बच जायेंगे, वरना महाराज सुरेन्द्र सिंह में तो अब इतना दम नहीं रह गया है कि वे इन इमारतों की देखभाल कर सकें। देखते-देखते दो-चार दशकों में राष्ट्र की यह मूल्यवान सम्पत्ति खंडहरों में बदल कर रह जायेगी।"

"लेकिन गौतम बाबू, सुमेरगढ़ राज्य की सबसे अधिक पुरातन, ऐतिहासिक और मूल्यवान स्मारक है नीली झील। सुमेरगढ़ राज्य की भव्यता भले ही नष्ट हो गयी हो, लेकिन सुमेरगढ़ को मिला प्रकृति का यह उपहार कभी भी नष्ट नहीं होगा..." दिव्या ने अपने शब्दों पर जोर देकर बताया।

"आप सच कहती हैं..." गौतम ने कहा "लेकिन यह तो प्राकृतिक सम्पदा है दिव्या जी... वैसे मनुष्य ने भी इस धरती पर बहुत सौंदर्य पैदा किया है..."

मास्टर दीनानाथ गौतम की यह बात सुनकर उसे देखते ही रह गये। उन्हें लगा कि गौतम ने बहुत गहरी बात कही है... वे धीरे से बोले, "गौतम बाबू, यह

तो ठीक है कि मनुष्य ने भी इस धरती पर बहुत सौंदर्य पैदा किया है पर क्या आपको नहीं लगता कि मनुष्य के मन का, जिंदगी के उसके मूल्यों का सौंदर्य भी उसी अनुपात में बहुत कम हुआ है।...''

गौतम उनकी ओर देखता हुआ खामोश रह गया...

''सोचिए गौतम बाबू, मन के सौंदर्य की रक्षा कौन करेगा?'' मास्टर जी ने कहा।

''जी...'' सोचता हुआ गौतम इतना ही बोल सका।

तभी सर्द हवा का तेज झोंका आया।

गौतम ने शाल ओढ़ते हुए चलने की इजाजत मांगी...। मैरून रंग का यह शाल उसके लिए दीपाली की अंतिम निशानी थी...

बाहर तेज ठण्डी हवा चल रही थी।

●●

मास्टर दीनानाथ गौतम से बहुत प्रभावित थे। संभ्रान्त परिवार का पढ़ा-लिखा युवक। छोटी-सी उम्र में ही इतना बड़ा अफसर बन गया था। लेकिन उसमें रत्ती भर घमण्ड नहीं था। उसकी योग्यता और शालीनता से प्रभावित होकर उन्होंने दिव्या को उसके साथ घूमने-फिरने की पूरी-पूरी छूट दे दी थी। दिव्या अकसर गौतम के साथ सुमेरगढ़ के आसपास बिखरी ऐतिहासिक इमारतों को देखने चली जाती थी।

''दिव्या जी, जिस तरह आपको सितार के तारों में संगीत सुनाई देता है उसी तरह मुझे इन पुरानी इमारतों के पत्थरों में संगीत सुनाई देता है। इन पत्थरों में गूँजता है उन कलाकारों की आत्मा और कल्पना का संगीत जिन्होंने इन्हें अपनी छेनी-हथौड़ी से तराशा है।'' कहते-कहते गौतम भावुक हो उठा।

''आप ठीक कहते हैं गौतम बाबू।'' दिव्या ध्यान से उन इमारतों को देखती हुई कहती, ''यह तो ईश्वर की कृपा ही है कि उसने आप जैसे व्यक्ति को इन खंडहरों की खोज और संरक्षण का काम सौंपा है जिसे इनका संगीत सुनाई देता है। जिसे इन मूक पत्थरों में प्रतिध्वनित होते समय के संगीत की आवाज सुनाई देती है।''

''जिस तरह संगीत का रियाज करते-करते व्यक्ति संगीतकार बन जाता है, उसी तरह इन खामोश पत्थरों का मौन संगीत सुनते-सुनते मैं भी इनके स्वरों को समझ गया हूँ।'' गौतम ने हँसते-हँसते कहा। ''खैर, यह बताइए कि आपकी मित्र जी कब आ रही हैं?''

"कल ही समीरा की चिट्ठी मिली है। हो सकता है आज या कल वो वापस आ जाए," दिव्या ने बताया। "दरअसल समीरा का मन कहीं और लगता भी नहीं... उसे भी इस झील और इस झील पर रहने वाले पंछियों से बेहद प्यार है। वह इनसे ज्यादा दिन दूर नहीं रह सकती।"

"अरे हाँ।" गौतम को जैसे कुछ याद आया हो, वह चौंक कर बोला, "कल मुझे यहाँ से तीस-चालीस मील दूर उत्तरवाली एक पहाड़ी पर बनी उस पुरानी इमारत को देखने जाना है, जिसके बारे में सुना है कि सुमेरगढ़ के किसी परमार महाराजा ने उस खूबसूरत पहाड़ी पर अपनी किसी प्रेमिका के लिए एक शानदार कलात्मक महल बनवाया था।"

"कल तो मेरी भी परीक्षा है। हो सकता है संगीत महाविद्यालय में परीक्षा देते-देते शाम हो जाए। तब तो कल शायद हमारी मुलाकात न हो सके।" दिव्या ने उठते हुए कहा।

"ठीक है तब तो फिर अगले दिन या अगले से अगले दिन ही हमारी मुलाकात होगी।" गौतम ने कहा और वह भी अपनी हवेली की ओर चल दिया।

●●

दूसरे दिन किन्हीं कारणों से परीक्षा की तिथि टल गई। दिव्या यह खबर सुनते ही संगीत महाविद्यालय से घर लौट आई। उसके पिता मास्टर जी किसी जरूरी काम से शहर गए हुए थे। गौतम भी जा चुका था। घर का सूनापन देखकर दिव्या पर एक अजीब-सी उदासी छा गई। सारी रात संगीत की परीक्षा के लिए रियाज करते-करते बुरी तरह थक गई थी और इतनी मेहनत करने के बाद जब उसे परीक्षा के स्थगित होने का पता चला था तो वह दु:खी हो उठी थी।

गौतम भी शहर से दूर गया हुआ था। अगर वह होता तो उसके साथ कुछ वक्त गुजारा जा सकता था। पता नहीं आज लौट भी पायेगा या नहीं?

गौतम की अनुपस्थिति दिव्या को बुरी तरह खटक रही थी। उसे पहली बार एहसास हुआ था कि गौतम की उपस्थिति उसके लिए कुछ अर्थ रखती है। उसे यह पता नहीं था कि उसके लिए गौतम की उपस्थिति का जो अर्थ था, वही या कुछ वैसी ही प्रतीति गौतम के मन में मौजूद थी या नहीं।

अकेलेपन से ऊबकर दिव्या ने एक बार तो सोचा कि राजमहल में जाकर देखे कि समीरा अभी लौटी है या नहीं? लेकिन फिर न जाने क्या सोचकर वह झील की ओर चल पड़ी।

●●

गौतम पहाड़ी पर बने प्रेम के उस स्मारक महल को देखकर दोपहर के बाद ही लौट आया था, क्योंकि महल की इमारत पहाड़ी की समतल चोटी पर काफी लम्बे-चौड़े क्षेत्र में फैली हुई थी। उस महल को देखने के लिए कम से कम तीन-चार दिन जरूरी थे, इसलिए उसने सोचा कि वह फुर्सत से अपने असिस्टेन्ट और चपरासी के साथ यहाँ आएगा और तीन-चार दिन यहीं रहकर पूरे महल को अच्छी तरह देख-परख कर उसकी रिपोर्ट तैयार करेगा। यह रंगमहल कम से कम पाँच सौ बरस पहले बनवाया गया था, लेकिन उसे देखकर ऐसा लगता था जैसे उसे अधिक से अधिक पचास साल पहले ही बनाया गया हो।

गौतम को पता था कि संगीत महाविद्यालय में आज दिव्या की परीक्षा है और उसके वहाँ से लौटने तक शाम ढल जाएगी। इसलिए वह शाम होने से पहले ही रोजाना की तरह झील की ओर चल दिया था।

●●

गौतम सुमेरगढ़ दुर्ग के द्वार के पास से निकल कर झील की ओर जाने वाले ढलान पर उतर ही रहा था कि उसने देखा कि झील के किनारे दिव्या उसी चट्टान पर बैठी हुई थी जिस पर वह उसके साथ रोजाना बैठा करती थी।

वह पास पहुँचा, यही सोचते हुए कि दिव्या की परीक्षा जल्दी समाप्त हो गई होगी। पहुँचते ही बोला, "लीजिए मैं भी जल्दी लौट आया..."

पर यह तो समीरा थी। समीरा ने पलटकर देखा, "मैं भी जल्दी लौट आया... इसका मतलब?"

"...जी... वो... मेरा मतलब आपसे नहीं था..." गौतम ने अचकचाते हुए बड़े ही संकोच से कहा।

"लेकिन आप हैं कौन?... और फिर झील का यह हिस्सा जहाँ आप खड़े हैं, सार्वजनिक जगह भी नहीं है।" समीरा ने रूखेपन से कहा।

"...जी... मेरा नाम गौतम है और अगर मैं गलत नहीं हूँ तो आप... आप शायद समीरा जी हैं।"

"...हूँ तो मैं समीरा ही लेकिन...!"

गौतम ने बीच में ही दखल दिया, "जी वो दिव्या जी ने मुझे आपके बारे में बताया था... और यह भी कि आप एक या दो दिनों में सुमेरगढ़ लौटनेवाली हैं... आपको मेरी आकस्मिक मौजूदगी से जो उलझन हुई, उसके लिए मैं क्षमा चाहता हूँ।"

"क्षमा याचना की कोई जरूरत नहीं है। दिव्या मेरी सहेली है।"

"जी... तब तो आपकी इजाजत से मैं यहाँ बैठने की गुस्ताखी कर सकता हूँ?" गौतम ने चट्टान के एक सिरे पर बैठते हुए कहा। "जब से आपके सुमेरगढ़ में आया हूँ, दिव्या के मुँह से आपका नाम न जाने कितनी बार सुन चुका हूँ।..."

और फिर गौतम ने संक्षेप में अपने बारे में लगभग सब कुछ बताते हुए कहा, "दरअसल मुझे इस शहर में अगर कोई स्थान पसन्द आया है तो बस यह नीली झील। इस झील और इसके आसपास मंडराते, उड़ते, पंख फड़फड़ाते, रंग-बिरंगे पंछियों को देखकर मैं अपनी दिन भर की थकान भूल जाता हूँ। जब से मैं आया हूँ, मेरी हर शाम यहीं गुजरती है। सोचता हूँ काश मैं भी इसी सुमेरगढ़ का बाशिंदा होता... इन पंछियों की तरह एक पंछी होता..."

गौतम की बात पर समीरा को हँसी-सी आ गई। हल्के से हँसते हुए बोली, "कहीं आप पर दिव्या की परछाईं तो नहीं पड़ गई। वह भी इसी तरह कहती है कि काश मैं एक चिड़िया होती... खैर... दिव्या से आपकी मुलाकात... मेरा मतलब है आप उसे पहले से या किसी रिश्ते से जानते हैं... या..."

"जी बिल्कुल नहीं... दिव्या से मेरी मुलाकात को आप एक संयोग ही कह सकती हैं...," गौतम ने कहा।

तभी दूर के किसी मंदिर से आरती के साथ बजते घंटों की आवाज आने लगी... दोनों का ध्यान उधर गया। समीरा ने अपना शाल ठीक किया तो गौतम को लगा कि शायद वह जाना चाहती है... औपचारिकतावश उसने कहा, "शायद आपकी संध्या वंदना का यह समय होगा..."

"नहीं... आरती की भावना मुझे अच्छी लगती है, लेकिन संध्या वंदना या पूजापाठ में मेरी बहुत रुचि नहीं है। मुझे ईश्वर से ज्यादा यह प्रकृति रहस्यमय लगती है..." समीरा आरती की आवाज की ओर जैसे देखती हुई बोली।

"वैसे, समीरा जी... ईश्वर कोई रहस्य है भी नहीं... वह तो मनुष्य की एक पवित्र आध्यात्मिक कल्पना है... सच पूछिए तो ईश्वर नामक एक बहुत खूबसूरत प्रतिमान का निर्माण मनुष्य ने खुद को अपनी कमजोरियों से ऊपर उठाने के लिए किया है..."

समीरा ने गौतम की इस बात को बहुत रुचि और अचरज से सुना... फिर धीरे से बोली, "तो क्या प्रकृति सच है और ईश्वर मात्र एक शुभ परिकल्पना...?"

"समीरा जी, क्या आपको ऐसा नहीं लगता कि ईश्वर के नाम पर मनुष्य सिर्फ मनुष्यता को विकसित करना चाहता है... वह ईश्वर नहीं बनना चाहता..." गौतम ने कहा।

"मनुष्य ईश्वर नहीं बनना चाहता... यह तो आपकी अजीब अवधारणा है।"

समीरा ने कहा—"ईश्वरत्व की तलाश में ही तो मनुष्य भटक रहा है।"

"नहीं!" गौतम ने बात को तोड़ा, "समीरा जी, यह मुक्ति या मोक्ष का सिद्धांत भी एक कल्पना है... सच पूछिए तो मृत्यु ही मुक्ति है, मोक्ष है... पराशक्ति हो सकती है लेकिन किसी पराजगत या पराजीवन की परिकल्पना महज एक आकर्षक छलावा है... मनुष्य सिर्फ मनुष्य ही बना रहना चाहता है, खुद को बेहतर मनुष्य बनाना चाहता है... वह ईश्वर बनने से इनकार करता है..."

"यह आप कैसे कह सकते हैं?" समीरा ने प्रश्न किया।

"आप सच्चाई तो देखिए... क्या यह सही नहीं है कि इस ईश्वर नाम के व्यक्ति ने सारी दुनिया के समस्त संसाधनों पर कब्जा कर रखा है... संसार भर में किसी भी धर्म के जितने भी ईश्वर हैं—जरा उनका धर्म-साम्राज्य तो देखिए... जरा हिसाब लगाकर देखिए... संसार भर में कितनी भौगोलिक मानसिक जमीन और सम्पदा है। इस ईश्वर के पास जितना भौगोलिक और मानसिक साम्राज्य है और जितना अतिक्रमण इस ईश्वर नाम की व्यक्ति-सत्ता ने कर रखा है, उतना तो किसी ने नहीं किया है... आज इस धरती पर मनुष्य के रहने के लिए जगह नहीं है पर ईश्वर के पास करोड़ों-अरबों-खरबों एकड़ जमीन मौजूद है..."

"लेकिन..." वह इतना ही कह पाई।

"आपके मन की दुविधा को मैं समझ रहा हूँ... यही हर मन की दुविधा है... ईश्वर की निराकार सत्ता से इनकार नहीं किया जा सकता... वही प्रकृति की सत्ता है... पर सोचिए, अभी जो आरती के घंटे बजे थे, आपका ध्यान उधर गया था... वह निराकार परमसत्ता तो घंटे नहीं बजाती है लेकिन उसी परमसत्ता को ईश्वर का नाम देकर, उसी ईश्वर के नाम पर जो अतिक्रमण धर्माचार्यों ने कर रखा है, उससे आप इनकार कैसे करेंगी..., सोचिए, इससे ईश्वर की कितनी बदनामी हो रही है..." गौतम ने उसे गहराई से देखते हुए कहा।

"आप कुछ भी कहें, लेकिन मनुष्य ईश्वर के बिना रह नहीं सकता।" समीरा ने सोचते हुए कहा।

"इससे कौन इनकार कर सकता है... मनुष्य ने ईश्वर के रूप में स्वयं अपने लिए एक आदर्श पैदा किया है... इसके बावजूद मनुष्य, मनुष्य ही रहना चाहता है, वह ईश्वर नहीं बनना चाहता।" गौतम ने कहा।

"मैं यह नहीं मानती।"

"आपको एक कहानी सुनाऊँ..."

"सुनाइए।"

"कृष्णजी का एक मंदिर था। उसमें त्रिभंगी कृष्ण की एक मूर्ति विराजमान

थी। उनकी वही बांसुरी बजाती बांके बिहारी वाली मुद्रा... इस मंदिर की बहुत मान्यता थी। रोज सैकड़ों भक्तजन पूजा-आराधना के लिए आते थे। एक दिन चमत्कार हुआ। त्रिभंगी कृष्ण अपने हाथ-पैर सीधे करते हुए पत्थर की पीठिका से उतर पड़े। भक्तजन यह अनहोना दृश्य देखकर आश्चर्यचकित रह गये। इतने चकित और बदहवास कि उनके मुँह से एक शब्द भी नहीं निकल पा रहा था। अंततः श्रीकृष्ण जी ने ही उस संशय से भरे सन्नाटे को भंग किया। वे बोले, 'भक्तजनो! मेरे श्रद्धालुओ! मैं सदियों से खड़ा-खड़ा बहुत थक गया हूँ... मेरी सहायता कीजिए... आप में से कोई भी कुछ समय के लिए मेरे स्थान पर आसीन हो जाएँ तो मैं थोड़ा-सा आराम कर लूँ!' सारे भक्तजन आश्चर्यचकित होकर एक-दूसरे का मुँह देखने लगे। श्रीकृष्ण जी भक्तों को एकाध पल देखते रहे, फिर स्वयं ही एक भक्त की ओर इशारा करके बोले—"आप तो रोज बड़ी श्रद्धा से मेरी पूजा-अर्चना करते हैं... आप कुछ दिनों के लिए मेरा स्थान ग्रहण कीजिए..." तो वह भक्त पशोपेश में पड़ गया। अस्फुट शब्दों में बोला—"भगवन्! आप ही उस स्थान पर शोभा देते हैं और फिर मैं..." वह आगे बोल नहीं पा रहा था, फिर भी कोशिश करके बोला—'प्रभु! अदालत में हमारी पुश्तैनी जायदाद का मुकदमा चल रहा है, कल उसकी तारीख है... मैं उसी मुकदमें को जीतने के लिए रोज आपसे प्रार्थना करने आता हूँ... मुझे आशीर्वाद दीजिए... और मुझे अदालत में हाजिर होना है...' श्रीकृष्ण जी ने दूसरे भक्त की ओर देखा तो वह बोला—'भगवन् मुझे क्षमा कर दीजिए... बड़ी मुश्किल से मेरी नौकरी का इंटरव्यू कॉल आया है... कल मुझे इंटरव्यू के लिए जाना है...' और अंततः हुआ यह कि सबको अपने-अपने काम थे... कोई भी भक्त भगवान बनने के लिए तैयार नहीं था..."

कहानी सुनकर समीरा बेसाख्ता हँस पड़ी... हँसते-हँसते उसकी आँखों में पानी आ गया। गौतम भी ठहाका लगाकर हँस रहा था...

गौतम और समीरा अपनी रौ में इतने डूबे हुए थे कि उन्हें पता ही नहीं चला कि कब दिव्या आई, दूर खड़ी उनकी बातें सुनती रही और उनके उन्मुक्त ठहाकों को सुनकर कब वह लौट गई। उन दोनों को इतना घुल-मिल कर बातें करते देखकर दिव्या के मन पर चोट-सी लगी... आखिर आज ही तो समीरा वापस आई है और पहली ही बार में दोनों के बीच इतनी अंतरंगता... इतने दिनों में गौतम उसके साथ तो इस तरह कभी नहीं हँसा था... और फिर कल तक गौतम इसी स्थान पर बैठकर उसके साथ बातें किया करता था लेकिन आज... दिव्या को न जाने क्यों ऐसा लगा जैसा उसका स्थान समीरा ने ले लिया है।

दिव्या की मनःस्थिति विचित्र-सी हो गई थी। आज से पहले तो उसने ऐसा

कभी महसूस नहीं किया था। फिर आज... यह... समीरा उसकी बचपन की सहेली थी। दोनों सुमेरगढ़ के राजमहल के आँगन में खेलकूद कर बड़ी हुई थीं। दोनों बरसों तक एक-दूसरे को सगी बहन ही समझती रही थीं। दोनों के दिलों में एक-दूसरे के लिए बेहद प्यार था। फिर आज...?

दिव्या इन्हीं प्रश्नों में उलझी हुई न जाने कब अपने घर पहुँच गई? उसे पता ही नहीं चला कि उसके दिल और दिमाग पर एक विचित्र-सी अवचेतना छाई हुई थी। उसे होश तब आया जब उसके पिता ने पूछा, "गौतम बाबू कहाँ हैं बिटिया? क्या वो अभी किशनपुरा से नहीं लौटे?"

दिव्या कोई उत्तर नहीं दे पाई। वह अपने बिस्तर पर इस तरह जा पड़ी जैसे मीलों पैदल चलकर आ रही हो।

◆◆◆

[6]

जिस दिन से समीरा सुमेरगढ़ लौटी थी और गौतम के साथ नीली झील पर दिव्या ने समीरा को देखा था तो दिव्या को ऐसा महसूस हुआ था कि गौतम समीरा के प्रति आवश्यकता से अधिक प्रभावित हो गया है। उसने दिव्या के घर आना-जाना भी छोड़ दिया था। सारे दिन अपने काम में व्यस्त रहने के बाद वह शाम होने से पहले ही झील की उसी चट्टान पर पहुँच जाता था जहाँ वह दिव्या से मिला करता था। और अब समीरा वहीं गौतम से मिला करती थी। हैरानी की बात तो यह थी कि नानी माँ महारानी राजलक्ष्मी के देहान्त के बाद समीरा एक बार भी दिव्या के घर नहीं आई थी, जबकि दिव्या ने शोक के दिनों में समीरा को एक पल के लिए भी अकेला नहीं छोड़ा था। पहले तो समीरा की अगर दिव्या से एक दिन भी भेंट नहीं होती थी तो समीरा महारानी और महाराज के रोकने पर भी दौड़ती हुई दिव्या के घर पहुँच जाती थी। बचपन से लेकर समीरा के वापस सुमेरगढ़ में आने तक शायद ही कोई ऐसी शाम गुजरी थी जब वे दोनों साथ न रही हों।

लेकिन अब तो, एक डेढ़ महीना बीत चुका था जब से समीरा अपनी माँ साहिबा के पास से वापस आई थी। समीरा की उसके प्रति इस उदासीनता और उपेक्षा के साथ ही गौतम के बदलाव से दिव्या को बड़ी मानसिक ठेस लगी थी। उसने सपने में भी नहीं सोचा था कि समीरा और गौतम इस तरह बदल जायेंगे।

गौतम के प्रति उसके मन में उसी दिन चाहत का नन्हा-सा अंकुर फूटा था

जिस दिन पहली मुलाकात के बाद वह उसे साथ लेकर झील पर आई थी। उसके व्यवहार से भी उसे ऐसा लगा था कि उसके मन में भी उसके प्रति एक अनजाना-सा लगाव पैदा हो चुका है। शाम होते ही वह अपने जरूरी काम छोड़कर दिव्या के घर पहुँच जाता था और फिर जब तक शाम के सुरमई साए रात के धुंधलके में डूब नहीं जाते थे, वह दिव्या के साथ झील के किनारे बैठा रहता था।

दिव्या ने कई बार उन दोनों को साथ-साथ घूमते या बैठे देखा था। गौतम को समीरा के साथ घुल-घुल कर बातें करते देख उसके दिल में कब नारी सुलभ ईर्ष्या जाग उठी, दिव्या को इसका आभास तक नहीं हो पाया था। दो-चार दिन उसने झील की ओर रुख ही नहीं किया लेकिन फिर गौतम और समीरा के बीच बढ़ती प्रगाढ़ता का अंदाजा लेने के लिए वह उन दोनों की नजरें बचाकर झील पर जाने लगी। वह रोजाना शाम होते ही झील पर पहुँच जाती और एक चट्टान के पीछे छिप कर बैठ जाती, ताकि गौतम और समीरा को अच्छी तरह देख सके, उनके बीच होने वाली बातों को सुन सके।

उस दिन भी दिव्या उस चट्टान के पीछे छिपी उन दोनों की बातें सुन रही थी, जब गौतम ने समीरा को बताया कि उसने अपने जीवन में पहले-पहल जिस लड़की को प्यार भरी नजरों से देखा था, उसके नाक-नक्श समीरा से हू-ब-हू मिलते-जुलते थे।

गौतम के मुँह से यह सुनते ही कि समीरा का चेहरा ही नहीं रंग-रूप भी उसकी प्रेमिका दीपाली से मिलता-जुलता है, दिव्या के दिल और दिमाग को एक जोरदार धक्का लगा था। उसे लगा जैसे बड़ी तेजी से वह अपनी चेतना खोती जा रही है। वह अपने आपको संभाल नहीं पाई। उसके पैर लड़खड़ाए और वहाँ पड़े हुए बेतरतीब पत्थर लुढ़कते हुए झील के पानी में जा गिरे। उन्हीं की आवाज सुनकर समीरा और गौतम चौंक पड़े थे। उन्होंने चट्टान पर बैठे-बैठे ही नजरें घुमाकर देखा। लेकिन उन्हें कुछ भी दिखाई नहीं दिया।

"शायद हवा के थपेड़ों ने पत्थरों को पानी में लुढ़का दिया है," गौतम ने पानी की सतह पर बनती लहरों को देखते हुए कहा।

"हो सकता है।" समीरा ने कहा और उठ खड़ी हुई, "आइए, अब चलें। हवा में काफी तेजी आ गई है। सर्दी भी बढ़ती जा रही है।"

"हाँ चलिए" गौतम ने कहा और वे दोनों पथरीली पगडंडी पर वापस चल पड़े।

ठंडी-ठंडी हवा के स्पर्श से कुछ देर बाद ही जैसे दिव्या की चेतना लौट आई। कुछ देर वह आकाश की ओर देखती रही। फिर जब आकाश की नीलिमा को रात

की कालिमा अपने में समेटने लगी तो उसने अपने आपको सँभाला और टेढ़ी-मेढ़ी पत्थरों से भरी पगडंडी पर लड़खड़ाते कदमों से अपने घर की ओर चल दी।

◆◆◆

[7]

वह रात दिव्या की जिन्दगी की सबसे उदास रात थी। दर्द, बेचैनी और निराशा से भरी रात। गौतम की बातें उसे याद आती थीं। इन बातों ने उसके वजूद को तो छुआ ही था, उसकी सोच की तरतीब को भी उलट-पलट कर रख दिया था। उससे मुलाकात होने के बाद उसने जीवन के जो सुनहरे सपने बुने थे, गौतम के व्यवहार के एक ही झटके ने तार-तार कर दिए थे।

बिना कुछ खाऐ-पिए वह सारी रात बिस्तर पर करवटें बदलती हुई सोचती रही कि उसे क्या करना चाहिए? उसे लगा कि काश गौतम से उसकी मुलाकात न हुई होती!

यह मुलाकात एक संयोग ही तो थी। फिर उसने इस संयोग को संयोग ही क्यों नहीं रहने दिया। स्वयं उसी के मन में तो गौतम से दोबारा मिलने की चाह पैदा हुई थी। खुद ही तो वह गौतम के इन्तजार में गेस्ट हाउस के गेट पर खड़ी रहती थी। उसके कदम संगीत विद्यालय से घर लौटते समय गेस्ट हाउस के गेट के पास आखिर क्यों रुक जाते थे?

उसे लग रहा था कि अपनी इस स्थिति के लिए वह स्वयं दोषी है। खुद अपराधी है। उसने अपनी चाहत को प्यार का रूप क्यों दिया? गौतम की जबान पर तो प्यार शब्द नहीं आया था! यहाँ तक कि बातचीत और व्यवहार में भी उसने कभी संकेत नहीं दिया कि उसके मन में दिव्या के प्रति कोई विशेष लगाव है। इस एकांगी, एकपक्षीय भावना का परिणाम तो यही होना था...

रातभर यही सब सोचते-सोचते सुबह होने लगी थी। खिड़की से झाँकते आकाश के टुकड़े की कालिख हल्की-हल्की उजाले में बदलने लगी। झील के आसपास के पेड़ों पर हल्की-हल्की चहल-पहल होने लगी। मन ही मन कुछ निश्चय करके दिव्या उठी, चप्पलें पहनीं और शाल लपेट कर उस झुटपुटे में ही घर से निकल आई। दुर्ग के फाटक की छोटी खिड़की से निकल कर उसके कदम नीली झील की ओर बढ़ने लगे।

●●

दिव्या भोर होने से पहले ही बिस्तर छोड़ देती थी। वह सुबह-सुबह रियाज करती थी। घर में सितार की झंकार गूँज उठती थी। उस झंकार को सुनकर ही उसके पिता दीनानाथ जाग जाते थे।

लेकिन आज सितार के तारों की झंकार नहीं सुनाई दी। रोजाना के समय पर दीनानाथ की आँख तो खुल गई, लेकिन वे यह सोचकर कि शायद अभी काफी रात बाकी है आँखें मूँदे बिस्तर पर ही लेटे रहे।

धीरे-धीरे सुबह के सूरज की किरणें खिड़की पर लटके पर्दे को पार करके उनके बिस्तर पर पड़ने लगीं तो वह चौंककर उठ बैठे। रात दिव्या ने खाना नहीं खाया था। रोजाना की तरह उनके साथ बातचीत भी नहीं की थी। कहीं दिव्या की तबियत तो खराब नहीं हो गई?

दीनानाथ बिस्तर से उठे और सीधे दिव्या के कमरे में पहुँचे। दिव्या का बिस्तर खाली पड़ा था।

तभी हवा के थपेड़े से बाहर का दरवाजा खटाक की आवाज के साथ खुल गया। दीनानाथ ने पलटकर देख, दरवाजा भीतर से बंद नहीं था।

उन्हें लगा, हो सकता है कि इतनी सुबह दिव्या किसी जरूरी काम से समीरा के पास चली गई हो—वे राजमहल की ओर चल दिए।

●●

"आइए मास्टर जी," समीरा उन्हें देखते ही उठ खड़ी हुई और दोनों हाथ जोड़कर प्रणाम करती हुई बोली, "इतने सवेरे-सवेरे...। कोई खास बात है क्या मास्टर जी?"

समीरा के कमरे में दिव्या को न देखकर दीनानाथ की परेशानी और भी बढ़ गई। किसी तरह धीरे से उन्होंने कहा, "पता नहीं सुबह-सुबह दिव्या न जाने कहाँ चली गई। कहीं और वह आती-जाती भी नहीं। मेरा ख्याल था कि वह तुम्हारे पास आई होगी लेकिन वह तो यहाँ दिखाई नहीं दे रही।"

"दिव्या से तो लगभग पन्द्रह दिन से मेरी मुलाकात ही नहीं हुई," समीरा ने बताया, "उसने शाम को झील पर आना भी छोड़ दिया है..."

"यहाँ आने के अलावा वह कभी-कभी गौतम के घर चली जाया करती थी, लेकिन कुछ दिन पहले ही गौतम ने यहाँ की हवेली छोड़कर शहर में रहने और ऑफिस की व्यवस्था कर ली है। इतनी सुबह वह पैदल इतनी दूर नहीं गई होगी।"

"चलिए, फिर भी देख लेते हैं," समीरा ने कहा और जल्दी-जल्दी तैयार

होकर मास्टर दीनानाथ के साथ चल पड़ी।

••

समीरा की कार गौतम के आफिस के सामने पहुँची तो पूरी इमारत में अंधेरा छाया हुआ था। इस इमारत की निचली मंजिल में ऑफिस था और ऊपरी मंजिल में वह रहता था।

समीरा की कार की आवाज सुनते ही चौकीदार लपकता हुआ कार के पास पहुँच गया। वह मास्टर दीनानाथ और समीरा को अच्छी तरह जानता था।

"इतनी सबेरे-सबेरे कैसे तकलीफ की राजकुमारी जी?" चौकीदार ने उन दोनों को प्रणाम करते हुए बताया, "साहब तो अभी सो रहे हैं। रात आधी रात के बाद तक काम करते रहे थे।"

चौकीदार की बात सुनकर मास्टर दीनानाथ और समीरा समझ गए कि दिव्या यहाँ नहीं आई है। समीरा वापस अपनी कार की ओर बढ़ी ही थी कि कुछ सोचकर ठिठककर रुक गई।

चौकीदार झपट कर उसके पास पहुँच गया।

"जाओ, अपने साहब को जगाकर कहो कि हम लोग उनसे मिलने आए हैं।" समीरा ने कहा।

"जो हुकुम!" चौकीदार ने कहा और तेजी से चला गया।

••

मास्टर दीनानाथ, समीरा और गौतम जब झील पर पहुँचे तो सुबह के सूरज की हल्की धूप चारों-ओर फैल चुकी थी। झील के आसपास की झाड़ियों में और पेड़ों पर रहने वाली चिड़ियाँ घोंसलों से निकलकर झील की सतह और किनारे पर आ चुकी थीं। उनके हलके चहकते शोर के बावजूद माहौल में गहरा सन्नाटा था।

मास्टर दीनानाथ ने चट्टान पर खड़े होकर जोर-जोर से दिव्या को आवाजें दीं। समीरा और गौतम झील के किनारे बने घाटों पर दिव्या को पुकारते हुए उसे तलाश करने लगे। लेकिन उन्हें प्रत्युत्तर में कोई आवाज सुनाई नहीं दी। थक-हार कर वे दोनों उस चट्टान पर लौट आये, जहाँ दिव्या, समीरा और गौतम के साथ अकसर बैठा करती थी। इस ऊँची चट्टान पर बैठ कर झील दूर तक दिखाई देती थी।

"कहाँ चली गई मेरी बेटी," मास्टर दीनानाथ की आवाज भर्रा उठी। आँखें

गीली हो उठीं। पत्नी की अचानक मृत्यु हो जाने के बाद दिव्या के सहारे ही उन्होंने अपनी जिन्दगी के इतने बरस बिताये थे।

समीरा समझ ही नहीं पा रही थी कि आखिर इस तरह वह जा कहाँ सकती थी? उन दोनों के बीच दो सहेलियों की अपेक्षा दो सगी बहिनों जैसा संबंध अधिक था। जब वे दोनों साथ-साथ कहीं जाती थीं तो वे लोग जो उनकी वास्तविकता से परिचित नहीं थे, उन्हें सगी बहिनें ही समझा करते थे। स्वर्गीया नानी माँ, महारानी राजलक्ष्मी ने उन दोनों के बीच कभी कोई भेदभाव नहीं रखा था। वे दोनों को एक जैसा ही प्यार करती थीं।

समीरा अभी नानी माँ के देहांत के दु:ख और शोक को भुला नहीं पाई थी कि अब दिव्या की गुमशुदगी ने उसके दिल पर एक और गहरी चोट कर दी। उसके आँखों के आँसू रुक ही नहीं रहे थे... उसने शाल का छोर अपने दाँतों में दबा लिया ताकि उसके रोने की आवाज दिव्या के पिता मास्टर दीनानाथ के कानों तक न पहुँच पाए। समीरा का रोना उनके दु:ख को और बढ़ा सकता था।

अपने आँसुओं को गौतम और मास्टरजी की नजरों से छिपाने के लिए समीरा चट्टान के नीचे उगी झाड़ियों की ओर देखने लगी। अचानक उसकी नजर झाड़ियों पर से फिसलती हुई झील के किनारे तक चली गई और जो कुछ उसने देखा, उस पर वह विश्वास नहीं कर पाई... कहीं यह... यह जो कुछ सामने है... वह जो चीजें उसे दिखाई दी हैं... वे... दूसरे ही पल समीरा को ऐसा लगा जैसे किसी ने कोई भारी पत्थर उठाकर उसके दिल और दिमाग पर दे मारा है... वह उन चीजों को देखते ही पहचान गई जो झील के किनारे एक पत्थर पर पड़ी हुई थीं।

वे चीजें थीं—दिव्या का शॉल और उसकी चप्पलें... और उसका पर्स।

समीरा तेजी से उठी और चट्टान से उतरकर दौड़ती हुई उस पत्थर के पास पहुँच गई।

उसने झपट कर शॉल, पर्स और चप्पलें उठा लीं और उन्हें बड़े ध्यान से देखने लगी। निस्संदेह वह दिव्या की ही थीं। वह हतप्रभ थी... लगभग संज्ञा शून्य... तो क्या कहीं दिव्या ने...

समीरा के हाथ में दिव्या का शॉल और चप्पलें देखकर गौतम और मास्टर जी दौड़ते हुए वहीं पहुँच गए।

दिव्या की चीजों को देखते ही मास्टर दीनानाथ और गौतम का कलेजा धक् से रह गया। इन तीनों चीजों के झील किनारे मिलने से साफ जाहिर था कि दिव्या ने झील में डूब कर आत्महत्या कर ली है...

मास्टर दीनानाथ ने समीरा के हाथों से शॉल ले लिया। एक भरपूर नजर उस पर डाली और फिर उसे अपने सीने से लगाकर धम से जमीन पर बैठ गए और दहाड़ मार-मार कर रोने लगे।

गौतम की आँखों के सामने भी अँधेरा-सा छा गया। वह माथा पकड़कर वहीं बैठ गया...

●●

दिव्या की आत्महत्या ने सुमेरगढ़ के राजमहलों में महारानी राजलक्ष्मी की मृत्यु के बाद जो शोक की छाया मंडराने लगी थी, वह अब और भी गहरी हो गई। दिव्या की आत्महत्या की खबर सुनकर सभी लोग हैरान रह गए थे। दिव्या बहुत ही सीधी-सादी और मिलनसार लड़की थी। हर एक के लिए उसके मन में सम्मान और स्नेह की भावना कूट-कूट कर भरी थी। उसे जितना प्यार मनुष्यों से था, उतना ही प्यार उसे संगीत से था। निश्चय ही वह बड़ी होनहर लड़की थी।

धीरे-धीरे दिव्या की आत्महत्या की खबर पूरे शहर में फैल गई। जिसने भी सुना उसे दु:ख के साथ ही हैरानी भी हुई कि दिव्या ने आत्महत्या क्यों की? शहर के अधिकांश निवासी मास्टर दीनानाथ से परिचित होने के कारण दिव्या के भी शील-स्वभाव, चरित्र तथा गुणों को अच्छी तरह जानते थे।

झील में जाल डालकर दिव्या की देह को खोजा गया... पर उसकी मृत देह हाथ नहीं आई थी... तब यही मान लिया गया था कि झील के जल-स्रोत के जो जल-कूप होंगे, उन्हीं में उसकी मृत देह समा गई होगी...

दिव्या की आत्महत्या के सदमे का गहरा असर पड़ा था समीरा पर। अपनी नानी माँ की मृत्यु के दु:ख को वह दिव्या के कारण बहुत कुछ भूल चली थी। लेकिन दिव्या की आत्महत्या ने समीरा को अंदर तक हिला दिया था। समीरा रात-दिन यही सोचती रहती थी कि आखिर आत्महत्या का कारण क्या था? वह अपने पिता की लाडली बेटी थी। सुन्दर, सुशील और सर्वगुण सम्पन्न थी। सुमेरगढ़ दुर्ग में ही नहीं, शहर में रहने वाले भी उसे बेहद प्यार करते थे। उसके सामने न तो कोई अभाव था और कोई मजबूरी ही। उसके पिता ने उसे हर तरह की आजादी दे रखी थी। उन्होंने तो यहाँ तक कह दिया था कि दिव्या जिस लड़के को भी पसन्द करेगी वह उसी के साथ उसकी शादी कर देंगे। भले ही किसी भी जाति-धर्म का हो।

हो सकता है दिव्या किसी की ओर आकर्षित हुई हो... लेकिन अगर ऐसा होता तो वह भले ही अपने पिता को यह बात न बताती, लेकिन समीरा से बिल्कुल

नहीं छिपा सकती थी। क्योंकि समीरा और उसके बीच कोई पर्दा नहीं था। दिव्या ही नहीं, समीरा भी उसे अपने जीवन की छोटी से छोटी और बड़ी से बड़ी घटना बता दिया करती थी। अगर दिव्या के जीवन में ऐसी कोई घटना हो गई थी तो वह समीरा से छिपा ही नहीं सकती थी। रानी माँ के पास से लौटते ही वह समीरा को सब कुछ बता देती।

समीरा ने सोचा, इस बीच उसका परिचय गौतम से हुआ था। दोनों अकसर शाम को झील पर जाते रहते थे। घंटों वहाँ घूमते थे। उनका एक-दूसरे के घर भी आना-जाना था। लेकिन अगर दिव्या और गौतम के बीच रत्तीभर भी आकर्षण की भावना होती तो समीरा की नजरों से छिपी नहीं रह सकती थी। दिव्या और गौतम? वह दिव्या की मृत्यु से दु:खी और उदास तो जरूर रहने लगा था, लेकिन उस सीमा तक नहीं, जिस सीमा तक एक प्रेमी को अपनी प्रेमिका के आत्महत्या कर लेने पर होना चाहिए। बल्कि वह इतने दिन बीत जाने के बाद भी अपनी पहली प्रेमिका दीपाली के प्यार और उसकी आत्महत्या को नहीं भूला था। कभी-कभी वह उसकी बात भी करता था। इससे साफ जाहिर था कि गौतम के मन में दिव्या के लिए प्रेम जैसी कोई भावना नहीं थी... फिर दिव्या के मन में भी कैसी हो सकती थी? वैसे भी प्रेम कभी एकपक्षीय होकर इतने भयानक परिणाम तक नहीं पहुँच सकता। वह तो दोनों के हृदय में एक साथ या आगे-पीछे जन्म लेता ही है।

इस संबंध में अच्छी तरह और तरह-तरह से सोचने के बाद समीरा ने इस बात को अपने जेहन से निकाल दिया कि दिव्या की आत्महत्या का कारण प्रेम में असफलता हो सकती थी।

समीरा की तरह गौतम भी कई दिन तक इसी सोच में डूबा रहा था कि दिव्या जैसी सीधी-सादी और सच्चरित्र लड़की ने आत्महत्या क्यों की! उसके जीवन में न तो कोई अभाव था और न कोई समस्या थी। गौतम के साथ वह जिस तरह खुलकर विभिन्न विषयों पर बातें किया करती थी, अगर उसके मन में किसी को लेकर यदि लगाव या प्रेम होता तो कभी तो उसके मुँह पर इस बात का जिक्र आया होता।

●●

दिव्या की आत्महत्या एक ऐसा रहस्य बनकर रह गई थी जिसे सुलझा पाना तो दूर, उसके कारण तक का कोई अनुमान नहीं लगा सका।

◆◆◆

[8]

दिव्या की आत्महत्या के बाद समीरा उस विशाल राजमहल में नितांत अकेली रह गई थी। नानी माँ महारानी राजलक्ष्मी जब तक जीवित थीं, तब महल, विशेष अवसरों पर, शहर के प्रतिष्ठित परिवारों की महिलाओं और बच्चों से भरा रहता था। राज परिवार के लोग भी आते रहते थे, लेकिन उनके देहावसान के बाद वह सब समाप्त हो गया था। स्वयं महाराज सुरेन्द्र सिंह इस सूनेपन और वीरानी से बहुत ही दु:खी और उदास रहने लगे थे... अपने एकाकीपन और राजमहल में छाए सन्नाटे और बीरानी से तंग आकर उन्होंने अपने पुराने मित्रों को बुलाना शुरू कर दिया। दीवानखाने में एक बार फिर ताश, शतरंज और चौपड़ की बाजियाँ जमने लगीं। उन मेहमानों के अनुरोध पर महाराज ने शराब और सुलफे का सेवन भी शुरू कर दिया।

लेकिन मित्रों के आग्रह करने पर वह जब भी शिकार का कार्यक्रम बनाते तो समीरा में उसकी नानी माँ जाग उठतीं और अपनी नानी माँ की सौगन्ध देकर, रोकर-रूठकर वह महाराज को शिकार का कार्यक्रम स्थगित करने पर मजबूर कर देती।

उसने दीवानजी को बुलाकर तमाम बन्दूकें तोशाखाने में बंद करा दीं और उन्हें सख्त हिदायत कर दी कि तोशाखाने के ताले उसकी इजाजत के बगैर न खोले जाएँ।

दिनोंदिन अपने गिरते स्वास्थ्य और जिन्दगी में बढ़ते सूनेपन और समीरा की दिन पर दिन बढ़ती जाती प्यार भरी बन्दिशों और रियासत की लगातार गिरती आमदनी से आखिर हताश होकर महाराज सुरेन्द्र सिंह ने अपनी बेटी विजयलक्ष्मी और उसके पति कुँवर नरेन्द्र सिंह को बुलवाने का निश्चय कर लिया था। वे समीरा की मन:स्थिति भी समझते थे, इसलिए उन्हें यह जरूरी लगा था कि उसकी माँ और पिता जी को सुमेरगढ़ बुला लिया जाए।

●●

समीरा के माता-पिता के आते ही दुर्ग में चहल-पहल हो गई। उन दोनों के साथ लगभग एक दर्जन नौकर भी थे। कई महीनों के बाद बड़ी महारानी के राजमहल में रौनक दिखाई दी। राजमहल की ही नहीं, सुमेरगढ़ दुर्ग में छाई खामोशी और मनहूसियत भी दूर हो गई थी। चारों-ओर चहल-पहल और रौनक देखकर केवल महाराज सुरेन्द्र सिंह ही नहीं, समीरा भी बहुत खुश थी।

लेकिन इस खुशी के पीछे अवसाद की एक सामंती कहानी भी थी। हुआ यह था कि समीरा अभी कुछ महीने की ही बच्ची थी कि उसकी नानी माँ उसे सुमेरगढ़ ले आई थीं। राजकुमारी विजयलक्ष्मी के बाद उन्होंने किसी सन्तान को जन्म नहीं दिया था। राज्य का वारिस पाने के लिए महाराज और महारानी ने अनेक जप-तप किए। अनेक तीर्थों की यात्राएँ कीं। सन्तों और पीरों की समाधियों और मजारों पर जाकर पुत्र के लिए मन्नतें माँगी, लेकिन लाखों जतन करने के बाद भी महारानी राजलक्ष्मी दोबारा गर्भ धारण नहीं कर पाईं। इसलिए वह समीरा को जन्म लेने के एक-डेढ़ महीने बाद ही अपने साथ ले आई थीं...

और भवितव्य यह कि रानी माँ की तरह ही समीरा की माँ विजयलक्ष्मी भी समीरा के बाद किसी संतान को जन्म नहीं दे पाई थीं। समीरा को नानी माँ ने ही पाल-पोस कर इतना बड़ा किया था। इसलिए समीरा का रहन-सहन, सोच-विचार उनसे पूरी तरह प्रभावित थे। बचपन से ही अपनी जन्मदात्री माँ से अलग रहने के कारण, अपनी माँ के लिए समीरा के मन में वे भावनाएँ पैदा नहीं हो पाई थीं जो साधारणतः एक बेटी के मन में अपनी माँ के लिए होती हैं। यही नहीं, उसे अपने पिता कुँवर नरेन्द्र सिंह से भी उतना लगाव नहीं था, जितना अपने नाना महाराज सुरेन्द्र सिंह से था।

इसीलिए उन दोनों के आ जाने के बाद समीरा अकसर उनसे दूर-दूर ही रहती थी। जब से दिव्या का देहांत हुआ था, मास्टर जी तब से अर्ध-विक्षिप्त से रहने लगे थे। वह अब इस लायक नहीं थे कि समीरा को पढ़ा सकें। इसलिए समीरा रियासत के कॉलेज में पढ़ने जाने लगी थी। उसका काफी समय वहीं बीत जाता था...। कॉलेज से लौटने के बाद उसका बाकी समय या तो अपने कामकाज या झील पर ही व्यतीत होता था। जब भी वह किसी बीमार पशु-पक्षी को देखती तो उसे उठा कर अपने महल में ले आती थी और उसका उपचार करती थी।

समीरा को पक्षियों से जितना प्यार था, पक्षी भी उससे उतना ही प्यार करते थे। वे उसके पास निर्भीक होकर चले आते थे। जब समीरा शाम के समय झील पर जाती थी तो तरह-तरह के पक्षी उसके पास चट्टान पर आ बैठते थे। नानी माँ महारानी राजलक्ष्मी और दिव्या के चले जाने के बाद उसका लगाव और प्यार इन मासूम पक्षी-पखेरुओं के प्रति और भी बढ़ गया था।

वैसे भी महाराज साहब ने अपनी बेटी और दामाद को बुलाया भी इसीलिए था कि वे सुमेरगढ़ रियासत की इधर-उधर बिखरी जायदाद की देखभाल कर सकें। दसियों मुकद्दमे थे, उनकी पैरवी करते रहें। खासतौर से नहरवाले मुआवजे का केस दुबारा लड़ सकें और बाकी सारा बंदोबस्त देख सकें, क्योंकि महाराजा

साहब का स्वास्थ्य भी अब इस लायक नहीं रह गया था कि वे यह सब कर सकें। समीरा की माँ साहब और बाबू जी साहब ने आते ही सारी जिम्मेदारियाँ संभाल ली थीं, साथ ही वे दिनों-दिन घटती शाही आमदनी में इजाफा करने के लिए नये कारोबार शुरू कर सकने की योजनाओं में व्यस्त भी रहने लगे थे। यों रात के खाने पर तो समीरा की मुलाकात उनसे जरूर ही हो जाती थी।

●●

ढलती रात का अँधेरा छाया हुआ था। परीक्षा निकट होने के कारण समीरा काफी रात गए तक पढ़ती रही थी। अभी कुछ देर पहले ही सोयी थी कि अचानक चिड़ियों के चहचहाने-चीखने की तेज आवाजें सुनकर उसकी नींद उचट गई।

समीरा की नींद तो उचट गई, लेकिन उसने आँखें नहीं खोलीं, आँखें मूँदे बिस्तर पर पड़ी चिड़ियों के चीखने-चहचहाने की तेज आवाजें सुनती रही। वह बहुत थकी हुई थी।

उन आवाजों को सुनते-सुनते फिर उसे ऐसा लगा जैसे चिड़ियों के चहचहाने की ये आवाजें स्वाभाविक नहीं हैं। भोर होने पर तो चिड़ियों की चहचहाहट में एक अजीब-सी मिठास, एक विचित्र-सा संगीत होता है। उन आवाजों के साथ उनके पंखों के जोर-जोर से फड़फड़ाने की आवाजें भी आ रही थीं। भोर का स्वागत करने के लिए वे उड़ती भी हैं तो उनके पंखों की आवाज बड़ी रेशमी होती है...

बिस्तर पर आँखें मूँदे पड़ी समीरा उन विचित्र आवाजों को सुन कर लेटी नहीं रह सकी। उसने आँखें खोलीं और कान लगाकर विचित्र आवाजों को सुनने लगी।

उसे ऐसा लगा जैसे वे आवाजें राजमहल से सटे उस महल की तरफ से आ रही हैं जो उसके पिता ने अपने रहने के लिए चुना था।

उसने बिस्तर से उठकर उस महल की ओर की खिड़की खोल दी। खिड़की के खुलते ही चिड़ियों की तेज भयातुर आवाजें साफ-साफ सुनाई देने लगीं। उनकी आवाज में भय था। घबराहट थी। ठीक वैसे ही जैसी किसी बहेलिए को देखकर या उसके जाल में फँस जाने पर सुनाई देती हैं। चिड़ियों की आवाज में प्रभाती के सुर नहीं, छटपटाहट की तड़प थी, आर्त्तनाद था।

बचपन से तरह-तरह के पंक्षियों के बीच रहते-रहते समीरा उनकी आवाजों, उनकी उड़ानों तथा उनके स्वभाव से भली-भाँति परिचित हो गई थी।

उसने जल्दी से अपने पलंग के सिरहाने वाली खिड़की पर लटके भारी पर्दे हटा दिए जो नीली झील की ओर खुलती थी। उसने देखा झील और उसके

आसपास खड़ी हरी-भरी पहाड़ियाँ अभी भी रात के अंधेरे में डूबी हुई थीं। पंछियों का शोर वहाँ से नहीं आ रहा था।

उसके दिल और दिमाग को आश्चर्य का एक जोरदार झटका लगा। वह समझ नहीं पा रही थी कि पंछियों का यह कोलाहल कैसा और क्यों था? उसने अपने कमरे का दरवाजा खोला और उधर तेजी से चल पड़ी, जिधर से चिड़ियों की अजीब-सी परेशान करने वाली आवाजें आ रही थीं। उसे इस बात का गहरा आश्चर्य हो रहा था कि अभी आकाश के पूर्वी छोर पर उषा की लालिमा भी नहीं फैली, झील के आसपास भी गहरी खामोशी छाई हुई है, पंछियों के जागने और पंख फड़फड़ाने या चहचहाने की आवाजें भी सुनाई नहीं दे रहीं, फिर इस महल से एक साथ इनते पंछियों के चीखने-चहचहाने, पंखों को किसी ठोस चीज से टकरा कर उड़ने की कोशिश करने की आवाजें कैसे और कहाँ से आ रही हैं?

समीरा के पिता साहब कुँवर नरेन्द्र सिंह ने अपने रहने की व्यवस्था अलग महल में करा तो ली थी, लेकिन वह ज्यादातर महाराज के साथ उनके दीवानखाने वाले महल में ही रहा करते थे। कभी-कभी सोने के लिए माँ साहब विजयलक्ष्मी वाले महल में आ जाते थे।

आधे रास्ते से लौटकर समीरा ने टार्च उठाई और उस महल की ओर चल दी।

समीरा को यह देखकर हैरानी हुई कि पिता साहब के उस महल के द्वार पर कोई भी दरबान नहीं था और महल के सदर दरवाजे की साँकलें बाहर से लगी हुई थीं। पर चिड़ियों के पंख फड़फड़ाते हुए चीखने-चहचहाने के कोलाहल से महल गूँज रहा था।

समीरा ने जल्दी से सदर फाटक की भारी-भारी साँकलें बमुश्किल तमाम हटाईं और तेजी से अन्दर चली गई। महल में अभी भी अंधेरा छाया हुआ था। वह टार्च की रोशनी में संभल-संभल कर कदम रखती हुई उस ओर बढ़ने लगी जिस ओर से चिड़ियों की आवाजें आ रही थीं।

उसने टार्च की रोशनी चारों ओर डाली। महल के कमरों में दरवाजें बाहर से बन्द थे। सारा महल सूना पड़ा था। केवल एक कमरे से ही चिड़ियों की वे अजीब-अजीब-सी आवाजें आ रही थीं।

समीरा झपटती हुई उस कमरे के दरवाजे पर पहुँच गई। उसने जल्दी से दरवाजे की भारी साँकल हटाई और दरवाजा खोल दिया।

और फिर जैसे ही उसने टार्च की रोशनी कमरे के अन्दर डाली, वहाँ का दृश्य देखकर वह सकते में आ गई... उसके हलक से चीख-सी निकल पड़ी...। आश्चर्य, भय, आतंक, घृणा और क्रोध से भरी चीख...।

वह एक काफी बड़ा हॉलनुमा कमरा था, जिसके सामने और अगल-बगल की दीवारों के सहारे लोहे की मजबूत जालियों वाले ऐसे पिंजरे फर्श से लेकर दस-बारह फुट की ऊँचाई तक रखे हुए थे, जिनमें तरह-तरह की चिड़ियाँ कैद थीं। वे चिड़ियाँ पिंजरों की लोहे की जालियों पर चोंच और पंख मार-मार कर, चीखती हुई उन पिंजरों में बेचैनी से चक्कर काटती हुई, बाधित उड़ान की कोशिश कर रही थीं। दरअसल वे इन पिंजरों की कैद से रिहा होने के लिए चीख-चिल्ला रही थीं। पिंजरों में जैसे कयामत बरपा रही थी। पिंजरों की जालियों से टकराते हुए चीखते-चिल्लाते कुछेक पक्षी थककर या घायल-से होकर पिंजरों की सतह पर पड़े बहुत ही दर्द भरी आवाज में चीख रहे थे... वे जैसे अपनी मुक्ति के लिए कराह रहे थे...।

पिंजरों में कैद पंछियों की दर्दभरी आवाजें, उनकी छटपटाहट और अपनी आजादी के लोहे की मजबूत जालियों से टकरा-टकरा कर संघर्ष करते देख समीरा की आत्मा चीख उठी। उसने जलती हुई टार्च एक तरफ रख दी और जल्दी-जल्दी पिंजरों के दरवाजे खोलने लगी। वह देखती बदहवास-सी हुई जा रही थी, चीखती जा रही थी और पिंजरों के दरवाजे खोलती जा रही थी। जब सारे पिंजरे उसने खोल लिए तो वहीं जमीन पर बैठकर वह बुरी तरह रो पड़ी थी...

●●

महल के ओर से उड़ते आते पंछियों की आवाजों की तरफ कुँवर नरेन्द्र सिंह ने एकाएक चौंक कर देखा और बहेलियों का हिसाब करते-करते नोटों की गड्डियाँ उन्होंने महाराज सुरेन्द्र सिंह के सामने पटकीं और तेजी से उस ओर चल पड़े जिस तरफ से आजाद पंछियों के झुण्ड उड़ते चले आ रहे थे।

पीछे-पीछे महाराज सुरेन्द्र सिंह भी चल पड़े। पाँचों बहेलिए भी लपकते हुए उस तरफ चले गये।

महल के सदर दरवाजे से चिड़ियाँ उड़-उड़ कर बाहर आ रही थीं। सारा महल पिंजरों से निकली चिड़ियों से भर गया था। समीरा ने सारे पिंजरे खोल दिए थे और उनमें कैद परिन्दे तरह-तरह की आवाजें करते, छत और दीवारों से टकराते हुए सदर दरवाजे की ओर उड़े चले जा रहे थे।

"समीरा!..." अंदर पहुँचकर कुँवर नरेन्द्र सिंह चीख उठे। क्रोध के मारे उनका समूचा बदन तमतमा कर कांपने लगा। पिंजरे खाली पड़े थे। उनमें कैद लगभग सारे पंछी आजाद हो चुके थे। समीरा ने उनकी और उनके बहेलियों की चार-पाँच दिनों की मेहनत पर पानी फेर दिया था। दो-ढाई लाख रुपयों का

नुकसान पहुँचा दिया था।

"पागल हो गई हो क्या? यह तुमने क्या किया, समीरा?" कुँवर नरेन्द्र सिंह ने क्रोध से तिलमिलाकर एक जोरदार तमाचा समीरा के गाल पर जड़ दिया, "तुमने यह क्या किया? लाखों रुपयों पर पानी फेर दिया। तुम यहाँ आई क्यों...? तुमने इन परिन्दों को आजाद क्यों किया?"

जीवन में आज पहली बार समीरा के पिता साहब ने उसे इतनी बुरी तरह डाँटा था। डाँटा ही नहीं उसे तमाचा भी मारा था। बचपन से लेकर आज तक उसके नाना-नानी ने उसके बदन से ऊँगली तक नहीं छुआई थी। उसकी किसी भी हरकत पर उसे डाँटा-फटकारा नहीं था। आज पहली बार समीरा के साथ यह बर्बरता भरा व्यवहार हुआ था और वह भी उसके पिता साहब के हाथों!

इस प्रताड़ना से समीरा का लहू उबल उठा। क्रोध से तमतमाए चेहरे में उसकी आँखें मशालों की तरह जल उठीं—"नहीं! आप मेरे पिता नहीं हो सकते... आप तो चिड़ीमारों से भी गए गुजरे हैं... हत्यारे हैं... नहीं... नहीं... आप मेरे पिता साहब नहीं हो सकते...! आपने मुझे मारा..." क्रोध से चीखती हुई समीरा जोर से रो पड़ी, "क्यों मारा... मैंने क्या कसूर किया था...?"

"तुमने इन परिन्दों को पिंजरों से क्यों आजाद किया?" कुँवर नरेन्द्र सिंह क्रोध से तिलमिला उठे, "जानती हो, कल सुबह ही मुझे इन परिन्दों को एक्सपोर्ट करना था... तुमने मेरे लाखों रुपये मिट्टी में मिला दिए..."

"परिन्दों को एक्सपोर्ट करना था?... इन मासूम परिन्दों को! जिन्होंने आपका कभी कोई नुकसान नहीं किया...? जिन पर किसी का कोई अधिकार नहीं! और फिर इन परिन्दों ने आपका क्या बिगाड़ा था!... ये कुदरत की संतान हैं... ये मासूम परिन्दे आपकी मिल्कियत नहीं हैं... आपके राज्य की प्रजा नहीं हैं.. ये तो न जाने कहाँ-कहाँ से... न जाने किस-किस देश से, सैकड़ों-हजारों मील दूर के देशों से यहाँ झील पर शरण लेने आते हैं।... क्या शरणागतों पर यह अत्याचार आप जैसे राजपूतों का धर्म रह गया है? आपने इन्हें एक्सपोर्ट करने के लिए कैद किया था? क्या धन की भूख ने आपकी मान-मर्यादा और धर्म—सब कुछ निगल लिया है... आप राजपुत्र नहीं हत्यारे हैं—हत्यारे!"

समीरा जोर-जोर से रोती-चीखती उस महल से निकल गई। कुँवर नरेन्द्र सिंह सकते में खड़े उसे देखते रह गये।

महाराज सुरेन्द्र सिंह और बहेलिये भी अवाक् खड़े उसे जाते देखते रहे।

"महारानी-साब ने इस लड़की का दिमाग खराब कर दिया... खुद जैसी थीं, इसे भी वैसा ही बना गईं...।" कुँवर नरेन्द्र सिंह ने क्रोध और घृणा भरे स्वर

में कहा और उन खाली पिंजरों को दु:ख और अफसोस भरी नजरों से देखते रह गए।

◆◆◆

[9]

"हम इस लड़की को बर्दाश्त नहीं कर सकते!" कुँवर नरेन्द्र सिंह का क्रोध अभी तक शान्त नहीं हुआ था, "महारानी साहिबा खुद तो आराम की नींद सो गईं, लेकिन इसे ऐसी शिक्षा दे गईं कि इसने हम लोगों की नींद हराम कर दी!"

"समीरा अभी बच्ची है, उस पर इतना गुस्सा करना बेकार है।" महाराज सुरेन्द्र सिंह ने दामाद को समझाने की कोशिश की, "वह एकदम अपनी नानी माँ पर गई है। उन्होंने ही उसे पाला-पोसा था, पढ़ाया-लिखाया था और कुँवर जी, जो व्यक्ति जिन विचारों और भावनाओं का पुजारी होता है वह दूसरों के मन तक उन्हीं विचारों, भावनाओं और संस्कारों को पहुँचाता है। आप विश्वास नहीं करेंगे... जब तक महारानी जीवित रहीं, हमारी बन्दूकों ने कभी कारतूसों का मुँह नहीं देखा। बस एक बार गुस्से में आकर हम उनके काकातुओं के जोड़े पर गोली चला बैठे थे। जिसका अंजाम अब हम जिन्दगी के इस ढलते हुए मुकाम पर भुगत रहे हैं। न हम काकातुओं को गोलियों का निशाना बनाते और न महारानी स्वर्ग सिधारतीं।"

"काकातुओं की मौत का महारानी जी की मौत से कोई संबंध नहीं है। आपने तो अकारण ही यह भ्रम पाल रखा है," कुँवर नरेन्द्र सिंह ने बड़ी लापरवाही से कहा, "सुमेरगढ़ के किले, शहर में रहने वाले और भी काफी लोगों के दिमाग में यही बात जड़ जमा कर बैठी है। दुनिया में न जाने कितने पशु-पक्षी ही नहीं, इन्सान भी इस तरह के हादसों के शिकार हो जाते हैं। उनके मर जाने के बाद हमने तो किसी को मरते हुए नहीं देखा। यह सब बकवास है... झूठी धारणा है।"

"खैर, जो कुछ भी हो, आप समीरा पर फिर कभी हाथ मत उठाइएगा... वह पहले ही बहुत दु:खी है। कुछ महीने पहले ही वो अपनी नानी माँ को खो चुकी है और शायद आपको मालूम न हो... कुछ दिन हुए अपनी सहेली दिव्या को भी गँवा बैठी। महारानी ने उसे पाल-पोस कर इतना बड़ा किया था, तो दिव्या ने भी बचपन से उसका साथ निभाया था। दोनों इसी राजमहल के आँगन में खेलकूद कर बड़ी हुई थीं। चौबीस घंटों में से कम से कम अट्ठारह घंटे दोनों साथ-साथ रहती थीं। साथ-साथ पढ़ती थीं। रोजाना शाम को दोनों साथ-साथ झील के

किनारे घूमने जाया करती थीं। आप नहीं जानते कि इन दोनों में कितना प्यार था? वे दोनों सहेलियाँ नहीं थीं, बल्कि सगी बहिनों से बढ़कर समझती थीं, एम-दूसरे को।''

कुँवर नरेन्द्र सिंह का दिमाग क्रोध और समीरा की हरकत से हो जाने वाले लाखों के नुकसान के बारे में सोच-सोचकर बुरी तरह भन्ना रहा था। साथ ही उनका सामंती अहं अपनी ही बिटिया की इस हरकत से आहत भी महसूस कर रहा था। महाराज सुरेन्द्र सिंह के शब्द उनके कानों तक तो पहुँच रहे थे, लेकिन दिल और दिमाग की परतों को नहीं छू पा रहे थे।

उन्हें खामोश देखकर महाराज सुरेन्द्र सिंह ने समझा कि उनकी बातों का गहरा असर कुँवर साब पर पड़ रहा है। कुछ क्षण खामोश रहकर वे कहने लगे, ''कुँवर जी, समीरा की सहेली दिव्या ने आत्महत्या कर ली थी...। आत्महत्या का कारण क्या था, कोई नहीं जानता...। लेकिन अकारण तो कोई अपनी जिन्दगी का खात्मा कर नहीं डालता...'' कुछ सोचते हुए वे फिर बोले, ''हम डर रहे हैं... कि कहीं आपका क्रोध, आपकी डाँट-डपट समीरा के दिल में आपके लिए मुस्तकिल नफरत न पैदा कर दे... वह बहुत ही भावुक लड़की है...''

''इसका यह मतलब तो नहीं कि वो हम बड़ों के फैसलों और कारोबार में दखल दे। हमारे लिए बहेलियों के सामने शर्मिन्दगी का ऐसा मौका पैदा करे!'' कुँवर नरेन्द्र सिंह ने सख्ती और दृढ़ता से कहा।

''बेहतर यही होगा कुँवर जी कि आप अपने गुस्से पर काबू पाइए... और हमारी सलाह है कि पंछियों के एक्सपोर्ट के इस कारोबार को भूलकर किसी दूसरे कारोबार के बारे में सोचिए...'' महाराज यह कह रहे थे तो कुँवर नरेन्द्र सिंह ने उन्हें सवालिया नजरों से देखा।

''देखिए कुँवर जी... हम महारानी साहिबा की बीमारी और देहांत के हादसे से जर्जर हो गये हैं... हमें मालूम है कि वे किस सदमे का शिकार हुई थीं... हम नहीं चाहते कि समीरा किसी सदमे का शिकार हो जाए...'' कहते-कहते महाराज खामोश हो गये।

''महाराज इस बात को आप भी अच्छी तरह जानते हैं कि विदेशों के चिड़ियाघरों में पशु-पक्षियों की कितनी जबर्दस्त डिमांड है और हमारे देश में इनकी कोई कमी है नहीं। इनका कोई मालिक भी नहीं है, जो इनके पकड़े जाने पर ऐतराज करे। इनकी सप्लाई करके हम थोड़ी-सी पूँजी से ही बड़ी दौलत कमा सकते हैं। इसलिए हमारी नजर में तो इससे बेहतर और कोई कारोबार है नहीं!''

''लेकिन कुँवर जी, ऐसे कारोबार से क्या लाभ जिससे अपनी इकलौती

सन्तान के दिल को सदमा पहुँचे?''

''जी... अब क्या कहूँ महाराज... संतान तो वह हमारी है... हम भी उसके बारे में सोचते हैं, लेकिन हमारा सोचना यह है कि... लगता यह है कि समीरा या तो जरूरत से ज्यादा जिद्दी है या शायद बेहद मूडी और... या वह पैदायशी पागल है महाराज! आपको हमने बताया नहीं... पिछले हफ्ते उसने पाँच सौ खरगोशों को पिंजरों से आजाद करके झील की झाड़ियों में छोड़ दिया था... वे खरगोश हमें मेडिकल रिसर्च सेन्टर को सप्लाई करने थे...। आप से क्या छुपा है... मैंने रियासत के सारे पुराने दस्तावेज देखे हैं... सब में खर्चा ही खर्चा है... मंदिरों को सलाना इतना, धर्मादे में इतना... हैसियत टैक्स में इतना... अनाथालयों को इतना... सरकारी ओहदेदारों की मेहमाननवाजी, इस लीडर को इतना, उस लीडर को उतना। आमदनी का कोई जरिया है नहीं... बंद पड़े होटलों का टैक्स अलग..., आखिर क्या किया जाए... महल हवेलियों की हालत खस्ता है...''

''यही तो सबसे बड़ा दुःख है कुँवर जी। राजपाट चला गया, लेकिन हमारे अखराजातों में तो कोई कमी आने नहीं पाई। हमारे राज्य की प्रजा का नहीं, बल्कि पूरे देश की जनता का खयाल है कि राजा-महाराजाओं के पास अरबों-खरबों का खजाना दबा पड़ा है। हीरे-जवाहरात और सोने-चाँदी के अम्बार लगे पड़े हैं। इतनी दौलत है हमारे पास कि हमारी अगली साठ-सत्तर पीढ़िया भी बिना कुछ करे-धरे अपनी जिन्दगी पहले की तरह ही शान-शौकत से गुजार सकती हैं।'' महाराज सुरेन्द्र सिंह ने चिन्ता भरी उदास आवाज में कहा, ''लेकिन कुँवर जी, अपने बिल का हाल तो गरीब चूहा ही जानता है। हमारी हालत तो चूहों से भी बदतर है।''

◆◆◆

[10]

दीवान द्वारिकादास ने यह बहस तो नहीं, पर पुराने महल की तरफ से आते शोर और समीरा के रोने की आवाज जरूर सुनी थी। साथ ही उस अंधेरे में अपनी हवेली की खिड़की से उधर होती आमदरफ्त और हलचल को भी देखा था, तभी उनका माथा ठनका था, क्योंकि उस सुरमई अंधेरे में, टार्च चमकाती, महल की पथरीली पगडंडी पर जाती समीरा को उन्होंने पहचाना था। आखिर समीरा के अलावा और कोई हो भी नहीं सकता था। दिव्या तो अब जीवित थी नहीं और सुमेरगढ़ किले के इस शाही इलाके में कोई आ-जा भी नहीं सकता था। जो हवेलियाँ उन्होंने प्रांतीय सरकार के दफ्तरों को किराये पर दी थीं, उनके दफ्तर

सरेशाम बंद हो जाते थे और पूरा किला सन्नाटे में डूब जाता था। दीवान द्वारिकादास नहीं चाहते थे कि राजपरिवार की कोई भी अच्छी या बुरी बात आम जनता तक पहुँच सके और कोई भी राजपरिवार के मान-सम्मान पर उंगली उठा सके।

दीवान द्वारिकादास चिंतित से महल की ओर चल दिये थे। पौ फटने में अभी भी कुछ देर थी। पुराने महल की ओर न जाकर उन्होंने महाराज के महल में पहुँचना ही मुनासिब समझा।

"क्या मैं अन्दर आ सकता हूँ महाराज?" द्वार पर दरबान न होने के कारण दीवान द्वारिकादास ने महाराज के शयनकक्ष के द्वार पर पहुँच कर अन्दर आने की अनुमति माँगी।

"कौन दीवान जी..." महाराज सुरेन्द्र सिंह ने हल्के से चौंककर दरवाजे की ओर देखा और फिर अपने आपको सामान्य बनाने की कोशिश करते हुए बोले, "आइए दीवानजी... अन्दर आइए। बैठिए..."

दीवान द्वारिकादास पलंग के पास पड़ी कुर्सी पर बैठ गए तो कुँवर नरेन्द्र सिंह ने अपनी स्वाभाविक खुरदरी आवाज में पूछा, "इस वक्त आप यहाँ कैसे? कोई जरूरी काम था तो सुबह को आ जाते महाराज के पास।"

"क्षमा करें कुँवर जी," दीवान द्वारिकादास ने दोनों हाथ जोड़कर क्षमायाचना की। "जिस नन्हीं बच्ची को बचपन में मेरी इन बाहों ने झूला झुलाया है उसकी दर्द भरी चीख सुन कर तो शायद मैं अर्थी पर से भी उठकर खड़ा हो जाऊँगा...। समीरा इतने बड़े महल के अपने कक्ष में अकेली ही सोती है। कहीं कोई डरावना सपना देखकर तो वह नहीं चीख उठी थी!"

"ऐसा ही लगता है दीवान जी," कुँवर नरेन्द्र सिंह ने दीवान द्वारिकादास को कुछ और पूछने का मौका न देते हुए कहा, "अब वह अपनी माँ के कमरे में सो रही है। चिन्ता की कोई बात नहीं। आप भी जाकर इत्मीनान से सोइए।" कहकर कुँवर नरेन्द्र सिंह चले गये।

"मास्टर दीनानाथ की बेटी दिव्या की आत्महत्या ने समीरा बेटी को बिल्कुल अकेला कर दिया है महाराज... अगर बेअदबी माफ फर्माएँ तो एक मशवरा देना चाहूँगा।"

"आप कैसी बातें कर रहे हैं, दीवान जी?" महाराज सुरेन्द्र सिंह एक पल रुक कर बोले, "दीवान जी, समीरा के बारे में आपका जो भी मशवरा हो बाद में बताइएगा। पहले यह मशवरा दीजिए कि हम अपनी आमदनी में किस तरह इजाफा करें...? हमारे खजाने और आमदनी की जो हालत है, आपसे छिपी नहीं है और

हमारा जो खर्चा है, उसे भी आप जानते हैं। जब तक महारानी राजलक्ष्मी थीं, सारे खर्चे बड़े इत्मीनान से पूरे हो जाते थे। क्योंकि वे बेहद सादगी पसन्द थीं। झूठी शान-शौकत और दिखावे के बिल्कुल खिलाफ थीं। वे अपनी तरह से खर्चा चलाती थीं लेकिन दीवान जी, उनकी मौत के बाद इन महलों के सन्नाटे से घबरा कर... आपके मशवरे पर ही हमने विजयलक्ष्मी और अपने दामाद साहब को यहाँ बुलाया था... इनके साथ कुछ दास-दासियाँ और कारकुन भी आये हैं। फिर बेटी और दामाद के साथ सादगी बरती भी नहीं जा सकती... खर्च पहले से काफी बढ़ गया है। कुँवरजी खुद आमदनी के जरिए तलाश रहे हैं, वे खुद परेशान हैं। आप ही बताइए कि इस मसले को कैसे हल किया जाए?''

दीवान द्वारिकादास अभी कुछ कह नहीं पाए थे कि तेज कदमों की आती आहट से वे सतर्क हुए। वे कुँवर नरेंद्र सिंह थे, आते ही उन्होंने झल्लाहट भरी आवाज में कहा, ''दीवान जी तो पुराने जमाने के आदमी हैं। इनके मशवरे भी उतने ही पुराने होंगे। हम इतनी बड़ी रियासत के राजा हैं... अब हम नमक-हल्दी का व्यापार करने से तो रहे... हम तो ऐसा ही कोई व्यापार कर सकते हैं, जो हमारी राजपूती शान के अनुकूल हो!''

''ठीक फर्माया आपने कुँवरजी।'' दीवान द्वारिकादास ने कहा और होंठ सख्ती से बन्द कर लिए।

''हमारी राजकुमारी समीरा जी तो चाहती हैं कि हम सब राजा, महाराजा और राजकुमार अपना राजपूती धर्म भूल कर भगवान गौतम बुद्ध के चेले बन जायें और अहिंसा परमोधर्म का रात-दिन जाप करते रहें।'' कुँवर नरेन्द्र सिंह की आवाज में क्रोध और घृणा थी। अभी तक उनका क्रोध शान्त नहीं हुआ था। रह-रह कर उन्हें अपने आप पर गुस्सा आ रहा था कि उन्होंने अपनी इकलौती बेटी महारानी राजलक्ष्मी को क्यों सौंप दी थी? अगर उसने उनके साथ परवरिश पाई होती तो वह जैन साध्वी या बौद्ध श्रमणिका न बनकर विशुद्ध क्षत्राणी बनी होती। लेकिन अब क्या हो सकता था? समीरा सोलह वर्ष पार कर चुकी थी। अब उसके विचारों और भावनाओं में परिवर्तन ला सकना आसान काम नहीं था।

''समीरा की नानी माँ भी ठीक ऐसी ही थीं कुँवर जी...। आपके लिए उनके साथ रहने और उन्हें जानने के मौके बहुत कम ही आये...'' महाराज सुरेन्द्र सिंह ने जैसे अपनी महारानी को याद करते हुए कहा, ''शायद आपको पता नहीं, उनकी वाणी में कितनी अद्‌भुत शक्ति थी। वह हर व्यक्ति से वही काम करवा लेती थीं जो वह चाहती थीं। उनके राजमहल में आने के बाद तो हम सब कुछ भूल ही गए थे। पीने-पिलाने वाले दोस्तों की महफिलें बन्द हो गई थीं। शिकार के साथी बिछुड़ गये थे। अगर कभी चोरी-छिपे उन लोगों के साथ शिकार पर चले भी जाते

तो राजमहल में कोहराम मच जाता था। भूचाल आ जाता था। समीरा पर उनकी जो छाप पड़ी है उसे आसानी से नहीं मिटाया जा सकता।''

''इस छाप का मिटाने का मुझे तो एक ही उपाय दिखाई देता है,'' कुँवर नरेन्द्र सिंह ने सोचते हुए कुछ शान्त स्वर में कहा।

''कौन-सा उपाय?''

''शादी...। समीरा की जल्द से जल्द शादी कर दी जाए।''

''यानी सिर में थोड़ा-सा दर्द हो तो कारण जाने बिना ही सिर काट दिया जाए!''

लेकिन कुँवर नरेन्द्र सिंह के मूड में, यह बात सुनकर भी, कोई तब्दीली नहीं आई। वे वैसे ही सूखे स्वर में बोले, ''महाराज, शादी कर देने से सबसे बड़ा लाभ यह होगा कि समीरा के ससुराल चले जाने के बाद हमें कोई रोकने-टोकने और हमारे जरूरी फैसलों में दखल देने वाला नहीं रहेगा। हमारा कारोबार बेरोक-टोक चलता रहेगा...''

''लेकिन अपने रुतबे और बराबरी के राजपूत घराने में इतनी जल्दी समीरा के लिए रिश्ता ढूँढ़ पाना आसान काम तो है नहीं कुँवर जी,'' दीवान द्वारिकादास बोले।

''मेरी नजर में एक युवराज है दीवान साहब,'' कुँवर नरेन्द्र सिंह की आवाज में क्रोध के स्थान पर हल्का-सा उत्साह झलक उठा, ''हमने जिस रॉयल प्रिंसेज कॉलेज में शिक्षा पाई थी, वह राजकुमार उसी कॉलेज में पढ़ रहा है। पुराना राजवंश है। सदियों पुराना राजपाट तो उनका भी छिन चुका है, लेकिन उनका एक्सपोर्ट-इम्पोर्ट का करोड़ों का कारोबार है और वह बहुत अच्छा चल रहा है। कुँवर का नाम जयसिंह है, उन्होंने अभी से अपने पिता के कारोबार में दिलचस्पी लेनी शुरू कर दी है।''

''हम कुँवर जयसिंह को देखना चाहेंगे।'' महाराज सुरेन्द्र सिंह ने कहा।

''आप जब भी देखना चाहें उन्हें यहाँ बुलाया जा सकता है।'' कुँवर नरेन्द्र सिंह ने कहा और उठकर अपने शयनकक्ष की ओर चले गए।

◆◆◆

[11]

''गौतम बाबू, हमारी समझ में एक बात आज तक नहीं आ पाई,'' समीरा ने एक छोटा-सा पत्थर उठाकर झील की सतह पर फेंकते हुए कहा।

"कौन-सी बात समीरा जी," गौतम ने झील के सीने पर बनती-बिगड़ती लहरों को देखते हुए पूछा।

"जंगल में शेरनी कंटीली झाड़ियों या हरी-भरी घास पर लेटकर जब अपने नन्हें-मुन्हें बच्चों को दूध पिलाती है तो कितनी सुन्दर दिखाई देती है। उस समय उसकी आँखों में हिंसा नहीं होती... माँ की ममता, वात्सल्य और करुणा होती है... देखिए इस समय इस नीली झील के चारों-ओर उड़ते-चहचहाते पक्षी कितने सुन्दर दिखाई दे रहे हैं। हर मनुष्य जानता और मानता है कि जो आत्मा उसके शरीर में है, वही आत्मा उस शेरनी और इन परिन्दों के शरीर में भी है, लेकिन इन्सान बड़ी बेरहमी से शेरनी को... इन चहचहाते निर्दोष पंछियों को अपनी गोली का निशाना बना देता है। क्यों? किसने उसे अधिकार दिया है निर्दोष प्राणियों की हत्या करने का... और गौतम बाबू, जब हम किसी को प्राण दे नहीं सकते तो उसके प्राण छीनने का अधिकार हमें किसने दिया है?"

समीरा की बात सुनकर गौतम आश्चर्य से उसके चेहरे की ओर देखने लगा, जिस पर एक विचित्र-सी चमक और कोमलता उभर आई थी। सुमेरगढ़ राज्य का इतिहास रणबांकुरे, शूरवीर योद्धाओं का इतिहास रहा था। कहावत चली आ रही थी कि योद्धाओं को अपनी तलवारों को रक्त पोंछने का समय भी नहीं मिलता था। उनकी तलवारों से टपकते हुए लहू ने जानें कितनी विजय गाथाओं की रचना की थी। आज उसी राजवंश की राजकुमारी के मुँह से ये बातें सुनकर जहाँ गौतम को अचम्भा हुआ, वहीं खुशी भी हुई थी। आज पहली बार उसे पता चला कि इस नीली झील पर बसेरा करने वाले इन पंछियों के लिए ही नहीं, संसार के सम्पूर्ण प्राणियों के लिए समीरा के दिल में कितना मोह, ममता और करुणा भरी हुई है।

वह सोच रहा था कि कितनी समानता है दीपाली और समीरा में—रंग-रूप और सूरत-शक्ल में नहीं, विचारों में भी। दीपाली तो जिन्दगी की राह पर कदम बढ़ाने से पहले ही साथ छोड़कर चली गई। काश समीरा मेरा साथ दे सके। लेकिन यह सम्भव कैसे होगा?

"किस सोच में डूब गए गौतम बाबू?" गौतम को गुमसुम देखकर समीरा ने टोका और हल्की-सी हँसी के साथ बोली, "लगता है दीपाली की याद आ रही है।"

"हाँ समीरा, शायद तुमने ठीक ही सोचा..." कहते-कहते वह अटक गया था।

समीरा कुछ पल टकटकी बाँधे गौतम के चेहरे को देखती रही। गौतम के इस 'तुम' ने उसके दिल और दिमाग में अनगिनत तूफान जगा दिए थे। वह समझ

नहीं पा रही थी कि गौतम के इस 'तुम' का वह क्या अर्थ लगाये?

"आप शायद कुछ कहना चाहते थे?" समीरा ने एक पल रुककर कहा।

"हाँ समीरा... लेकिन कभी-कभी मन की बात कह देने से बात छोटी हो जाती है..." गौतम ने धीमे से कहा।

वह कुछ सोच में डूबी बैठी रही, फिर आकाश की ओर देखती हुई उठ खड़ी हुई, "आइए, अब चलें—बातों-बातों में पता ही नहीं चला कि साँझ का सूरज कब डूब गया?"

"हाँ, कुछ पता ही नहीं चला..." गौतम ने भी स्थिति को बहुत सहज बना दिया। वह चुपचाप उठा और उसके साथ कुछ दूर तक चल दिया। महल की प्राचीरें शाम के धुंधलके में डूब चुकी थीं।

◆◆◆

[12]

"दीवान जी," महाराज सुरेन्द्र सिंह ने समीरा और गौतम को नीली झील की ओर से आते देखकर पूछा, "समीरा के साथ वह नौजवान कौन है?"

"महाराज, इस नौजवान का नाम है गौतम! भारत सरकार के पुरातत्त्व विभाग का एक अफसर है। सरकार ने इसे यहाँ इसलिए भेजा है कि सुमेरगढ़ राज्य की पुश्तैनी और गैर-पुश्तैनी सम्पत्ति की रिपोर्ट दे सके।" दीवान द्वारिकादास ने संक्षेप में बताया।

"हमारी पुश्तैनी और गैर-पुश्तैनी सम्पत्ति की रिपोर्ट? हम समझे नहीं।"

"आपको तो शायद पता भी नहीं होगा महाराज कि सुमेरगढ़ के महाराजाओं ने कितने किले, कितने महल और महलों जैसी आरामगाहें बनवाई थीं। राज्य की कितनी पहाड़ियों, झीलों और बाग-बगीचों पर आपका पुश्तैनी अधिकार है। आज वे सारे किले-महल, ऐशगाहें और शिकारगाहें वीरान पड़ी हैं। राज्य के पास न तो इतना धन है कि उनकी देखभाल कर सके और न हममें इतनी सामर्थ्य ही है कि उनकी देखभाल और बंदोबस्त के लिए खर्चा करने के साथ-साथ सन्तरी या चौकीदार रख सकें।"

"यह सब तो ठीक है लेकिन सरकार को इन पुराने खंडहरों और हमारी जमीन-जायदाद की छानबीन कराने की क्या जरूरत पड़ गई? आखिर सरकार ने यह कदम क्यों उठाया है? इससे सरकार को क्या फायदा होगा?"

"बहुत बड़ा फायदा होगा महाराज! आपको राज्य की जो इमारतें खंडहर नजर आ रही हैं सरकार की नजर में वे देश की मूल्यवान धरोहर हैं, जिनका मूल्य आंका नहीं जा सकता।" दीवान द्वारिकादास ने बताया, "सरकार राज्य के दूत सभी खंडहरों, पुरानी इमारतों, कुँओं, बावड़ियों और झीलों पर कब्जा कर लेगी, जिनकी हम देखभाल नहीं कर पा रहे हैं... सरकार सोचती है कि यह इमारतें कला और सौंदर्य की धरोहर हैं... विदेशी पर्यटकों को आकर्षित करने का यह नया धंधा सरकार ने शुरू किया है।"

"यह तो सरासर ज्यादती है... नाइन्साफी है... ये तो हमारे पुरखों की निशानियाँ हैं!" महाराज सुरेन्द्र सिंह झल्ला उठे और फिर अपनी मूँछ पर ताव देते हुए गुर्राहट भरी आवाज में बोले, "देखते हैं हमारे पूर्वजों की इन निशानियों को कौन हाथ लगाता है? हम उस हाथ को काट कर फेंक देंगे, जो इनकी ओर बढ़ेगा। राजपाट भले ही चला गया हो, लेकिन हमारी तलवार की धार अभी भी उतनी ही तेज, पैनी और सही-सलामत है।"

"समय बदल गया है महाराज!" दीवान द्वारिकादास लम्बी सांस भर कर बोले—"तीर-तलवारों का जमाना गया और फिर राज-पाट के साथ-साथ इस सरकार ने हमसे तलवारों का इस्तेमाल करने का अधिकार भी तो छीन लिया है। पुरातत्त्व विभाग केवल हमारे राज्य की ही नहीं, देशभर में फैले सभी राज्यों की उन इमारतों पर कब्जा करता चला जा रहा है, जो सदियों पहले देशी राजाओं, नवाबों और जागीरदारों ने बनवाई थीं।"

"इसका मतलब है कि यह सरकार भी अंग्रेजों से कम जालिम नहीं है। उन्होंने भी तो सारे देश पर अपना राज कायम करने के बाद राजा, महाराजाओं के पुराने किलों पर अपना कब्जा जमा लिया था। लेकिन हुआ क्या? उनमें से बहुत से किले तो वीरान पड़े-पड़े खंडहर बन गए हैं," महाराज सुरेन्द्र सिंह ने कहा, "वह तो अच्छा हुआ कि हमारे पूर्वजों ने सुमेरगढ़ का किला खाली नहीं किया वरना इस पर भी अंग्रेज डेढ़ सदी पहले ही कब्जा कर चुके होते।"

"मैंने गौतम बाबू से बातचीत की थी कि कुछ ले-देकर हमारी पुरानी इमारतों पर हमारा पुश्तैनी हक और कब्जा दिखा दे, लेकिन उसने साफ़ इन्कार कर दिया।"

"क्या मतलब?" महाराज सुरेन्द्र सिंह का राजसी क्रोध भड़कने लगा, "जो इमारतें इस राज्य के भूतपूर्व राजा-महाराजाओं ने, हमारे पूर्वजों ने बनवाई थीं, जो उनकी यादगार हैं, निशानियाँ हैं, जो उनकी धरोहर हैं, उन पर हमारा अधिकार नहीं? क्या हमें उन पर अधिकार साबित करने के लिए इन दो कौड़ी के सरकारी नौकरों को रिश्वत देनी पड़ेगी?"

"देशी राज्यों की तमाम पुरानी इमारतों के बारे में सरकार ने कूछ कानून

बनाए हैं। उनमें से एक कानून के अनुसार जिन इमारतों पर पुश्तैनी अधिकार के सबूत नहीं हैं, या जिनमें बरसों से कोई नहीं रह रहा और जो बिना देखभाल के खंडहर बनती चली जा रही हैं, वे सब पुरातत्त्व विभाग की सम्पत्ति मान ली जायेंगी।''

''यह तो बड़ी खतरनाक खबर दी आपने!'' महाराज ने असहज होते हुए कहा, फिर चिंतित होते हुए पूछा, ''लेकिन हमारी समीरा से उस सरकारी नौकर से जान-पहचान कैसे हो गई?''

''मास्टर जी की लड़की दिव्या के जरिए!''

''ओह! यह जान-पहचान कतई मुनासिब नहीं है! दीवान जी, उस गौतम नाम के शख्स पर किले और किले के इलाके में आने पर रोक लगा दी जाए। हम समीरा को समझा देंगे कि वह उससे मिलना-जुलना छोड़ दे। अगर कहीं कुँवर नरेन्द्र सिंह ने समीरा और उसे साथ-साथ देख लिया तो अंजाम की परवाह किए बिना वह उसे गोली से उड़ा देंगे। आप तो उनके गुस्से को जानते ही हैं। वह हरगिज बर्दाश्त नहीं कर सकते कि एक राजकुमारी का मेल-जोल मामूली घराने के किसी शख्स के साथ हो।''

''महाराज... मैं खुद समझ नहीं पा रहा कि इस गौतम का क्या इलाज किया जाए?'' दीवान द्वारिकादास ने चिन्तित स्वर में कहा, ''रिश्वत को वह गैर-कानूनी नहीं, सामाजिक जुर्म मानता है। अगर हम इसका कोशिश करके ट्रांसफर करवा भी दें तो इसकी जगह जो आयेगा, वह भी ऐसा ही नहीं होगा, इसका क्या भरोसा?''

''क्या बताएँ दीवान जी, आज हम इतने मजबूर हो गए हैं कि अपने पुराने रुसूखों को इस्तेमाल भी नहीं कर सकते।'' अपनी बेबसी पर महाराज हथेलियाँ मलने लगे।

''आप चिन्ता मत कीजिए। मैं कोई-न-कोई तरकीब तलाश कर लूँगा।' दीवान द्वारिकादास ने कहा और प्रणाम करके अपने ऑफिस की ओर चल दिए।

◆◆◆

[13]

''समीरा, आज से तुम्हारा झील पर जाना बन्द!'' कुँवर नरेन्द्र सिंह ने अपनी आवाज को नरम बनाने की कोशिश करते हुए कहा।

''क्यों पिताजी साहब... एतराज की वजह।'' समीरा हैरान हो उठी।

“आजकल में हमारे कुछ खास मेहमान यहाँ आ रहे हैं।” कुँवर नरेन्द्र सिंह ने बताया, “रतनपुर राज्य के महाराज और महारानी अपने राजकुमार जयसिंह के साथ यहाँ आ रहे हैं। कुछ दिन यहीं रहेंगे। ...वे राजसी स्वभाव के लोग हैं, उन्हें राजकुमारों और राजकुमारियों का अकेले सांझ-सबेरे बेमतलब घूमना-फिरना पसन्द नहीं है। वे लोग ऐसे लोगों से मिलना-जुलना भी पसन्द नहीं करते, जिनका संबंध किसी राजघराने से न हो। और फिर हमारे राजपूती राजसी घरानों की कुछ परम्पराएँ भी हैं...”

पिता साहब की बात सुनकर समीरा के तन-मन पर उदासी छा गई। पिता की इन बातों से स्पष्ट हो गया था कि उसके झील पर जाने पर ही नहीं, गौतम से मिलने पर भी रोक लगाई जा रही है। अभी तक वह पिता साहब के पंछियों वाले उस प्रसंग को भूली नहीं थी। वह नहीं चाहती थी कि दास-दासियों के सामने कोई बेहूदी स्थिति पैदा हो। वह कुछ नहीं बोली और चुपचाप सिर झुकाकर अपने कमरे में चली गई।

●●

झील की ओर खुलने वाली खिड़की के सामने खड़ी होकर न जाने समीरा को ऐसा क्यों लगा कि वह केवल मेहमानों के यहाँ रहने तक ही नहीं, भविष्य में अब कभी भी झील पर नहीं जा सकेगी। झील और उसके आसपास बसेरा करने वाले परिन्दे उसके लिए पराए हो जायेंगे। अब वह न तो झील की शांत लहरों का संगीत सुन सकेगी और न वहाँ रहने वाले रंग-बिरंगे देसी और परदेसी पंछियों की चहचहाहट ही सुन पायेगी। उसे लगा, उसके पिता ने आज उसका यह सुन्दर साम्राज्य ठीक उसी तरह छीन लिया है, जिस तरह अंग्रेजों ने भारत का नैसर्गिक अधिकार छीना था। वह शाम को अपना मन बहलाने नीली झील के किनारे चली जाती है, यह कोई अपराध तो है नहीं और न गौतम से मिलकर वह सुमेरगढ़ के राजवंश की मान-मर्यादा को ही ठेस पहुँचा रही है।

गौतम ने समीरा को बताया था कि खंडहर बनती ये कलात्मक प्राचीन इमारतें जब भारत सरकार के पुरातत्त्व विभाग के अधिकार में आ जायेंगी तो इनकी मरम्मत कराकर नया रूप दे दिया जायेगा। इस बदलते हुए दौर में इन्हें राष्ट्रीय धरोहर के रूप में सम्मान दिया जाएगा। हर वर्ष लाखों पर्यटक हमारे देश की इन प्राचीन इमारतों, झीलों, झरनों और पहाड़ों को देखने के लिए आते रहते हैं। आज जो प्राचीन भव्य दुर्ग और इतिहास के गौरवशाली स्मारक खंडहर बनते जा रहे हैं, जो अमूल्य हैं, वे देश को लाखों-करोड़ों रुपयों की आमदनी का साधन बन जायेंगे। इससे नये-नये कामधंधे विकसित होंगे...

समीरा को यह बात बहुत ही अच्छी लगी थी, इसीलिए वह चाहती थी कि गौतम अपनी रिपोर्ट जितनी जल्दी हो सके हेड-क्वार्टर को भेज दे ताकि इन खंडहरों का जीर्णोद्धार हो सके।

गौतम ने समीरा को यह भी बताया था कि सुमेरगढ़ राज्य का सर्वाधिक मूल्यवान और आकर्षक स्मारक है यह झील और इसके जंगली परिसर में बने विश्रांति गृह और मंदिरों की श्रृंखला। खास बात तो यह थी कि इस नीली झील के चारों ओर ऐसे परिन्दे रहते हैं, जो देश और विदेश में दुर्लभ हैं। फिर सुदूर उत्तरी ठंडे देशों से आने वाले पक्षी इस झील के आकर्षण और सौन्दर्य को और भी बढ़ा देते हैं...। हमारे देश की अरण्य संस्कृति भी हमारी बहुत बड़ी धरोहर है।

●●

समीरा के बाहर आने-जाने पर तो रोक लगा दी गई थी। पिता साहब नरेंद्र सिंह और अपनी रानी माँ विजयलक्ष्मी के समझाने पर उसने जिद करना छोड़ दिया था। वह समय बिताने के लिए राजमहलों के सुसज्जित कक्षों में घूमती तो उसका मन बहलने के बजाय और भी दु:खी तथा बेचैन हो उठता। राजमहलों की दीवारों पर हिरन, सिंह-बाघ आदि जानवरों के सिरों के साथ ढाल-तलवारें सजी दिखाई देतीं। काँच की अलमारियों और संगमरमर की मेजों-चौकियों पर भूसा भरे पशु-पक्षियों के बेजान जिस्म दिखाई देते थे। उसका मन अपने पूर्वजों की क्रूरता तथा नृशंसता को देखकर और ज्यादा रोने लगता था।

मुर्दों की यह दुनिया उसे बड़ी सुनसान लगती थी। किले के सारे राजमहल उसे बूचड़खाने जैसे दिखाई देते थे। आखिर अपने खालीपन को भरने और झील को देखने के लिए समीरा ने नाना महाराज से वह दूरबीन माँग ली थी, जो पहले कभी वे शिकार पर साथ ले जाते थे। उसे लेकर वह अपने कमरे की उस खिड़की के पास खड़ी हो जाती थी, जिसके पार दूर तक बिखरी हरी-भरी पहाड़ियाँ, फूलों से लदी झाड़ियाँ और आँसू की तरह डबडबाती शान्त झील साफ-साफ दिखाई देती थी। पेड़ों और झाड़ियों पर बैठे, उड़ते, चहचहाते रंग-बिरंगे परिन्दे दिखाई देते थे। नीली झील की साफ-शफ्फाफ और चाँदनी जैसी चमकीली सतह पर तैरती हुई बतखें और जल मुर्गाबियाँ दिखाई देती थीं। जब कोई मछली झील की गहराइयों से उछल कर सतह के ऊपर तक आ कर फिर झील में समाती दिखाई दे जाती तो समीरा का तन-मन रोमांचित हो उठता था। उसके बन्द होंठ अचरज से खुल जाते और उन पर मुस्कुराहट थिरकने लगती थी और वह सारी पीड़ा, सारा दु:ख और सारी बेचैनी भूल जाती थी। जी चाहता कि खिड़की से छलांग लगाकर दौड़ती हुई झील पर चली जाए। लेकिन राजमहल की यह खिड़की धरती से लगभग

सोलह गज की ऊँचाई पर थी और फिर राजमहल को घेरे सुमेरगढ़ दुर्ग की वे प्राचीरें सिर उठाए खड़ी थीं, जिनके बारे में प्रसिद्ध था कि पराक्रमी से पराक्रमी शत्रु भी उन प्राचीरों को लांघ कर दुर्ग के अन्दर पांव नहीं रख पाया था।

●●

शाम का समय था। समीरा रोजाना की तरह ही दूरबीन लिये झील की ओर देख रही थी। सारा वातावरण पंक्षियों के चहकने की आवाजों से गूँज रहा था। उनकी आवाज में ठीक वैसी ही खुशी झलक रही थी जो दिनभर जीतोड़ मेहनत करने के बाद घर लौटने वाले मजदूर की आवाज में होती है। अपने घोंसले की ओर उड़ान भरते उन पंखों में वही उमंग और उत्साह था जो दिनभर खटनेवाले घर लौटते मजदूर के पैरों में होता है। अपने माता-पिता को अपने घोंसलें की ओर आते देख छोटे-छोटे बच्चे, जिन्होंने अभी उड़ना सीखना तो दूर, घोंसले से निकल कर धरती पर बिछे हरी घास के मखमली कालीन पर पांव तक नहीं रखा था, वे घोंसलों से निकल कर डालियों पर आ बैठे थे। अपनी धीमी आवाज में खुशी से चहकते हुए फुदक-फुदक कर अपनी नन्हीं-नन्हीं आँखों से टकटकी लगाए आकाश में उड़ते अनगिनत परिन्दों में अपने माता-पिता की खोज कर रहे थे।

यह सब देखकर समीरा अपना सारा दुःख भूल गई। नानी माँ की मृत्यु, दिव्या की आत्महत्या और गौतम से मिलने पर लगाई गई पाबन्दी... सब कुछ भूलकर झील की सतह पर फिसलती हुई समीरा की नजरें झील के उस पार खड़े छायादार पेड़ों और तरह-तरह के फूलों से लदी झाड़ियों की ओर चली गईं।

तभी एकाएक उसने उत्तरी छोर पर देखा कि झील के उस पार झाड़ियों की आड़ लिए वही बहेलिए पेड़ों के नीचे जाल बिछाए बैठे थे। उन बहेलियों के हाथों में उन जालों की डोरियाँ थीं जो उन्होंने पेड़ों के नीचे बिछा रखे थे।

समीरा ने देखा कि अपने बसेरों की ओर लौटती चिड़ियाँ बड़ी तेजी से जालों के ऊपर उतरती चली आ रही थीं। वह समझ गई कि बहेलियों ने जालों पर उनके चुगने का दाना बिखेर रखा होगा...

समीरा दौड़ती हुई महाराज सुरेन्द्र सिंह के कक्ष में चली गई। वहाँ सुरक्षा के लिए एक स्टैण्ड पर जीवित बंदूकें भी रखी रहती थीं। उसने एक एयरगन उठा ली। वह जल्दी से कक्ष से निकली और पाबंदी की परवाह न करते हुए, दौड़ती हुई झील के किनारे पहुँच गई।

झील के किनारे बसेरा करने वाले परिन्दे तेजी से जालों की ओर उतरते चले

जा रहे थे। समीरा ने बन्दूक की नली आकाश की ओर उठाई और ट्रिगर दबा दिया।

बंदूक की आवाज झील के चारों ओर खड़ी पहाड़ियों से टकरा कर गूंज उठी। धमाके की आवाज ने चिड़ियों के चहचहाने की आवाजों का सुर बदल दिया। तेजी से धरती पर बिछे जालों पर उतरती चिड़ियाँ भयभीत होकर पलटीं और अपने-अपने घोंसलों या आकाश की ओर उड़ चलीं।

फायर की आवाज सुनते ही बहेलियों के हाथों से जालों की डोरियाँ छूट गईं। वे उन्हें वहीं छोड़कर भाग खड़े हुए। वातावरण में देर तक बदहवासी छाई रही और उनके भागने से टकरा-टकरा कर लुढ़कते हुए पत्थरों के झील में गिरने की आवाजें भी सुनाई देती रहीं और फिर कुछ देर बाद ही चारों ओर शान्ति छा गई।

समीरा ने अपने जीवन में आज पहली बार बन्दूक अपने हाथों में ली थी। बन्दूक से गोली छूटने के धक्के से वह अपने आपको संभाल नहीं पाई और उबड़-खाबड़ पत्थरों पर गिर कर ढलान की ओर लुढ़कती चली गई थी...

रोजाना की तरह झील पर घूमने आया गौतम फायर की आवाज सुनते ही चौंक उठा था। उसने चट्टान पर खड़े होकर इधर-उधर नजर डाली। उसने भागते हुए बहेलियों की ओर देखा और फिर पत्थरों के लुढ़कने की आवाज सुनते ही उसकी नजर ढलान में लुढ़कती समीरा पर पड़ी।

वह तेजी से समीरा की ओर दौड़ पड़ा और झील में गिरने से पहले ही उसने समीरा को थाम लिया। सँभाल कर गौतम उसे चट्टान पर ले आया। भय और घबराहट के कारण समीरा के हाथ-पाँव फूल गए थे। बन्दूक की गोली की आवाज अभी भी उसके कानों में गूँज रही थी। उसका सारा बदन तो जैसे बेजान हो गया था, साँसें धौंकनी की तरह चल रही थीं।

गौतम समझ नहीं पा रहा था कि वह उसे कैसे सँभाले? कुछ न समझ कर उसने समीरा को कंधे से थाम कर सँभालना चाहा था तो उसके स्पर्श से समीरा के सम्पूर्ण शरीर में एक सुखद सिहरन की लहर-सी उठी थी, जिसे उसने आज से पहले कभी महसूस नहीं किया था।

लेकिन दूसरे ही पल जैसे उसकी सम्पूर्ण चेतना लौट आई। वह आहिस्ता से अपने थरथराते बदन को सँभालती हुई चट्टान पर ही खिसक कर बैठ गई।

उसने जल्दी-जल्दी चारों ओर नजरें दौड़ाईं। झाड़ियों के पीछे छिपे बहेलिए भाग चुके थे। दानों के लालच में जालों पर उतरते हुए पंछी फायर की आवाज से भयभीत होकर आकाश की ओर उड़ गये थे या अपने-अपने घोंसले में जा छिपे थे। चारों ओर गहरा सन्नाटा छाया हुआ था।

सहसा इधर-उधर देखते हुए उसकी नजर पत्थरों पर पड़ी बन्दूक पर पड़ी और उसे देखते ही जैसे वह पूरी तरह होश में आ गई।

वह तेजी से चट्टान से उतरी, पत्थरों में पड़ी बन्दूक उठाई और मुड़ते हुए बेबस-सी नजर गौतम पर डालकर बिना कुछ कहे तेजी से किले के द्वार की ओर बढ़ गई।

चट्टान पर खड़े गौतम के दिल और दिमाग में ठीक वैसी ही विचारों की भँवरें बनने-बिगड़ने लगीं, जैसी झील की शान्त सतह पर पत्थर फेंकने पर मचल उठती हैं।

राजमहल में पहुँच कर समीरा ने बन्दूक यथास्थान रख दी और अपने कमरे में जाकर पलंग पर लेट गई।

पलंग पर लेटते ही समीरा ने सिहरन भरी एक अजीब-सी छटपटाहट महसूस करते हुए आँखें मूँद लीं। उस छटपटाहट में पीड़ा नहीं थी, एक विचित्र से एहसास की अनुभूति थी। उसे बीते हुए कुछ पल याद आने लगे, जिनमें कहीं कुछ भी भौतिक या अनैतिक नहीं था।

गौतम से परिचय होने के बाद से समीरा की अधिकांश शामें उसी के साथ गुजरी थीं। उसने महसूस किया था कि जब वह शाम को झील पर नहीं आता था तो उसके तन-मन पर एक उदासी-सी छा जाती थी। कभी-कभी गौतम उसे देश में बिखरे उन ऐतिहासिक स्मारकों की कहानियाँ सुनाया करता था, जिसका निर्माण वहाँ के रणबाँकुरे योद्धाओं और पराक्रमी राजाओं ने किया था और अब वे स्मारक भारत की सांस्कृतिक सम्पत्ति बन गए थे या बनने जा रहे थे। भारत सरकार धीरे-धीरे उन्हें अपने संरक्षण में लेती जा रही थी।

"तो क्या हमारे सुमेरगढ़ राज्य की इमारतों पर भी सरकार अधिकार कर लेगी?" समीरा ने एक बार पूछा था और फिर उसके उत्तर देने से पहले ही बोल उठी थी, "लेकिन गौतम किसी भी सम्पत्ति पर अधिकार करना तो नाइन्साफी होगी। ये इमारतें, किले, राजमहल, मन्दिर, कुँए, बावड़ियाँ हमारे पूर्वजों ने बनवाई थीं। पता नहीं इनके निर्माण पर कितना धन खर्च हुआ होगा। सरकार इन इमारतों के बदले में देगी क्या?..."

"इन इमारतों के बदले में सरकार अपने देश और भविष्य की पीढ़ियों को वह देगी जो दुनिया की किसी सभ्यता के पास नहीं है... अपनी कला सम्पदा और आत्मगौरव का खजाना... ये सदियों पुराने स्मारक अपने आप में एक इतिहास बन गए हैं। इनके हर पत्थर में भारतीय कला और इतिहास की गौरवगाथायें छिपी हुई हैं। आज कोई नहीं जानता कि इनका निर्माण कब हुआ, किसने किया और

किन परिस्थितियों में किस प्रकार किया? समीरा खर्च से ज्यादा महत्त्वपूर्ण बात यह है कि हम अतीत के एक-एक स्मारक के इतिहास को खोजकर, उसका अच्छी तरह अध्ययन करके यह सब कुछ अपने देश और दुनिया को बताना चाहते हैं कि यह देश भिखारियों, मदारियों, बाजीगरों और सँपेरों का देश नहीं, जिसका ढिंढोरा अंग्रेजों ने वर्षों तक पीटा था..., बल्कि यह देश कितना धन, वैभव, शक्ति, पराक्रम और विभिन्न कलाओं से परिपूर्ण देश है।'' गौतम अपनी धुन में कहता चला गया था।

●●

वैसे कॉलेज में समीरा की जान-पहचान कई लड़कों से हुई थी, लेकिन उनमें से उसे एक भी लड़का इस योग्य दिखाई नहीं दिया था, जिसके साथ मेल-जोल कर पाती। ये सभी लड़के सुमेरगढ़ के ही रहने वाले थे। वे समीरा के साथ आज भी वैसा ही सम्मानपूर्ण व्यवहार करते थे जैसा किसी राजकुमारी के साथ करना चाहिए। उन सबमें एक झिझक और अलगाव की भावना थी। फिर उनमें से कोई भी किसी भी विषय में उससे बढ़कर भी नहीं था, इसलिए भी वे लोग उसके सामने आते हुए झिझकते थे। लेकिन गौतम ने उसके साथ हमेशा बराबरी का ही व्यवहार किया था। गौतम स्वस्थ, सुशील, शिक्षित और सुदर्शन ही नहीं था, उसके भीतर से जैसे पूरी सभ्यता बोलती थी। उसमें नागर संस्कृति का नागरिक भी था और अरण्य संस्कृति का प्रकृति प्रेमी भी। उसे मानव और पशु-पक्षी में कोई भेद दिखाई नहीं देता था। इससे भी बढ़कर उसे उन मूक पाषाणों से भी उतना ही लगाव और स्नेह था जितना जीवधारियों से था। गौतम की यही विशेषताएँ उसे समीरा के इतने निकट ले आई थीं। उसे लगा ही नहीं कि गौतम पुरुष है, पराया है... वही, जैसे हवा पराई नहीं होती! उसके स्पर्श में कोई अतिरिक्त स्पर्श नहीं था, पर कुछ ऐसा था जिसने बहुत गहरे स्पर्श का एहसास दिया था।

और उस स्पर्श ने ही समीरा के तन-मन में एक ऐसी अनजानी अनुभूति जगा दी थी, जो किसी भी भाषा-परिभाषा में बँधने से इनकार करती थी।

वह जैसे-जैसे उस घटना को याद करती जा रही थी, उसे ऐसा लग रहा था जैसे गौतम और उसके दरम्यान जो भी फासले थे, मिटते-खत्म होते चले जा रहे हैं।

वह यह सब सोच ही रही थी कि कई कारों के आने और तरह-तरह के हार्नों की आवाजों तथा लोगों के शोर ने उसकी विचार शृंखला छिन्न-भिन्न कर दी।

कुछ देर बिस्तर पर लेटी-लेटी वह उस शोर और आवाजों को सुनती रही, फिर बिस्तर से उठकर उस खिड़की के पास आ खड़ी हुई जो राजमहलों के बीच बने एक लम्बे-चौड़े आँगन की ओर खुलती थी।

◆◆◆

[14]

प्राचीन राज परम्पराओं के अनुसार रतनपुर राज्य के युवराज और उनके परिवार के अन्य लोगों का राजोचित सम्मान के साथ स्वागत किया जा रहा था।

फिर रतनपुर से आये मेहमानों को उस महल में ठहराया गया, जो किसी जमाने में महाराज सुरेन्द्र सिंह के एक पूर्वज ने दिल्ली के मुगल शहंशाह अकबर की मेहमान-नवाजी के लिए बनवाया था। सुमेरगढ़ दुर्ग में जितने भी महल थे, उनमें यह महल कलात्मक दृष्टि से बहुत ही सुन्दर और अनूठा था।

समीरा को अंदाजा नहीं था कि उसके पिता उसकी शादी की योजना पर इतनी जल्द अमल करना शुरू कर देंगे। वह तो समझी थी कि उनकी यह बात भी अन्य उन बातों की तरह ही है, जिन्हें कहने के बाद वह अकसर भूल जाते हैं।

सुमेरगढ़ के वर्षों से शान्त पड़े दुर्ग में एक बार फिर से चहल-पहल लौट आई थी। महाराजा रतनपुर के साथ उनके कई संबंधी, जिनमें राजपरिवार की महिलाएँ भी थीं, अपने युवराज की होने वाली पत्नी को देखने आए थे। राज्य के भारतीय गणराज्य में विलीन हो जाने के बाद भी रतनपुर आज भी पहले की तरह ही समृद्ध था। क्योंकि महाराज रतनपुर और उनके पुत्र युवराज जयसिंह ने अपने निर्यात-आयात के कारोबार को सफलता की चोटी तक पहुँचा दिया था।

समीरा सुन्दर, सुशिक्षित और सुशील तो थी ही, उसकी आंतरिक करुणा और सुंदरता ने उसके चेहरे पर एक ऐसा सौन्दर्य, एक ऐसा आकर्षण और ओज पैदा कर दिया था कि जो भी उसे देखता था उसके प्रति सहज ही आकर्षित हो जाता था। रतनपुर से आने वाले मेहमानों के दास-दासियों में से जिसने भी उसे देखा, वही जाके बखान करता था कि उसे तो ऐसा लगा जैसे महारानी पद्मिनी ने एक बार फिर समीरा के रूप में जन्म ले लिया है। वही रूप-रंग, वैसी ही खूबसूरती...

●●

कदम-कदम पर राजसी परम्पराओं का निर्वाह करते-करते समीरा ऊब गई

थी। वह शान्त वातावरण में रहने की आदी थी। महाराजा रतनपुर के परिवार के सदस्यों और दास-दासियों की भीड़ से वह परेशान हो उठी थी। इसलिए वह चुपचाप महल से निकली और झील की ओर खुलने वाले द्वार की ओर चल पड़ी।

युवराज जयसिंह को समीरा इतनी पसन्द आई थी कि जब से सुमेरगढ़ के राजमहल में आए थे, उनकी नजरें समीरा पर ही लगी रही थीं। प्रिंसेज कॉलेज में शिक्षा का उनका यह आखिरी वर्ष था। आधुनिक विचारों के युवक थे, उनकी इसी भावना के कारण उन्हें समीरा को निकट से देखने का मौका दिया गया था, लेकिन अपने परिवार और सुमेरगढ़ राज-परिवार के सदस्यों की मौजूदगी में वह समीरा से ठीक से बात नहीं कर पाए थे। उन्हें पता चल चुका था कि समीरा को झील और वहाँ रहने वाले पक्षियों से इतना लगाव और प्यार है कि वह शाम के समय झील पर जरूर जाती है। यह सोचकर वह राजमहल से निकले और झील की ओर चल दिए। समीरा झील पर जाए, आज किसी को एतराज नहीं था।

समीरा झील के किनारे पहुँची ही थी कि उसके कानों में किसी के आने की आवाज पड़ी। उसे एकदम गौतम का ध्यान आया।

और समीरा को इस बात का तो बिल्कुल पता नहीं था कि महाराज सुरेन्द्र सिंह के कहने पर गौतम को समझा दिया गया था कि उसका किले की तरफ झील वाले हिस्से में जाना उचित नहीं है। क्योंकि समीरा के पिता बहुत ही दकियानूसी और शक्की मिजाज के व्यक्ति हैं। उन्हें कतई पसन्द नहीं है कि राज परिवार की महिलाएँ किसी सामान्य परिवार के व्यक्ति से मेल-जोल रखें। गौतम के पास महाराज सुरेन्द्र सिंह के इस आदेश को मानने के अलावा और कोई चारा नहीं था। उसने दिव्या के पिता मास्टर जी से हाँ तो कर दी थी लेकिन वह समीरा को देखे बिना रह नहीं पा रहा था। लेकिन कुछ यह बंदिश और कुछ काम की जरूरतों से मजबूर होकर वह सुमेरगढ़ राज्य के दूसरे ठिकानों पर चला गया था। वह चाहता था कि जितनी जल्दी हो सके, सुमेरगढ़ राज्य की खास इमारतों तथा अन्य स्थानों की, जिनका ऐतिहासिक महत्त्व है, रिपोर्ट तैयार करके दिल्ली हेड-क्वार्टर को भेज दे।

●●

गौतम कई दिनों के बाद आज ही सुमेरगढ़ लौटा था। सारे दिन अपनी रिपोर्ट तैयार करता रहा और जब रिपोर्ट पूरी हो गई तो वह कुछ मन की बेबसी और उदासी के कारण झील की ओर चल दिया। उसे आशा थी कि समीरा शाम के समय झील पर जरूर आयेगी। वह समीरा से अंतिम बार मिलकर दिल्ली लौट जाना चाहता था। उसने अपने हेडक्वार्टर को लिख दिया था कि उसका ट्रांसफर उज्जैन

कर दिया जाए, क्योंकि उज्जैन में उसकी माँ अकेली और अकसर बीमार रहती हैं। उनकी देखभाल और तीमारदारी करने वाला उसके अलावा और कोई नहीं है।

●●

अपने पीछे रतनपुर के युवराज जयसिंह को आते देख समीरा के दिल और दिमाग को एक झटका-सा लगा। उसे पूरा-पूरा विश्वास था कि गौतम उससे मिलने के लिए रोजाना झील पर आता होगा, इसलिए आज भी आयेगा। रतनपुर से आए हुए मेहमानों के साथ उसके परिवार के लोगों की जो बातचीत हुई थी, उससे उसे विश्वास हो गया था कि उसका विवाह युवराज जयसिंह के साथ निश्चित हो गया है और बहुत शीघ्र वह घड़ी भी आ जायेगी जब वह एक राजरानी के रूप में यहाँ से विदा होकर रतनपुर चली जाएगी और फिर सुमेरगढ़ से उसका वह संबंध टूट जायेगा, जिसे वह अपने जीवन का अटूट संबंध समझती आई थी। विवाह के बाद सुमेरगढ़ का यह दुर्ग, इस दुर्ग के राजभवन, नीली झील, उस झील पर बसेरा करने वाले देसी-परदेसी पंछी, झील के चारों ओर खड़े हरे-भरे पेड़-पौधों और फूलों से लदी झाड़ियों से भरी ये पहाड़ियाँ सब परायी हो जायेंगी।

यह सब सोचते ही उसके चेहरे पर उदासी छा गई। आँखों की कोरें गीली हो उठीं। लेकिन युवराज जयसिंह करीब आ चुके थे। उसने जल्दी से अपने आँसू पी लिए और अपने होंठों पर मुस्कुराहट लाने की कोशिश करने लगी।

"आपकी तरह ही मुझे भी झीलें और पहाड़ियाँ बहुत पसन्द हैं। खासतौर पर इनमें रहने वाले पशु-पक्षियों से तो मुझे बेहद प्यार है समीरा जी।" जयसिंह ने समीरा की ओर बढ़ते हुए कहा। "सुना था आपकी इस झील पर तो हर साल हजारों विदेशी पंछी आकर बसेरा करते हैं। सर्दियों भर यहीं रहते हैं और अपने अंडे-बच्चे छोड़कर अपने देश-प्रदेशों में लौट जाते हैं। मैं उन्हीं विदेशी पंछियों को देखने के लिए चला आया। मेरे आने से आपको कोई असुविधा तो नहीं हुई?"

"नहीं, असुविधा कैसी कुँवर जी। मुझे तो खुशी ही हुई है।" समीरा मुस्कुराती हुई बोली, "और यह जानकर तो मुझे और भी खुशी है कि आपको पशु-पक्षियों से लगाव है।"

"जी, थोड़ा बहुत..." युवराज जयसिंह ने कहा।

"आज झील पर साइबेरियन सारस आए हुए हैं। आइए आपको दिखाऊँ। साइबेरियन सारस हमारे देश के सारसों से बड़े... खूबसूरत पंखों वाले और ज्यादा सुन्दर होते हैं!" समीरा ने झील की ओर बढ़ते हुए कहा। इस सीजन में कुछ ऐसे विदेशी पंछी भी आए हैं, जिनके बारे में मैं बहुत कम जानती हूँ।"

"मैंने देशी-विदेशी पशु-पक्षियों के बारे में काफी कुछ पढ़ा है। चलिए, मैं शायद आपको बता पाऊँ कि वे पंछी कौन हैं और किस देश से आए होंगे?"

"आइए," समीरा ने कहा वे दोनों पंछियों की बस्तियों की ओर बढ़ गये।

●●

जिस समय समीरा और युवराज जयसिंह झील की ओर जा रहे थे, गौतम भी समीरा से मिलने की उम्मीद में झील की ओर जा रहा था। पिछले एक पखवाड़े से उसकी भेंट समीरा से नहीं हो सकी थी। उसे मालूम हो गया था कि समीरा के पिता नरेन्द्र सिंह ने समीरा के राजमहल से बाहर जाने पर रोक लगा दी है। इसलिए समीरा से भेंट होने की कोई उम्मीद उसे नहीं थी, फिर भी वह अजीब बेबसी और आदत के मुताबिक नियमित रूप से शाम होते ही झील की ओर चल पड़ता था।

आज जब गौतम झील की ओर जाने के लिए ढलान के ऊपरी सिरे पर पहुँचा तो उसकी नजर झील के किनारे समीरा पर पड़ी। समीरा अकेली नहीं थी, उसके साथ एक नौजवान भी था। दिव्या के पिता ने उसे बताया था कि समीरा को देखने के लिए रतनपुर के भूतपूर्व महाराजा और उनके बेटे आ रहे हैं। उस युवक को समीरा के साथ देखकर गौतम ने अनुमान लगा लिया कि यही युवक रतनपुर का राजकुमार जयसिंह है, जिसके साथ समीरा की शादी तय होने वाली है।

ढलान की ओर बढ़ते हुए उसके कदम ठिठक कर रुक गए और एक झाड़ी की आड़ लेकर वह समीरा और जयसिंह की ओर देखने लगा।

●●

शाम को अपने घोंसलों में लौटने वाले पंछियों की चहचहाहट से वहाँ का वातावरण गूँज रहा था...

युवराज जयसिंह इशारा करके परिन्दों के बारे में समीरा को कुछ बता रहे थे। समीरा पंछियों को देख-देख के उनकी बातें गौर से सुन रही थी। वे बीच-बीच में धीरे से हँस भी पड़ते थे। गौतम ज्यादा देर तक वहाँ खड़ा नहीं रह सका। जीवन में आज दूसरी बार उसके दिल पर गहरी चोट पहुँची थी। दर्द से तिलमिला कर वह मुड़ा और अपने घर की ओर चल दिया।

झील के किनारे चट्टान पर खड़े युवराज जयसिंह और समीरा की वह धीमी हँसी भी दूर तक गौतम का पीछा करती रही।

◆◆◆

[15]

गौतम अपने घर पहुँचा तो उसके दुःख और हताशा की सीमा न थी। वह सोच रहा था कि उसने सुमेरगढ़ आकर भले ही अपने विभाग की भलाई की हो, लेकिन उसके लिए तो यहाँ आना दुःखदायी ही सिद्ध हुआ। जो घाव सूखने लगा था, फिर से हरा हो गया। दीपाली को भुलाने के लिए उसने क्या कुछ नहीं किया था? दरअसल दीपाली की यादों को भुलाने के लिए ही, अपनी माँ को अकेला छोड़कर उसने इन खंडहरों, जंगलों और पहाड़ों में भटकना स्वीकार किया था। उसे क्या पता था कि वह जिस घाव पर मरहम लगाने के लिए अपनी अक्सर बीमार रहने वाली माँ को छोड़कर जा रहा है, वहाँ मरहम की जगह एक और नया घाव उसका इन्तजार कर रहा है।

गौतम ने जान ही लिया था कि समीरा का विवाह निश्चित हो गया है। कुछ दिनों के बाद समीरा रतनपुर की राजरानी बनकर यहाँ से चली जायेगी। फिर उसके यहाँ रहने का क्या कारण रह जायेगा? समीरा के कारण ही तो उसने इतने दिन यहाँ बिता दिए थे। वह सारे दिन जंगलों, पहाड़ों और खंडहरों में घूमता रहता था। लेकिन शाम को सुमेरगढ़ लौट कर समीरा के साथ झील पर शाम बिताने की उम्मीद उसके तन-मन में शक्ति और उत्साह जगाए रहती थी।

वह समीरा के बारे में सोच ही रहा था कि तभी उसके असिस्टेन्ट राजेन्द्र ने आकर उसे बताया कि दीवान द्वारिकादास आए हैं और उससे मिलना चाहते हैं।

"दीवान द्वारिकादास...?" वह बुदबुदाया और साथ ही उसे ध्यान आया कि कुछ दिन पहले ही तो वे आए थे और धमकी देकर चले गए थे। फिर आज क्या कोई नयी धमकी लेकर आए हैं? गौतम दीवान द्वारिकादास का नाम सुनते ही एकदम भड़क उठा। लेकिन घर आए व्यक्ति का अनादर करना उसने सीखा नहीं था। स्वयं को संभालकर वह राजेन्द्र से बोला, "यहीं भेज दो। आज मैं सारी रात सो नहीं पाया हूँ। सारी रात जागकर मैंने सुमेरगढ़ राज्य की उन तमाम इमारतों और जमीनों की रिपोर्ट फाइनल कर दी है जिन पर महाराज सुरेन्द्र सिंह का कोई अधिकार नहीं है। इमारतें ऐतिहासिक हैं और जमीनें गाँव पंचायत की सम्पत्ति हैं।"

"लेकिन यह गलत है गौतम साहब" सहसा दीवान द्वारिकादास ने बिना बुलाये ही कमरे में कदम रखते हुए कहा। सुमेरगढ़ राज्य के दीवान को किसी का इन्तजार करने की आदत ही नहीं थी। इसलिए वह राजेन्द्र के पीछे-पीछे ही ऊपर चले आए थे और दरवाजे पर खड़े उसकी बातें सुन रहे थे।

"जी तशरीफ रखिए दीवान जी!" गौतम ने उठकर कुर्सी की ओर इशारा करते हुए सौजन्यता और शालीनता भरे स्वर में कहा और जब दीवान जी बैठ गए तो अपनी कुर्सी पर बैठते हुए बोला, "दीवान साहब, जिन इमारतों और जमीनों को आप अपने महाराज की निजी सम्पत्ति बताते हैं, उन सब पर तो भारत सरकार का अधिकार उसी दिन हो गया था, जिस दिन सुमेरगढ़ के तत्कालीन महाराज ने राज्य के भारत में विलय होने के कागजात पर हस्ताक्षर किए थे। उस विलय-पत्र में साफ-साफ सब कुछ लिखा है। उसकी एक कॉपी आपके पास भी होगी। एक बार उसे पढ़ लीजिए।"

"गौतम जी, शायद आपको पता नहीं कि राजपाट छिन जाने पर भी सुमेरगढ़ राज्य में हमारे कानून चलते हैं, दिल्ली सरकार के नहीं।" दीवान द्वारिकादास ने धमकी भरे अन्दाज में कहा, "आप सुमेरगढ़ राज्य की इमारतों वगैरह के बारे में जो भी रिपोर्ट लिखेंगे हमसे पूछकर लिखेंगे—हमारी मर्जी से लिखेंगे। वरना...।"

"वरना क्या...?" गौतम को भी ताव आने लगा था। "आप एक सरकारी अफसर को धमकी दे रहे हैं। आखिर आप कर क्या लेंगे मेरा?... मैंने जो रिपोर्ट तैयार की है, वही रिपोर्ट दिल्ली जायेगी। अपनी धमकियाँ आप अपने पास रखिए मैंने धमकियों से डरना नहीं सीखा है, दीवान साहब।"

"हमें सिर्फ तुम्हारी नौजवानी का ख्याल है बेटे... फिर यह भी सुना है कि तुम अपनी माँ के इकलौते बेटे हो। उसका एकमात्र सहारा तुम ही हो।" दीवान साहब ने अपना पैंतरा और अन्दाज बदलने की कोशिश की।

"मेरी माँ उस दिन भी नहीं रोयी थी, जिस दिन देश की आजादी के आन्दोलन में भाग लेने के जुर्म में मेरे पिता को भरी जवानी में फांसी पर लटका दिया गया था और मुझे विश्वास है कि सही काम करते हुए अपने इकलौते बेटे की मौत पर भी उसकी आँखें गीली नहीं होंगी। क्योंकि उसका बेटा भी सच्चाई और ईमानदारी से अपने काम को अंजाम दे रहा है।" गौतम ने बड़े इत्मीनान से कहा, "प्लीज... अब आप जा सकते हैं।"

गौतम का उत्तर सुनकर दीवान साहब को गुस्सा तो इतना आया कि रिवाल्वर निकाल कर इसी समय गौतम की जीवन लीला समाप्त कर दें। न रहे बांस, न बजे बाँसुरी राजपाट ही तो चला गया है, लेकिन दबदबा तो बदस्तूर कायम है। आज भी आँख उठाकर उनसे बात करने की हिम्मत कोई भी नहीं कर पाता है। फिर यह कल का छोकरा... इसकी तो औकात ही क्या है?

लेकिन इस सिलसिले में उन्होंने अभी तक महाराज सुरेन्द्र सिंह और दामाद साहब नरेन्द्र सिंह से सलाह-मशवरा नहीं किया था। वह जमाना और था जब वह किसी की भी जान लेकर उसकी लाश सुमेरगढ़ की वीरान पहाड़ियों के किसी खड्ड

में फिंकवा दिया करते थे। लेकिन आज..., नहीं वैसे आज भी उनमें वही हिम्मत और हौसला बरकरार है, सुमेरगढ़ राज्य में कौन है ऐसा माई का लाल जो उनका इस तरह अपमान कर सके!

फिर भी उन्होंने अपने आपको समझा कर अपना गुस्सा कड़वे घूँट की तरह पी लिया और गौतम पर एक जलती हुई नजर डालकर उसके कमरे से निकल आए।

दीवान साहब के जाते ही गौतम ने अपनी डायरियाँ उठा लीं और सुमेरगढ़ राज्य की अचल सम्पत्तियों के विवरण बड़े ध्यान से पढ़ने लगा, जो उसने राज्य के गजेटियर और पुराने कागजातों से इकट्ठे किए थे।

◆◆◆

[16]

दीवान द्वारिकादास ने दीवानखाने में कदम रखा तो महाराज सुरेन्द्र सिंह और उनके दामाद कुँवर नरेन्द्र सिंह उनके चेहरे को देखकर चौंक पड़े। जब से सुमेरगढ़ राज्य भारत सरकार में विलीन हुआ था, दीवान द्वारिकादास के चेहरे पर एक अजीब-सी बेचारगी पाँव तोड़कर बैठ गई थी। वह हर समय उदास और अनमने, बुझे-बुझे से रहने लगे थे। ऐसा लगता था, जैसे राजपाट सुरेन्द्र सिंह का नहीं छिना, दीवान द्वारिकादास का छिन गया है। उनकी आवाज में भी अब वह कड़क और गर्जन नहीं रह गया था, जिसे सुनते ही सुमेरगढ़ की प्रजा थर-थर कांप उठा करती थी।

लेकिन आज उनका चेहरा तमतमाया हुआ था। आँखें अंगारों की तरह दहक रही थीं। ऐसा लग रहा था जैसे उनके शरीर का सारा लहू सिमट कर उनके चेहरे पर आ गया हो। नाक के नथुने फूल गए थे। उनसे गर्म-गर्म साँसें नाग की फुंकार की तरह सुनाई दे रही थीं।

"क्या बात है दीवान जी, क्या किसी से कहासुनी हो गई?" महाराज सुरेन्द्र सिंह ने दीवान जी के रह-रहकर फूल उठने वाले सीने की ओर देखते हुए पूछा, "आप इस तरह खड़े क्यों हैं? बैठिए और बताइए कि बात क्या है?"

"लगता है दीवान जी के साथ किसी ने बदसलूकी की है। वरना इन्हें इतने गुस्से में मैंने तो कभी देखा नहीं था।" कुँवर नरेन्द्र सिंह बोल उठे और फिर कुछ याद आते ही उन्होंने कहा, "आप तो आर्कियोलॉजिकल सर्वे वाले अफसर गौतम से मिलने गए थे न... क्या उसने आपकी बात नहीं मानी?"

"कुँवर जी, मैंने तो आपको पहले ही बता दिया था कि वह छोकरा पैसे से नहीं खरीदा जा सकता। लेकिन आपने जिद की इसलिए मुझे उसके घर जाना पड़ा।" दीवान द्वारिकादास ने एक कुर्सी पर बैठते हुए कहा, "मैंने तो बुजुर्गों से यही सुना था कि जो आदमी जितना घटिया और छोटा होता है, उसका पेट उतना ही बड़ा होता है, लेकिन उसने तो मुझे टका-सा जवाब दे दिया।"

"टका-सा जवाब दे दिया?" कुँवर नरेन्द्र सिंह का चेहरा तमतमा उठा।

"कुँवर जी, वैसे महाराज भी इस बात को अच्छी तरह जानते हैं कि मेरी बात को टालने की हिम्मत अंग्रेज अफसरों ने भी नहीं की थी। मैं जैसा चाहता था उनसे करवा लेता था। लेकिन इस छोकरे ने तो दस लाख की रकम ठुकरा कर साफ-साफ कह दिया कि सरकार ने उसे जिस काम के लिए यहाँ भेजा है, उसे पूरा करना उसकी सिर्फ जिम्मेदारी ही नहीं है, उसका पहला और आखिरी फर्ज भी है। वह अपनी रिपोर्ट तैयार कर चुका है या कर रहा है। तैयार होते ही अपने दिल्ली हेड ऑफिस को भेज देगा।"

"डाक से ही भेजेगा न?" महाराज सुरेन्द्र सिंह ने कहा।

"जी हाँ," दीवान द्वारिकादास ने उत्तर दिया।

"अरे दीवान जी, कागजों पर लिखी रिपोर्ट है, कोई खजाना तो है नहीं, जिसे हथियारबन्द गार्ड दिल्ली पहुँचाने जायेंगे।" कुँवर साहब बोले।

"लीजिए, मसला हल हो गया... आप परेशान न हों।" महाराज सुरेन्द्र सिंह के होंठों पर मुस्कुराहट आ गई। पोस्ट मास्टर तो आपके ही किसी खास आदमी का बेटा है। उससे कह दीजिए कि किसी भी तरह गौतम की भेजी हुई रजिस्ट्री या कोई भी डाक यहाँ से बाहर नहीं जाने पाए... और उसकी जो भी डाक आए उसे गौतम के ऑफिस के बजाय आपके ऑफिस में पहुँचा दिया जाए।"

"दीवान जी! आप तो जानते ही हैं कि समीरा की शादी की तारीख तय हो चुकी है। बस दो महीने रह गये हैं बारात आने में। इन दो महीनों में आपको सारे काम निपटाने हैं। पहले आप समीरा की शादी के जरूरी कामों को निपटाइए, उसके बाद उस सरकारी कारिंदे गौतम से निपट लीजिएगा। आप जिस तरह भी इस झंझट को निपटाना चाहें निपटा सकते हैं। मैं आपके साथ हूँ। मेरे हाथों की लम्बाई और पहुँच आज भी कम नहीं हुई है।" कुँवर नरेन्द्र सिंह ने अपनी बाँहों की मछलियों पर बड़े गर्व से हाथ फेरते हुए दीवान द्वारिकादास को भरोसा दिलाया।

"मैं जानता हूँ कुँवर जी। वैसे तो महाराज के नाम का दबदबा आज भी कायम है। पुलिस और कानून हमारा कुछ नहीं बिगाड़ सकता।" दीवान द्वारिकादास

ने आश्वस्त होते हुए कहा। कुँवर नरेन्द्र सिंह ने दीवान द्वारिकादास को विश्वास भरी नजरों से देखा और महाराज सुरेन्द्र सिंह ने उन दोनों को।

●●

विवाह की तिथि निश्चित हो जाने के बाद न जाने क्यों समीरा के तन-मन पर एक अजीब-सी उदासी छा गई थी। उसे रह-रहकर दिव्या की याद बेचैन कर देती थी। आज अगर दिव्या जिन्दा होती तो कितनी खुशी होती उसे यह देख कर कि समीरा की शादी उसी लड़के के साथ होने जा रही है, जिसे उसके माता-पिता, नाना और परिवार के अन्य सदस्यों ने चुना है। उसने न तो शादी करने से विरोध किया और न ही अपनी पसन्द या नापसन्द का इजहार किया। राजपूतों की चली आती परम्परा को निभाते हुए उसने अपने बड़े-बूढ़ों के निर्णय को सिर झुकाकर स्वीकार कर लिया।

दिव्या के साथ ही वह गौतम को भी भूलने का प्रयास करने लगी थी उसके जीवन में दिव्या और गौतम के अलावा तीसरा कोई व्यक्ति नहीं आया था। ये दोनों उसके कहे-अनकहे सुख-दुःख के साथी थे। इतने विश्वासपात्र कि समीरा बिना किसी संकोच और भय के उन्हें अपने और राजमहल में होने वाली प्रत्येक घटना बेहिचक बता सकती थी। उसे केवल इन्हीं दोनों पर भरोसा था।

●●

वैसे समीरा गौतम को भूलने की कोशिश तो कर रही थी, लेकिन जैसे ही साँझ के धुंधलके सुमेरगढ़ के दुर्ग के लम्बे-चौड़े आँगनों में उतरते लगते, तेजी से पश्चिम की ओर बढ़ते सूर्य की सिन्दूरी किरणें दुर्ग की विस्तृत प्राचीर के कंगूरों और राजमहलों के कलशों को चूम कर विदा देने आतीं तो समीरा को बरबस गौतम की याद आ ही जाती...।

वह फिर उसे भूलने की कोशिश करती... जान-बूझकर वह युवराज जयसिंह की बातों को याद करने लगती... उस शाम की बातें सोचने लगती, जब राजकुमार जयसिंह ने झील पर बसेरा करने वाले एक-एक पंछी के बारे में उसे इतने विस्तार से बताया था जैसे वह वर्षों से पक्षियों और पक्षी-विज्ञान का निरन्तर गहन अध्ययन करते रहे हों। उन्हें पंछियों की आवाज की इतनी पहचान है कि उसे सुनकर ही बता देते हैं कि यह आवाज किस देशी या विदेशी पंछी की है। किस दिशा से आ रही है और वह पंछी इस समय उनसे कितने फासले पर है? पक्षियों के संबंध में इतनी विशद् जानकारी उसी व्यक्ति को हो सकती है जिसके मन में पक्षियों के

प्रति लगाव हो, प्यार हो। वरना आम आदमी तो अपने घर के आँगन में फुदकती हुई चिड़ियों तक को नहीं जानता-पहचानता।

कुछ परम्परा, कुछ संस्कार और कुछ कुँवर जयसिंह का यह पक्षी प्रेम ही उन्हें समीरा के निकट ले आया था। लेकिन लाख कोशिश करने पर भी समीरा उस दिन की घटना को नहीं भुला पा रही थी, जिस दिन उसने बहेलियों के जालों में फँसने वाले पक्षियों को हवाई फायर करके मौत के मुँह में जाने से बचाया था और बन्दूक के धक्के को न संभाल पाने के कारण वह लुढ़कती हुई न जाने कहाँ जाकर गिरती कि उस नीम-बेहोशी में गौतम ने उसे बचाया और सँभाला था। उस दिन उसने अपने तन-मन में ही नहीं, अपनी आत्मा की गहराइयों में एक अनोखा-सा स्पर्श महसूस किया था।

समीरा की आँखों के आगे वह दृश्य रह-रहकर साकार-सजीव हो उठता था। फिर वह अनकहा स्पर्श उसे सिहरा देता था, जो कहता तो कुछ नहीं था, लेकिन जिसे वह आज भी नहीं भूल पाई है।

इससे आगे वह और कुछ सोच ही नहीं पाती थी। कोई अर्थ भी नहीं निकाल पाती थी, वह एक अर्थहीन याद तो नहीं, पर अर्थ रहित-सी याद थी।

◆◆◆

[17]

भारत के स्वाधीन होते ही पूरे देश के राज्य भारतीय गणराज्य में विलीन हो चुके थे। राजाओं के हाथों से सत्ता तथा प्रशासनिक अधिकार जन-प्रतिनिधियों के हाथों में आ चुके थे। निरंकुशता और स्वेच्छाचारिता के चलते राजा-महाराजाओं, नवाबों तथा जागीरदारों के प्रति राज्यों की निरीह जनता अनादिकाल से विरोधी रही थी। लेकिन अपनी जान-माल के डर से वह उनकी प्रत्येक मनमानी को सहती चली आई थी। लेकिन ऐसा नहीं था कि देशी राज्यों के सभी शासक निष्ठुर, अन्यायी और स्वेच्छाचारी थे। कुछ ऐसे भी जिनका व्यवहार अपनी प्रजा के साथ इतना अच्छा रहा था कि सत्ताहीन हो जाने के बाद भी उनकी प्रजा उनका सम्मान करती थी। उनके हर सुख-दुःख में सम्मिलित होना अपना कर्त्तव्य समझती थी।

सुमेरगढ़ राज्य के महाराज सुरेन्द्र सिंह ऐसे ही राजाओं में से एक थे। प्रजा आज भी उनका उतना ही सम्मान करती थी। पर असल में इसके पीछे थी महारानी राजलक्ष्मी की उदारता, सरलता, न्यायप्रियता, करुणा और उनके द्वारा किए गए

जनहित के कार्य। महारानी राजलक्ष्मी के कामों ने महाराजा सुरेन्द्र सिंह को अत्यधिक लोकप्रिय बना दिया था। जिस दिन महारानी राजलक्ष्मी का देहावसान हुआ था, केवल सुमेरगढ़ नगर ही नहीं, वह सारा प्रदेश जो कभी सुमेरगढ़ राज्य में शामिल था, गहरे शोक में डूब गया था। राज्य के सीमावर्ती नगरों और गाँवों के ही नहीं, अन्य राज्यों के भी हजारों शोकाकुल लोग महारानी राजलक्ष्मी की शवयात्रा में सम्मिलित हुए थे। बड़े-बूढ़ों का कहना था कि इतनी भीड़ तो उन्होंने कभी देखी ही नहीं थी।

और राजपरिवार के प्रति उसी स्नेह और सम्मान के कारण सुमेरगढ़ नगर के लोगों को जब समीरा के विवाह की तिथि का पता चला तो उन्होंने अपने घरों को पोतना-रंगना और सजाना-संवारना आरम्भ कर दिया। जगह-जगह सुन्दर स्वागत द्वार बनाए जाने लगे। दुकानदारों ने अपनी दुकानों में ढेर सारा माल भर दिया ताकि बारात में आने वाले रतनपुर राज्य के लोगों को यह पता चल सके कि सुमेरगढ़ आज भी व्यापार का उतना ही बड़ा केन्द्र है, जितना भूतपूर्व राजाओं के शासन काल में था।

वर्षों बाद सुमेरगढ़ के प्राचीन दुर्ग की प्राचीरों, बुर्जों और राजमहलों की मरम्मत की गई। दुर्ग के वीरान और सूखे बाग-बगीचों में फिर से जान पड़ गई। मित्र और संबंधी राज्यों के यहाँ से हाथी-घोड़े भी मँगवा लिए गए। नये दास-दासियाँ और नौकर-चाकरों की नई नियुक्तियाँ की गईं और वर्षों बाद सुमेरगढ़ का दुर्ग फिर उसी पुरानी आन, बान और शान से जगमगा उठा।

समीरा का विवाह निश्चित तिथि को बड़ी धूमधाम से सम्पन्न हुआ। उसी पुरानी राजसी ठाठ-बाट और शान के साथ समीरा दुल्हन बनकर अपनी ससुराल रतनपुर चली गई।

समीरा के विवाह के अवसर पर नगर के सभी गणमान्य व्यक्तियों के अलावा सरकारी कार्यालयों के अधिकारी भी शामिल हुए, लेकिन गौतम उस समारोह में सम्मिलित नहीं हुआ क्योंकि उसे निमंत्रण पत्र भेजा ही नहीं गया था।

विवाह समारोह के वे सातों दिन गौतम ने जैसे काँटों के बिस्तर पर बिताए थे। जब भी मंगल वाद्यों और गीतों की आवाजें उसके कानों के पर्दों से टकरातीं, उसे लगता जैसे कोई गर्म सीसा उसके कानों में उड़ेल रहा है। उसने इस संकट से बचने के लिए दिल्ली भाग जाना चाहा। लेकिन अभी तक उसकी रिपोर्ट पूरी तरह से जरूरी साक्ष्यों आदि के साथ तैयार नहीं हुई थी। वह उस रिपोर्ट को साथ लेकर ही दिल्ली जाना चाहता था।

उसकी माँ उज्जैन में बीमार थीं और अकेली थीं। गौतम के अलावा उनकी देखभाल करने वाला कोई नहीं था। उनके पत्र बराबर आते थे, लेकिन वह चाह

कर भी उनके पत्रों का उत्तर नहीं दे पा रहा था। उसकी आँखों के सामने तो हर समय समीरा का चेहरा नाचता रहता था। कानों में उसके विवाह समारोह में बजने वाले बाजों और स्त्रियों द्वारा गाए गये विवाह-गीतों के बोल गूँजते रहते थे। मन किसी काम में लगता ही नहीं था।

वह सुबह होते ही अपनी जीप लेकर फोटोग्राफर के साथ सुमेरगढ़ राज्य की उन प्राचीन इमारतों की ओर निकल जाता, जिनकी तस्वीरें रिपोर्ट में लगाना जरूरी था। वह सारे दिन खंडहरों की खाक छानने के बाद जब घर लौट कर आता तो रात की खामोशी में गुमसुम बैठा रह जाता।

●●

बचपन से जिन राजमहलों में पलकर समीरा बड़ी हुई थी, उन्हें छोड़ते हुए उसे दुःख हो ही रहा था। दुःख सुमेरगढ़ के राजमहलों को छोड़ देने का उतना नहीं था, जितना झील से दूर चले जाने का था। इन राजमहलों और झील से उसकी अनेक मीठी-कड़वी यादें जुड़ी हुई थीं। नानी माँ का स्नेह-दुलार, उनकी दुःखद मृत्यु। दिव्या के साथ बिताए दिन और फिर उसकी आत्महत्या। अतीत की इन यादों से भी बढ़कर यादें थी गौतम के साथ नीली झील पर बिताई सुनहरी शामों की यादें। दिव्या तो आत्महत्या कर चुकी थी। उस अभागिन की लाश तक नहीं मिली थी। कई दिनों तक झील को खंगाला गया था, लेकिन दिव्या का नाम-निशान तक नहीं मिला था। आखिर कहाँ गई दिव्या की लाश? उसने आत्महत्या क्यों की, उसके सामने ऐसी कौन-सी परिस्थिति थी, जिसने उसे आत्महत्या करने पर मजबूर कर दिया था। समीरा इन दोनों प्रश्नों पर जितना विचार करती थी, उतनी ही उलझती जाती थी। क्योंकि दिव्या के पिता का कहना था कि दिव्या उन लड़कियों में से नहीं थी, जो आत्महत्या जैसा कदम उठा लेती हैं। वे मानते थे कि उसने आत्महत्या नहीं की है। वह कहीं दूर, बहुत दूर चली गई है। एक न एक दिन वह जरूर लौट आयेगी। दिव्या के पिता की यह आशा उसके विचारों में अनगिनत तूफान जगा दिया करती थी।

इन दुःखों के अलावा उसे एक दुःख और भी था। उसके विवाह समारोह में सुमेरगढ़ ही नहीं, राज्य के अन्य नगरों की भी प्रजा उमड़ पड़ी थी। सभी दफ्तरों के अफसरों को भी बुलाया गया था, लेकिन उसे गौतम कहीं भी दिखाई नहीं दिया था। वह महल के झरोखों में खड़ी आँखें फाड़-फाड़कर भीड़ में गौतम को बहुत देर-देर तक तलाशती रही थी, लेकिन उसकी झलक तक उसे नजर नहीं आई थी। उसे इस बात पर आश्चर्य था और खेद भी था कि सहज शिष्टाचार के नाते गौतम को भी निमंत्रित किया जाना चाहिए था, पर उसके नाना साहब और पिता साहब

ने वैमनस्य के कारण गौतम को उसके विवाह समारोह में आमंत्रित नहीं किया था। वह समझ गई थी कि इसका कारण वह आशंका थी, जिसके चलते गौतम अगर चाहता तो दुर्ग को छोड़कर सुमेरगढ़ राज्य में दूर-दूर तक फैले उनके पूर्वजों के बनवाए हुए दुर्गों, महलों, शिकारगाहों और उनकी जागीरों को ऐतिहासिक सम्पत्ति घोषित करवा के उन्हें सामान्य नागरिकों की कतार में लाकर खड़ा कर सकता था। इसमें कहीं भी व्यक्तिगत कटुता या स्वार्थ नहीं था, गौतम तो अपना फर्ज निभा रहा था।

●●

सुमेरगढ़ छोड़कर समीरा रतनपुर पहुँची तो उसके दुःख और शंकाएँ बहुत जल्द दूर हो गईं। राजकुमार जयसिंह उसे बेहद प्यार करते थे। एक पल के लिए भी उसे अकेला नहीं छोड़ते थे।

समीरा का अब तक का जीवन लगभग एक-सा ही बिता था। नानी माँ जब जीवित थीं तो वे अपने पूजा-पाठ और पालतू पशु-पक्षियों की देखभाल में ही लगी रहती थीं... और समीरा को अकेले ही समय बिताना पड़ता था। उनकी मृत्यु के बाद तो राजपरिवार में वह अकेली ही रह गई थी। महारानी राजलक्ष्मी के देहावसान के बाद महाराज सुरेन्द्र सिंह के सिर पर फिर शिकार का जुनून हावी हो गया था। उन पर अब महारानी का बन्धन तो रहा नहीं था, इसलिए वह सुबह होते ही अपने शिकारी साथियों के साथ शिकार पर निकल जाते थे। कभी-कभी तो तीन-तीन, चार-चार दिनों तक घर लौटते ही नहीं थे। अकेली समीरा ही उस विशाल दुर्ग के लम्बे-चौड़े राजमहलों में रह जाती थी।

●●

रतनपुर का प्राचीन दुर्ग एक विशाल और ऊँची टेकरी पर बना हुआ था। दुर्ग के चारों ओर दूर-दूर तक हरे-भरे पेड़ों और झाड़ियों से लदी पहाड़ियाँ थीं। उन पहाड़ियों के बीच एक छोटी-सी झील थी। नीली झील जितनी बड़ी तो नहीं थी, फिर भी उसने समीरा के मन से नीली झील की याद काफी हद तक कम कर दी थी। इस छोटी-सी झील और आस-पास की पहाड़ियों में भी तरह-तरह के पक्षियों की काफी भरमार थी। रेगिस्तान निकट होने के कारण यहाँ कुछ ऐसे रेगिस्तानी पक्षी भी थे, जो उसने नीली झील पर नहीं देखे थे। राजकुमार जयसिंह उसे हर शाम उस झील पर ले जाते और उन पक्षियों के बारे में बताते। समीरा को यह देखकर आश्चर्य होता कि उन्हें पक्षियों के बारे में सचमुच कितनी कुछ

जानकारी थी।

उन असंख्य पक्षियों में समीरा को एक रंग-बिरंगा पक्षी बहुत ही अच्छा लगा था। राजकुमार जयसिंह ने भावना और प्यार के अतिरेक में उस पंछी को पकड़वा कर मँगा लिया। उसके लिए उन्होंने सोने का पिंजरा बनवाया था। उसके पैरों में बाँधने के लिए सोने के घुंघरूँ मँगवाये थे। समीरा ने उनकी भावनाओं का आदर करते हुए उन्हें धन्यवाद दिया था। लेकिन कुछ पलों तक उस पंछी के परों की नरमी और बदन की गरमाहट महसूस करने के बाद समीरा ने उसे खुले आकाश में उड़ा दिया था। युवराज जयसिंह मुस्करा कर उसे देखते भर रह गये थे।

रतनपुर सुमेरगढ़ की ही तरह काफी पुराना राज्य था। भारत गणराज्य में विलीन होने से पूर्व रतनपुर राज्य की गणना देश के बड़े राज्यों में की जाती थी।

जब रतनपुर राज्य भारतीय गणराज्य में विलीन हुआ था, महाराज के पास पूर्वजों की छोड़ी हुई अथाह दौलत थी। दौलत भी अपनी बुराइयाँ लेकर आती है। महाराज ने घुड़दौड़ में रुपया लगाना शुरू कर दिया। उन्होंने बम्बई में एक बंगला खरीद लिया और वहीं रहकर महालक्ष्मी रेस कोर्स में दौड़ने वाले घोड़ों पर रुपया लुटाने लगे। पर जितना उन्हें मिलता था उससे अधिक धन चला जाता था। इसके बावजूद रतनगढ़ आज भी समृद्ध था। राजकुमार जयसिंह ने शिक्षा पूरी होते ही अपना कारोबार भी शुरू किया था, साथ ही चले आते कारोबार को भी संभाला था। उपजाऊ जमीन के बिखरे टुकड़ों को इकट्ठा करके एक काफी बड़ा फार्म बना लिया था। उनका अधिकांश समय फार्म हाउस में ही बीतता था।

समीरा ने कई बार फार्म हाउस देखने की इच्छा प्रकट की थी, लेकिन राजकुमार जयसिंह उसे कोई न कोई बहाना बनाकर टाल देते थे। विवाह के बाद एक वर्ष किस तरह गुजर गया समीरा जान ही नहीं पाई। जयसिंह और उनके परिवार के सदस्यों के स्नेह और आदरपूर्ण व्यवहार ने उसे विगत अतीत की यादों के भँवरजाल से लगभग मुक्त कर दिया था।

◆◆◆

[18]

राजकुमार जयसिंह के विवाह के एक वर्ष बाद रतनपुर के प्राचीन ऐतिहासिक दुर्ग के सिंह द्वार पर भोर की किरण फूटते-फूटते शहनाई के स्वर गूंज उठे। मंगल

वाद्यों और शहनाई के सुमधुर स्वरों की गूंज ने रतनपुर दुर्ग के निवासियों को ही नहीं, नगर निवासियों को भी जगा दिया। क्योंकि जब से रतनपुर राज्य भारतीय गणराज्य में विलीन हुआ था, दुर्ग के सिंह द्वार पर शहनाई वादन बंद हो चुका था।

शहनाई के स्वरों को सुनते ही लोग बिस्तर छोड़कर बाहर आ गए। पूछने पर पता चला कि राजकुमार जयसिंह की रानी समीरा ने एक पुत्र रतन को जन्म दिया है। पूरे नगर में हर्ष उल्लास की लहर दौड़ गई।

समीरा के पुत्र जन्म का समाचार जब सुमेरगढ़ में पहुँचा तो वहाँ के निवासी भी खुशी से झूम उठे। समीरा के स्वभाव और व्यवहार ने उसे सुमेरगढ़ राज्य की पिछली तमाम राजकुमारियों की अपेक्षा कहीं अधिक लोकप्रिय बना दिया था।

रतनपुर में समीरा के पुत्र जन्म के उपलक्ष्य में बहुत ही शानदार समारोह का आयोजन किया गया। राजकुमार जयसिंह के बाद राजपरिवार में वर्षों के बाद बेटे ने जन्म लिया था। इस खुशी के अवसर पर महाराजा रतनपुर ने अपने संबंधियों और मित्रों के अलावा आसपास के भूतपूर्व राज्यों के राजा-महाराजाओं को आमंत्रित किया था। सुमेरगढ़ से महाराज सुरेन्द्र सिंह तो नहीं आ पाये पर समीरा के पिता साहब कुँवर नरेन्द्र सिंह और माँ साहिबा विजयलक्ष्मी इस समारोह में शामिल होने आये थे। साथ में मास्टर जी दीनानाथ तो थे ही। उनके लिए तो यह विशेष खुशी का अवसर था।

परम्परा के अनुसार पुत्र जन्म पर रतनपुर में कई तरह के आयोजन हुए जो सप्ताह भर चलते रहे। पुश्तैनी रंगमहल में नाच-गाने की महफिल सजी तो नौचंदी चौक में विशाल शामियाने में जनसमूह के लिए लोकनृत्य और लोकगीतों के आयोजन हुए। पूरे सप्ताह भण्डारा चलता रहा और गरीबों को निछावर में मोहरें बाँटी गईं। पंडितों, पुरोहितों, ज्योतिषियों के पूजा-पाठ, यज्ञ-हवन व अन्य अनुष्ठान होते रहे। धार्मिक परम्परा के अनुसार रानी-महारानियों के लिए अलग से एक भजन-संध्या का आयोजन किया गया।

●●

तानपूरे के तार झंकृत हुए और भजन-गायिका दीपशिखा का स्वर धीरे-धीरे श्रोताओं को रस-विभोर करने लगा। भजन के बोल गूँजने लगे—

"मेरे तो गिरधर गोपाल... दूसरो न कोई... "

जैसे-जैसे विभिन्न वाद्यों और तानपूरे की झंकार के साथ दीपशिखा की तन्मय आवाज तैरने लगी तो सभी को लगा कि जैसे वे भक्ति की पावन धारा में डूबते

चले जा रहे हैं। वहाँ बैठी रानी-महारानियों को लगा कि जैसे वे रतनपुर के दरबार-हाल में नहीं, चित्तौड़गढ़ के मीरा मंदिर में बैठी हों और हाथ में तानपूरा लिए साक्षात राजरानी विह्वल स्वर में गा रही हों—

"मेरे तो गिरधर गोपाल, दूसरो न कोई।"

दरबार-हॉल में पवित्र-सी शान्ति छा गई थी। भक्ति भावना से ओत-प्रोत मीरा के पद ने दीपशिखा के मधुर कंठ से मुखरित होकर आमंत्रित मेहमानों के अन्तर मन को छू लिया था। वे सुध-बुध खो कर भक्ति के अथाह सागर में डूब उतरा रहे थे।

समीरा भी मंत्रमुग्ध थी। भजन गायिका दीपशिखा का स्वर उसे रह-रहकर चौंका भी रहा था। न जाने उसमें से कैसी कोई परिचित-सी ध्वनि भी खनक रही थी। जैसे वह आवाज कहीं अतीत से आ रही थी... एक ऐसा अतीत जो शायद अभी व्यतीत नहीं हुआ था... रह-रहकर उस तैरते अतीत के साथ कुछ आभास भी उभर रहे थे, जो पहचाने-पहचाने से लग रहे थे... सुनिश्चित से लगते वे आभास अनिश्चित से हो जाते थे। तभी समीरा के अन्तर्मन में अकस्मात् ही एक प्रश्न उभर उठा—आखिर दिव्या ने आत्महत्या क्यों की? क्यों... क्यों...

उसने दीपशिखा की ओर गौर से देखा। दरबाल हाल की तेज दूधिया रोशनी में भी कुछ स्पष्ट नहीं हुआ। लेकिन मीरा का पद गाते हुए दीपशिखा ने साड़ी के पल्लू से सहज ही अपना सिर इस तरह ढँक रखा था कि उसके चेहरे का अधिकांश भाग छिप गया था। फिर भी न जाने क्यों समीरा को दीपशिखा के चेहरे में दिव्या के चेहरे की झलक साफ दिखाई दे रही थी।

श्रोताओं में बैठे मास्टर दीनानाथ भजन में तन्मयता से ज्यादा उस आवाज़ के खिंचाव में बँधे बैठे थे।

समीरा ने उसी क्षण तय कर लिया था कि भजन-संध्या का कार्यक्रम समाप्त होते ही वह दीपशिखा को अपने कक्ष में बुलाकर सच्चाई जानने की कोशिश करेगी। मास्टर दीनानाथ से बात करेगी, आखिर पिता होने के नाते उन्होंने तो अपनी दिव्या को जरूर ही पहचाना होगा। उन्होंने तो और भी ज्यादा कशिश महसूस की होगी। राजपरिवार के शिष्टाचार के कारण समीरा बीच में नहीं उठ सकती थी। कार्यक्रम जारी था। दीपशिखा के बाद दूसरी भजन मण्डली मंच पर आ चुकी थी। समीरा ने सोचा था कि कार्यक्रम की समाप्ति के बाद वह अपनी निजी दासी को भेज कर दीपशिखा को सम्मान सहित बुलवा लेगी। पर वह मौका हाथ नहीं आया। दासी ने लौट कर बताया कि दीपशिखा अपने कार्यक्रम के तत्काल बाद वापस चली गई है। समीरा को आश्चर्य भी हुआ, पर उसने मन ही मन तय कर लिया था कि राज के कारिंदों के जरिए वह दीपशिखा को तलाश ही

लेगी। आखिर उस कारिंदे को तो उसका पता-ठिकाना मालूम ही होगा, जो उसे निमंत्रित करके लाया होगा।

••

समस्त समारोहों के समाप्त होने और मेहमानों की विदाई वगैरह में दो-तीन दिन और निकल गये थे। इस बीच मास्टर जी ने भी दीपशिखा को लेकर समीरा से बातचीत की थी, वे खुद दीपशिखा से मिलने गये थे, पर वह जा चुकी थी।

राजपरिवारों के अनुसार समीरा के पुत्र विक्रम के लिए दाई माँ की व्यवस्था कर दी गई थी। नन्हा विक्रम अधिकतर दाई माँ के पास ही रहता था। इसलिए समीरा को बेटे की देखभाल और पालन-पोषण से मुक्ति मिल गई। अपना खाली समय बिताने के लिए वह अपने पति जयसिंह के साथ घूमने-फिरने जाने लगी थी।

समीरा को रतनपुर आए हुए लगभग डेढ़ वर्ष बीत चुका था। रतनपुर परिवार आज भी समृद्ध था। परिवार के लोग आज भी उसी शानो-शौकत के साथ अपनी जिन्दगी गुजार रहे थे। समीरा को किसी भी चीज का अभाव न था। सुमेरगढ़ की अपेक्षा यहाँ सुख-सुविधा के साधन अधिक ही थे। लेकिन कभी-कभी एक अजीब-सा सूनापन उसे घेर लेता, जब उसके पति जयसिंह अचानक ही कई-कई दिनों के लिए रतनपुर से बाहर चले जाते। समीरा को सिर्फ इतना ही पता था कि आयात-निर्यात का वह कोई फलता-फूलता कारोबार करते हैं और उनका कारोबार दिल्ली और मुम्बई के अलावा भारत के कई छोटे-बड़े नगरों में फैला हुआ है। लेकिन वह कारोबार क्या है यह वह नहीं जानती थी। उसने जानने की चेष्टा भी नहीं की थी। जरूरत भी नहीं थी... वैसे भी पुरुषों के कारोबार में स्त्रियाँ बहुत दखल भी नहीं देतीं। राजपरिवार पूरी शानो-शौकत से चल ही रहा था, इसलिए दखल देने या चिंता करने की बात भी नहीं थी।

उस दोपहर समीरा अपने कक्ष में थी।

समारोह समाप्त हो चुके थे। सारे मेहमान जा चुके थे। समीरा को अब पता चला था कि वह समारोहों के कारण कितना थक चुकी थी!

बिस्तर पर लेट कर उसने सोने की कोशिश में आँखें मूँदी ही थीं कि दिव्या को लेकर मन में फिर हलचल उठी थी। वह गहरे असमंजस में थी। फिर उसके सामने दिव्या का चेहरा नाच उठा और उसके साथ ही दिव्या के पिता मास्टर दीनानाथ की आवाज उसके चारों ओर मंडराती हुई गूंजने लगी थी। दिव्या की आकस्मिक दुर्घटना के बाद उन्होंने कहा था—"समीरा, मैं अपनी बेटी दिव्या को

अच्छी तरह से जानता हूँ। जितनी अच्छी तरह मैं अपनी बेटी को जानता हूँ शायद दुनिया का कोई बाप अपनी बेटी को उतनी अच्छी तरह नहीं जानता होगा। वह साहसी थी। उसमें आत्मविश्वास कूट-कूटकर भरा था। वह जो कुछ ठान लेती थी उसे पूरा करके ही रहती थी...। ऐसी लड़कियाँ आत्महत्या नहीं किया करतीं। उसने आत्महत्या नहीं की है। वह कहीं चली गई है... दूर बहुत दूर... हमारी नजरों की सीमा से दूर... देख लेना एक दिन वह लौट आएगी—मेरा मन कहता है... मेरी अन्तरात्मा कहती है...।''

''लेकिन मास्टरजी, दिव्या का यह शॉल, ये चप्पलें जो झील के किनारे मिली हैं... और...।'' समीरा ने सन्देह व्यक्त किया था।

''यह सब तो वह हम लोगों को भुलावा देने के लिए झील किनारे छोड़ गई हैं।'' मास्टर दीनानाथ ने बहुत ही विश्वास भरे स्वर में कहा था, ''शायद वह उस चीज की तलाश में गई है, जिसे उसने अपने जीवन का अंतिम लक्ष्य बना लिया था। हम सभी दिव्या को प्यार करते हैं... हमें तो ईश्वर से प्रार्थना करनी चाहिए कि...।''

''कि वह जीवित हो और जल्द घर लौट आए...'' समीरा ने उनकी प्रार्थना में अपनी प्रार्थना जोड़ दी थी।

''हाँ समीरा बेटी,'' मास्टर दीनानाथ ने अपनी आँखों से बहते आँसुओं को पोंछते हुए कहा था, ''इसके साथ हमें यह प्रार्थना भी करनी चाहिए कि उसे अपने लक्ष्य को पाने में सफलता मिले...।''

समीरा कुछ कह नहीं पाई। दिव्या ने आत्महत्या की है यह तो स्पष्ट था ही। इसके अलावा और कोई दूसरी सम्भावना हो ही नहीं सकती थी। लेकिन वह इस कड़वी सच्चाई का उद्घाटन करके दिव्या के पिता का दिल दुखाना नहीं चाहती थी।

उस दिन दीपशिखा की आवाज सुनकर उसने सोचा था कि किन्हीं भी दो गायकों की आवाज में इतनी समानता कैसे हो सकती है? दो भिन्न व्यक्तियों के स्वर थोड़े-बहुत तो मिल सकते हैं, लेकिन उनमें इतनी समानता होना आश्चर्यजनक है। दीपशिखा का स्वर ही नहीं उसके गाने का अन्दाज, आलाप का अन्दाज... सभी कुछ तो दिव्या जैसा ही था। समीरा को यह सोचकर संतोष मिला कि सच्चाई तो वह जान ही लेगी। जो कारिंदे उसे लाये होंगे, उनसे दीपशिखा के आश्रम आदि का पता वह लगा ही लेगी। पर समीरा को थोड़ा आश्चर्य था कि यदि वह दिव्या थी तो उसे भी तो यह पता होगा कि समीरा अब रतनपुर की रानी है... दुनिया को मालूम है तो उसे भी तो पता चला ही होगा... पर उसने भी पहचानने की कोई कोशिश नहीं की थी। ...इसी तरह की बातें सोचते-सोचते और अतीत की स्मृतियों में भटकती उसकी आँखों की कोर गीली हो उठीं।

"समीरा...।" अचानक राजकुमार जयसिंह की आवाज सुनकर समीरा अतीत से निकल कर वर्तमान में आ गई।

"जी... पधारिए।" समीरा जल्दी से उठकर बिस्तर से उतर आई।

"ओ...।" राजकुमार जयसिंह ने उसके ओर बढ़ते हुए कहा, "तुम्हारी आँखों में आँसू...। क्या बात है समीरा...? क्या यहाँ तुम्हें कोई दु:ख है?"

"नहीं कुँवर जी," समीरा ने आँचल से पलकों की बरौनियों में अटके आँसू पोंछ डाले और होंठों पर हल्की-सी मुस्कान लाते हुए बोली, "आप जैसे पति को पाकर किसी स्त्री को दु:ख की परछाई भी नहीं छू सकती कुँवर जी।"

"फिर...। लगता है सुमेरगढ़ की याद आ रही है।" राजकुमार जयसिंह ने समीरा को बाँहों में भरकर अपने सीने से लिपटा लिया।

"ऐसी बात थी तो तुमने कहा क्यों नहीं? कुछ दिनों के लिए सुमेरगढ़ हो आतीं।"

"नहीं, ऐसी कोई बात नहीं थी..." समीरा ने अपने को संभालते हुए कहा।

"हमें पता है कि तुम्हें घूमने-फिरने का बेहद शौक है। तुम हर शाम नीली झील की सैर करने जाया करती थीं। हमने खुद भी देखा था। विक्रम को तो उसकी दाई माँ सँभाल ही लेती है... अब तुम मेरे साथ फार्म हाउस चला करो। वह बनकर तैयार हो गया है। कल हम तुम्हें फार्म पर ले चलेंगे। हरी-भरी पहाड़ियों से घिरा फार्म बहुत ही सुन्दर है। हमने उस फार्म हाउस में एक छोटा-सा बहुत ही खूबसूरत हवामहल बनवाया है। उस महल में बैठे-बैठे ही तुम लहलहाती फसलों, फलों से लदे पेड़ों और चारों ओर बिखरी पहाड़ियों को देख सकोगी...। तुम्हारा मन खुश हो जायेगा...। वहाँ तुम्हारी नीली झील जितनी बड़ी तो नहीं, पर एक छोटी-सी झील भी है..."

"तब तो मैं जरूर चलूँगी आपके साथ..." समीरा ने कहा, "कल ही..."

◆◆◆

[19]

समीरा अपने पति जयसिंह के साथ फार्म हाउस पहुँची तो फार्म में खड़ी लहलहाती फसलों और फार्म के चारों ओर खड़ी दूर-दूर तक फैली हरी-हरी पहाड़ियाँ देखकर उसके तन-मन पर छाई थकान दूर हो गई। पत्थरों को तराशकर बनाए गए राजमहल और उनके चारों ओर खड़ी विशाल पत्थरों की बनी हुई प्राचीरों के बीच रहते-रहते वह ऊब गई थी। राजपरिवार की परम्पराओं के अनुसार

यहाँ ससुराल में वह अपने महल के अलावा केवल अपनी सास के महल तक ही जा पाती थी। हालाँकि उसके अपने महल के एक भाग में फलदार वृक्षों से भरा एक छोटा-सा बाग था। महल के चारों ओर चारदीवारी से घिरे बगीचे थे लेकिन रात-दिन उन्हें देखते-देखते समीरा ऊब चुकी थी। राजमहल की ऊँची-ऊँची दीवारों के बीच अपने आपको वह कभी-कभी बन्दिनी लगने लगती थी। ऐसी बन्दिनी, जिसकी सुख-सुविधा और मन बहलाव के साधन तो सारे मौजूद थे, पर मन प्रकृति के साथ खुली उड़ान नहीं भर सकता था... सारी सम्पन्नता के बीच एक अनकही विपन्नता।

रह-रहकर उसे सुमेरगढ़ की नीली झील और उसके चारों ओर खड़ी हरित-वसना पहाड़ियाँ याद आ जाती थीं। काश... वह बसेरा करने वाली एक चिड़िया होती तो रतनपुर के इस प्राचीन ऐतिहासिक दुर्ग की प्राचीरों की ऊँचाइयाँ लांघकर झील पर पहुँच जाती।

फार्म हाउस में आकर भी समीरा की आँखों के लिए दृश्य तो बदला था, लेकिन यहाँ भी रात का गहरा होता अँधेरा, उसी तरह उतर रहा था, जैसा वह महल में उतरा करता था...

''तुम अभी तक सोयी नहीं समीरा डार्लिंग?'' राजकुमार जयसिंह ने शयन कक्ष में आकर उसके पलंग पर बैठते हुए बहुत ही स्नेह भरे स्वर में कहा, ''आई एम सॉरी... बहुत रात हो गई... आज दरअसल कुछ कंसाइनमेन्ट मिडिल ईस्ट भेजना था, इसलिए मैं जल्दी नहीं आ सका...''

समीरा उठकर बैठ गई। आदत के मुताबिक उसने अपना सिर पति के सीने पर रख लिया। जयसिंह उसके घने बालों से खेलने लगे। तभी समीरा को कुछ असहज-सा लगा। उसने अहिस्ता-अहिस्ता दो-तीन बार सांस ली। राजकुमार जयसिंह के शरीर से आती हुई गन्ध ने उसे अनासक्त-सा और कुछ-कुछ बेचैन कर दिया। जयसिंह के शरीर की जिस गंध से वह अब तक परिचित रही थी, यह वह गंध नहीं थी। यह उसी में मिली-जुली कुछ अजीब-सी गन्ध थी। उसे सुगन्ध नहीं कहा जा सकता था। राजकुमार जयसिंह ने अपने सीने पर रखे समीरा के सिर को अपने सीने से और सटा लिया और फिर उसे चूमते हुए बोले, ''हमसे गलती हुई। हमें तुम्हें अपने साथ ले जाना चाहिए था। तुम अकेली यहाँ बहुत बोर हो गई होगी। दासियों से बातें करके... वक्त गुजारा भी कैसे जा सकता है?''

समीरा ने कोई उत्तर नहीं दिया।

●●

अपनी आदत के अनुसार सुबह समीरा देर तक सोती रही। रात उसे अच्छी तरह नींद नहीं आई थी। अपने एहसासों की उलझन में उलझी समीरा ने आँखें मूँद कर जब भी सोने की कोशिश की तो नींद भी उससे अनासक्त ही रही।

बड़ी कठिनाई से उसे झपकी आई थी कि अचानक उसके कानों से ढेर सारी चिड़ियों की आवाजें आ टकराईं। उसने फिर आँखें खोल दीं और उन आवाजों को सुनने और समझने की कोशिश करने लगी।

चिड़ियाँ अपने पंखों को जोर-जोर से फड़फड़ाती हुई इस तरह चीख रहीं थीं जैसे उनके घोंसलों पर कोई आपदा आ पड़ी हो! वह झटके के साथ उठी और खिड़की के सामने आ खड़ी हुई।

समीरा के झटके से उठने के कारण जयसिंह की नींद उचट गई। उन्होंने आँखें खोलकर देखा। कुछ पल बिस्तर पर लेटे-लेटे खिड़की के पास खड़ी समीरा को देखते रहे, फिर उठकर उसके पास आ गये।

"क्या बात है समीरा, आज तुम्हें नींद क्यों नहीं आ रही?" जयसिंह ने उसका चेहरा अपनी ओर घुमा लिया।

समीरा की आँखों में चिन्ता, आशंका और भय की परछाइयाँ कांप रही थीं।

"ये... ये... इतनी ढेर सारी चिड़ियाँ इस तरह पंखों को फड़-फड़ा कर क्यों चीख रही हैं?" समीरा ने चिन्ता भरे स्वर में पूछा।

"हो सकता है उनके अंडों के लालच में कोई साँप पेड़ पर चढ़कर उनके घोंसलों तक पहुँच गया हो..." जयसिंह ने समीरा को समझाने की कोशिश की।

"हे भगवान, निर्दयी साँप तो चिड़ियों के अण्डों को खा जाएगा।" समीरा कल्पना मात्र से सिहर-सी रही थी।

अब तक चिड़ियों की चीखने की आवाज आर्त्तनाद में बदल गई थी। समीरा को चिड़ियों की आवाज की बहुत पहचान थी। वह उस आर्त्तनाद को सुनकर समझ गई कि वास्तव में चिड़ियाँ किसी भयानक संकट में हैं।

"अब सो जाओ समीरा..." जयसिंह ने उसके कन्धे पकड़कर उसे बिस्तर पर लिटा दिया और बोले, "अब इतनी रात में यह तलाश करना बहुत मुश्किल है कि साँप किस पेड़ पर चढ़ा है? दिन होता तो हम जाकर उसे मार डालते।"

समीरा ने जयसिंह के सीने में सिर छिपा कर आँखें मूँद लीं... और सोने की कोशिश करने लगी। लेकिन उसे सारी रात नींद नहीं आई। हालाँकि कुछ देर बाद चिड़ियों का आर्त्तनाद सुनाई देना बन्द हो गया था।

●●

सुबह बहुत थकी हुई थी। करने को कुछ था भी नहीं, इसलिए समीरा राजकुमार जयसिंह के साथ घूमने जाने की तैयारी कर रही थी कि तभी एक नौकरानी ने आकर जयसिंह से कहा, ''मैनेजर साहब आपसे मिलना चाहते हैं।''

मैनेजर के आने की खबर सुनते ही जयसिंह का मन कुछ चिंतित-सा हो गया। आखिर इतने सबेरे-सबेरे मैनेजर के आने का क्या कारण हो सकता है? सोचते हुए उन्होंने जल्दी-जल्दी कपड़े पहने और कमरे से निकल गये।

समीरा तैयार होकर पति का इन्तजार करने लगी। फिर काफी देर तक वह नहीं आए तो वह उस खिड़की के सामने जा खड़ी हुई, जो फार्म हाउस के पीछे वाले भाग की ओर खुलती थी। दूर तक फैले फार्म के छोर पर खड़ी पहाड़ियाँ दुर्ग के प्राचीर की तरह ही दिखाई देती थीं। ये पहाड़ियाँ घने पेड़ों के अलावा तरह-तरह के रंग-बिरंगे फूलों से लदी झाड़ियों से ढकी हुई थी। फूलों से ढकी यह पहाड़ियाँ उसे नीली झील वाली पहाड़ियों से भी अधिक सुन्दर लगी थीं।

समीरा उन पहाड़ियों को देख ही रही थी कि अचानक उसकी नजरें फार्म हाउस के दीवार के साथ-साथ जाती हुई सड़क की ओर चली गईं।

उस सड़क पर कुछ ट्रक खड़े थे, जिनमें चीड़ की लकड़ी की बड़ी-बड़ी बक्सेनुमा पेटियाँ लदी हुई थीं। उसकी समझ में कुछ नहीं आया। सोचा, कुँवर जी के निर्यातवाले कारोबार से इन ट्रकों और पेटियों का संबंध होगा। तभी जयसिंह लौट आए। आते ही बोले, ''समीरा! आज मैं तुम्हें अपना सबसे शानदार और नायाब कलेक्शन दिखाऊँगा, जो दुनिया में सिर्फ निराला ही नहीं, अनोखा भी है। दुनिया में किसी के पास ऐसा म्यूजियम नहीं है।''

''सच!''

''तुम देखोगी तो हैरत से देखती रह जाओगी... आश्चर्य में पड़ जाओगी।''

''तो फिर दिखाइए न...'' समीरा ने उत्सुकता से कहा।

••

संग्रहालय एक शानदार इमारत में था। इमारत भी बड़ी निराली थी। तीन मंजिला लकड़ी की इमारत। खपरैल की छतें... छतों पर जगह-जगह बाहर को निकले हुए सायबान। नीचे, सामने ही लम्बे गलियारे से लगा हुआ खुला मैदान। उसी में जगह-जगह फूस की छतों वाली खुली गुमटियाँ। उनमें लकड़ी की कलात्मक बेंचें। कुर्सियाँ और मेजें। जैसे कुदरत ने खुद उन्हें उसी शक्ल में उगाया हो... उनमें कोई काट-छाँट नहीं की गई थी। जैसे वे पेड़ों और झाड़ियों से उतार कर फूस की गुमटियों की छाया में रख दी गई हों...

और फिर वह लम्बा गलियारा।

कुँवर जयसिंह समीरा को लिए उसे दाख़िल हुए।

समीरा बहुत उत्साहित थी।

गलियारे की दीवारों पर तमाम देशी-विदेशी पंछियों की बड़ी ही जीवंत तस्वीरें लगी थीं। उनमें से बहुत से पंछियों को वह पहचानती थी। उन्हें भी, जो सर्दियों में दूसरे ठण्डे देशों से सैकड़ों मील यात्रा करके नीली झील पर आते थे।

"बड़ी विचित्र और अनहोनी हैं इन पंछियों की जरूरतें और दुनिया..." कुँवर जयसिंह अभी बता ही रहे थे कि एक बेहद शालीन, चुस्त-दुरुस्त साँवले से सुंदर अधेड़ व्यक्ति ने आकर दोनों को नमस्कार किया। कुँवर ने परिचय कराया।

"यही हैं हमारे पखेरू विशेषज्ञ विश्वमोहन जी। पंछियों की यह 'गैलरी ऑफ लाइफ' इन्हीं की सोच और लगन का नतीजा है।" कुँवर ने कहा।

"मैं इसे 'जीवन-वीथी' कहता हूँ युवरानी साहिबा!" विश्वमोहन ने बीच में टोका।

"कुछ भी कहिए विश्वमोहन जी... इतने पंछियों से मिलना, इनकी आँखों में समाई जीवन की चमक को देखना, है तो यह जीवन का उत्सव ही।" समीरा ने कहा।

"इन देशी-विदेशी पंछियों को यह हिंदी नाम इन्होंने ही दिये हैं..."

"जी, अपने घर-गाँव के इन देशज नामों से यह पंछी अधिक अपने हो जाते हैं..." विश्वमोहन बोले।

"बहुत लगाव है आपको पंछियों से... इसका कोई खास कारण?" समीरा ने पूछा।

"अरे, यह खुद एक पंछी रहे हैं..." कुँवर चहकते हुए बोले।

"पंछी!" समीरा ने आश्चर्य से पूछा।

"हाँ, और क्या! विश्वमोहन जी वायुसेना में एयर वाइस मार्शल रहे हैं... पंछी इन्हें पहचानते हैं, यह पंछियों को पहचानते हैं।" कुँवर ने बताया।

"ओह... यह जानकर बड़ा अच्छा लगा विश्वमोहन जी... आपने इस पंछियों का बड़े धीरज से अध्ययन किया होगा।"

"जी, वह तो है.. यह इतने मासूम और भोले होते हैं कि इन्हें बस देखते रहिए... देखते रहिए, जी ही नहीं भरता।"

"तब तो प्रवासी पंछियों को भी आपने आते-जाते देखा होगा..."

"जी, लगातार... तुलसीदास जी ने इन्हें रामचरितमानस में बड़ी मधुरता से

याद किया है... आपने उनकी वह लाइनें तो पढ़ी होंगी—'जानि सरद रितु खंजन आए, पाइ समय जनु सुकृत सुहाए।' शरद ऋतु में खंजन आये, पर कहाँ से? यही खंजन अंग्रेजी के 'वैराटेल' पंछी हैं... ये पाँच हजार किलोमीटर की लम्बी यात्रा करते हुए, साइबेरिया और मंगोलिया से चलकर हिमालय पार करके भारत आते हैं।'' विश्वमोहन बता रहे थे। समीरा बड़ी उत्सुकता और गौर से सुन रही थी।

''वह है खंजन। विश्वमोहन ने समीरा को दीवार पर लगी तस्वीर दिखाई। फिर दूसरी तस्वीर दिखाते हुए बोले, ''युवरानी जी, यह है ध्रुवकुमारी... आर्किटिक-टर्न! आपको यह जानकर आश्चर्य होगा कि सर्दी का भयानक मौसम आते ही यह प्रवास के लिए उत्तरी ध्रुव से दक्षिणी ध्रुव तक की उड़ान भरती है। पैंतीस हजार किलोमीटर की तूफानी यात्रा करती है... यह ध्रुवकुमारी दोनों ध्रुवों को जोड़ती है...।''

समीरा बड़े गौर और व्यग्रता से यह विवरण सुन रही थी। बीच में कुँवर जयसिंह ने कहा—''विश्वमोहन जी, आप इन्हें गैलरी आफ लाइफ दिखाइए। इनकी बड़ी दिलचस्पी है इन पंछियों में। मैं अभी दस मिनट में आता हूँ।'' कहकर कुँवर चले गए।

समीरा तो बेहद उत्सुक थी ही। विश्वमोहन उसे एक-एक तस्वीर दिखाते हुए बताने लगे—''और एक बात बताऊँ... जैसे वर्षा ऋतु में रेगिस्तानी अरब देशों के पर्यटक बारिश देखने मुम्बई, गोवा और केरल आते हैं, उसी तरह यह शिखी चातक... क्रेस्टेड कुक्कू मानसून के मौसम में प्रवास के लिए दक्षिण अफ्रीका से भारत आते हैं।''

''दक्षिण अफ्रीका से भारत!''

''जी! वैसे ये जाते तो दक्षिणी ध्रुव की तरफ हैं, लेकिन अरब पर्यटकों की तरह यह बारिश के दिनों में भारत प्रवास करते हैं, फिर दक्षिण अफ्रीका लौट जाते हैं... मादा शिखी चातक को प्रजनन के बाद अण्डों-डिंबों के पालन का पूरा समय नहीं मिलता, इसलिए मादा चातक अपने अंडे दूसरे पंछी के घोंसलें में देकर निश्चिंत हो जाती हैं... वह जानती है, माँ कोई भी हो, वह दूसरों के अण्डों को अपनी ऊष्मा से जीवित रख के शावकों को पाल लेगी...''

समीरा सारे विवरण दत्तचित्त होकर सुन रही थी। देखा तो इनमें से उसने बहुतों को था, पर उनके नामों से वह उन्हें अब पहचान रही थी... कितनी विविध थी इन पंछियों की दुनिया। इनमें आवासी पंछी भी थे और प्रवासी भी। अंजन, खंजन, वाक, बगुला, हंस, महाबर, पीलकिया, भुजंगा, धनेश, चातक, पारावत, पंडुक, चकवा, मुर्गाबी, सरीसृप, क्रौंच, खंतिया, क्रेन... और न जाने कितने! सबको ब्यौरा विश्वमोहन दे रहे थे... समीरा मंत्रमुग्ध थी।

तभी कुँवर लौट आये।

"विश्वमोहन जी। अब तो हफ्ते में कम से कम एक बार आपको मेरे लिए समय निकालना ही पड़ेगा... या तो आप महल में आ जाया करें या मैं यहाँ आ जाया करूँगी।" समीरा ने कहा।

"लेकिन यह मुमकिन नहीं होगा... विश्वमोहन ने 'गैलरी आफ लाइफ' का काम छोड़ दिया है..." कुँवर जयसिंह ने कहा।

"काम छोड़ दिया है! क्यों?"

"इन्हीं से पूछिए... मैं तो चाहता था कि ये न जाएँ, पर इन्होंने तय कर लिया है तो अब क्या किया जा सकता है!" कुँवर ने कहा।

समीरा ने विश्वमोहन की तरफ देखा। वे खामोश खड़े थे। धीरे से बोले— "युवरानी जी! पिछले दिनों मैंने पंछियों की भाषा और उनकी चहचहाहटों की रिकार्डिंग की है... दसियों टेप मेरे पास हैं... उनमें जिंदगी है... संगीत है... अलौकिक संगीत... मैं इस जीवन वीथी को उनकी चहचहाहटों से भर देना चाहता था। वह कब और कैसे हो पायेगा, मालूम नहीं। अब मैं जगह-जगह जाकर उसी अलौकिक संगीत को रिकार्ड करना चाहता हूँ... इसलिए अब यहाँ रुक सकना मेरे लिए संभव नहीं है।"

तभी लाइट चली गई।

"ओह! यह तो गड़बड़ हो गया... अब आप हमारा परिंदों का खजाना बिना लाइट के कैसे देख पायेंगी? वही तो मैं आपको खासतौर से दिखाना चाहता था।" कुँवर जयसिंह ने कहा।

"तो वह खजाना कल देख लेंगे।" समीरा ने कहा और विश्वमोहन को देखते हुए बोली, "आपसे मुझे बहुत जानना और सुनना है। आप कल मिलेंगे न?"

"युवरानी जी, नहीं... इस जीवन वीथी में यह मेरा अंतिम दिन है।" विश्वमोहन ने हाथ जोड़ दिये।

◆◆◆

[20]

जाते-जाते विश्वमोहन अपनी पुस्तक 'आनंद पंछी निहारन का' युवरानी समीरा के लिए भिजवा गये थे। उसने वह पुस्तक लगभग आधी पढ़ डाली थी। कुँवर जयसिंह उसे अपना म्यूजियम दिखाने के लिए बहुत उतावले थे। समीरा भी

बहुत उत्सुक थी। जैसे ही कुँवर को अपने कारोबार और निर्यात के काम से थोड़ी फुर्सत मिली, उन्होंने वहाँ चलने का दिन और समय तय कर दिया, "हम लंच भी वहीं लेंगे... आपको मोरक्को के शहजादे से भी मिलवायेंगे, फिर थोड़ा आराम करके हम आपको अपना नायाब और बेमिसाल अजायबघर दिखायेंगे।"

"लेकिन यह मोरक्को के शहजादे...।"

"अरब, अफ्रीका और स्पेन के बाजारों में वे हमारे कारोबारी पार्टनर हैं... बड़े जिंदादिल और शानदार नौजवान हैं।" कुँवर ने बताया।

●●

लंच खत्म हुआ। मोरक्को के शहजादे चले गये। कुँवर और समीरा ने अपने फूस वाले प्राइवेट शाही कॉटेज में कुछ देर आराम किया। फिर वे उसी 'जीवन वीथी' वाले लम्बे गलियारे से होते हुए गुजरे तो समीरा ने योंही कह दिया "विश्वमोहन जी तो चिड़ियों की भाषा और चहचहाहटें रिकार्ड करने चले गये होंगे..."

"अच्छा हुआ चला गया... सनकी आदमी था।" कुँवर जयसिंह ने कहा तो उनके लहजे में उसे खासा कड़वापन लगा। समीरा को कुँवर के लहजे से थोड़ा झटका भी लगा।

सीढ़ियाँ चढ़कर अजायबघर के मुख्य दरवाजे पर वे पहुँच गये थे।

"जानम! यह है हमारा बेशकीमती खजाना!"

खुशी के अतिरेक में कुँवर जयसिंह ने उसे पहली बार जानम पुकारा था तो समीरा ने भी मजाक में कहा था कि वह शब्द शायद आपको मोरक्को के शहजादे दे गये हैं...

"आओ... और देखो! हमने इन परिंदों को वह लम्बी जिंदगी बख्श दी है, जो इन्हें कुदरत भी नहीं दे सकती थी। ये अब कहीं उड़कर नहीं जा सकते... तुम जब चाहो, यहाँ आकर इनसे मिल सकती हो..."

समीरा भौंचक्की थी... वह विश्वास ही नहीं कर पा रही थी कि वह क्या देख रही है... यह कैसी सच्चाई थी जो उसके सामने मौजूद थी। उस पर तो जैसे आसमान फट पड़ा था... एकबारगी पूरा ब्रह्माण्ड चक्कर खाकर रुक गया था।

उसके सामने मौत का सन्नाटा फैला था।

सामने थी काँच के बड़े-छोटे शोकेसेज की कतारें। दायें और बायें भी। रोशनी की व्यवस्था में उन शोकेसेज में तरह-तरह के पंछी मौजूद थे। एक बड़े

शोकेस में क्रेन का एक जोड़ा रखा था... दूसरी तरह एक अकेला फ्लोमिंगो! दायें धनेश, बायें चातक... इधर हंस, उधर सारस... कहीं बाज़ तो कहीं बया...

"एक-एक को देखो समीरा। कितनी खूबसूरती से इन्हें सिला और स्टफ किया गया है... यह कमाल सिर्फ अपनी टैनरी के कारीगरों का है... उस सनकी विश्वमोहन ने टैनरी का हिन्दी में नाम रख दिया था—चर्मशोधक कारखाना... वह झक्की आदमी बहुत मुखालफत करता था इस कारखाने की। दूरदराज मुल्कों के लोग इसे देखने आते हैं। मोरक्को के शहजादे साहब कह रहे थे, इस साल कम से कम दौ सौ करोड़ का एक्सपोर्ट हम कर सकेंगे... बहुत माँग है इन स्टफ्ड बर्डस की... शौकीन लोग ही इन्हें पसंद करते हैं... क्यों, ऐसा नहीं लगता कि यह स्नेकबर्ड अभी बोल पड़ेगी... याद है तुम्हें जब हम सुमेरगढ़ में पहली बार मिले थे। तुम्हारी नीली झील पर मैंने तुम्हें यही स्नेकबर्ड दिखाई थी। वह विश्वमोहन इसी को सरीसृप या सरपपक्षी या ऐसा ही कुछ बोलता था... है न यह नायाब खजाना... जरा इसे देखो... रंगीला-सजीला मैको! शायद इसी के जोड़े को पाला था तुम्हारी नानी माँ महारानी साहिबा ने... इसी रंगीले मैको को कहते हैं काकातुआ... तोतों की नस्ल का शाही तोता..."

समीरा लगभग संज्ञाशून्य-सी खड़ी थी... खुद को सँभाले हुए। एकाध कदम इधर-उधर बढ़ जाती... किसी पक्षी के सामने रुक जाती तो भी जैसे उसे देखते हुए वह देख नहीं रही होती थी... उसने तो इन्हीं मुर्दा आँखों को बोलते हुए देखा था।

कुँवर जयसिंह अपनी आत्ममुग्धता में जो कुछ बोलते चले जा रहे थे वह शब्द उसे कभी-कभी ही टूटे हुए टुकड़ों में सुनाई पड़ रहे थे... उसके कान जैसे बोद गये थे। वैसे ही जैसे कभी नदी में डुबकी लगाते वक्त हो जाते हैं... आँखों पर भी जैसे भाप का चश्मा चढ़ा था। कभी दिखाई देता था, कभी कुछ भी नहीं दिखाई देता था...

तीसरी गैलरी से कुँवर जयसिंह की आवाज आ रही थी—"इधर आओ, इसे देखो समीरा! इस एक्लकटस के जोड़े को देखो... यह भी तोतों की नस्ल का है... नर हरा और मादा अपने राजस्थान की गूजरी की तरह सतरंगे पंखों से सजी हुई, पूरे मेकअप के साथ। बरसों तक बर्डवाचर्स को लगता रहा कि यह अलग-अलग नस्लों के हैं। बाद में जब इन्हें बसंत के दिनों में एक-दूसरे के लिए मस्त होकर नाचते और प्यार करते पाया गया तो मालूम हुआ कि यह एक ही नस्ल के नरमादा हैं.. और यह पीफाउल! यह भी मानसून में कभी-कभी चातकों के साथ दक्षिण अफ्रीका से आता है... मोर की तरह सतरंगा पीफाउल... यह ज्यादा बचा नहीं है। शिकारी इन्हें मार-मार खा गए। हमने सोचा निशानी के लिए एक तो बचा

लें... ये पीफाउल पहली बार मिलते ही शादी कर लेते हैं, फिर साथ-साथ रहते हैं। इनके यहाँ डायवोर्स नहीं होता...''

समीरा को अब भी कुछ ज्यादा सुनाई नहीं दे रहा था। बस, जैसे कठपुतली की तरह उसके पैर चलने लगते थे और वह दूसरे या तीसरे शोकेस के पास रुक जाती थी... उस काँच के कटघरे में बंद किसी चिड़िया को वह देखती तो थी, पर जैसे देख नहीं पाती थी। एक अजीब-सा सदमा उसके दिल में समाया हुआ था। वह थोड़ी-सी प्रकृतिस्थ होती तो उसे लगता--सदमे में बहुत सहनशक्ति होती है। सदमे में संयम भी होता है। अब तक उसने स्वयं को सदमे के इसी संयम से सँभाला हुआ था। कुँवर की बातें भी उसने आधी सुनीं, आधी नहीं सुनी थीं कि तभी कुँवर जयसिंह ने आकर उसके कंधे पर हाथ रखा। वह न सहमी, न सिहरी। उसे इतना जरूर लगा कि उसके कंधे पर कुँवर का हाथ है। इस समय वह स्पर्श कुछ कह नहीं रहा था। समीरा ने स्वयं को कुछ और संभाला और मुड़कर कुँवर को देखा। उनकी आँखों में चमक थी। एक विलक्षण साम्राज्य के अधिपति होने की चमक। अपने उत्साह और उद्रेक के आवेग में वे देख ही नहीं पाये कि समीरा की आँखों में निपट सन्नाटा था। वे अपने उत्साह की उसी रौ में समीरा को कंधों से लपेटे हुए काँच के एक बड़े से कटघरे के सामने पहुँचकर रुक गये।

''देखो इसे... इस लिम्पकिन को। यह सारस... बस यहीं देखने को मिलेगा। बहुत लजीज होता है इसका गोश्त... मुर्गाबी, तीतर और बटेर की तरह। शिकारियों ने इसके खानदान को ही नहीं, नस्ल को ही खत्म कर दिया... अब यह शायद ही कहीं देखने को मिले। इसके पंख देखो... कैसी सफेद सीपियाँ जड़ी-हुई हैं...'', कहते-बताते कुँवर ने समीरा को अगले शोकेस के पास सरका लिया—

''इसे तो तुम देखती ही रह जाओगी। रेनबो लौरीकीत।... इंद्रधनुषी तोता... तुम्हारी नानी माँ महारानी साहिबा के काकातुओं से यह छोटा जरूर होता है, लेकिन इसके पंखों में दुनिया के सारे रंग मौजूद हैं। आदतें भी इसकी शाही-शहंशाही हैं। यह सिर्फ फूलों और उसकी गंध का शहद पीता है... मन आये तो सुबह-सुबह गाता भी है...''

उस पक्षी को देखकर समीरा को बड़ी तेजी से कुछ याद आया था। कई बरस पहले की एक घटना... अभी वह दिमाग पर जोर डालकर स्टैण्ड पर लगी उस निर्जीव चिड़िया वाली घटना को याद करने की कोशिश ही कर रही थी कि कुँवर आगे बोलने लगे—

''यह रेनबो लौरीकत पिछली सर्दियों का ही है। यह पहले भी कभी सर्दियों में यहाँ आया होगा... इसके पैर में वह रत्तीवाला मूंगा देखो... इसे यह लाल घुंघरूँ

जरूर किसी ने पहनाया होगा। वह भी हमने रहने दिया... यह जरूर किसी की निशानी होगी...''

और तब जैसे किसी भयानक विस्फोट की जद में आकर समीरा की यादों की पूरी दुनिया टुकड़ों-टुकड़ों में बिखर गई थी... मन की इमारत के सारे खूबसूरत गुम्बद, कंगूरे और शहतीर हवा में उड़ते, गिरते और बिखरते चले गये थे...

एक तूफानी तेजी के साथ उसी यादों की किर्चें नीली झील पर लौटकर वहाँ उस स्मृति को याद करने में जुट गई थीं, जब वहाँ सैलानी शिकारियों ने गोली चलाई थी... चिड़ियों की चीत्कार से सारी कायनात गूँज उठी थी... कितने पक्षी मरे थे, यह तो उस अराजक वातावरण में पता नहीं लगा था, लेकिन एक चिड़िया आकाश से आकर नीली झील के पानी पर गिरी थी। समीरा ने उसे पानी पर गिरते हुए देखा था... उसके रक्त की लकीर झील के पानी पर खिंचती जा रही थी और वह घायल परिन्दा तड़फड़ाता हुआ, जैसे-तैसे तैरते हुए किनारे की ओर आ रहा था। उसके बहते हुए रक्त की लकीर उसका पीछा कर रही थी... तब समीरा पानी में कूद पड़ी थी और तट की ओर आते उस घायल परिन्दे को लेकर वह महल की तरफ दौड़ पड़ी थी। वह परिन्दा दर्द से छटपटा रहा था। खून अभी भी बह रहा था। महल तक पहुँचते-पहुँचते उसके कपड़े भी खून से भर गये थे। मन ही मन वह हत्यारे शिकारियों को कोस रही थी, पर उनके खिलाफ कर कुछ नहीं सकती थी...

समीरा ने उसका उपचार किया था, प्यार से उसका नाम पिंकू रख लिया था। गनीमत थी कि उसके दोनों पंख सलामत थे। पूंछ के पिछले भाग को जख्मी करता हुआ कारतूस का छर्रा निकल गया था। महारानी साहिबा नानी माँ की खास नौकरानी ने उसके घाव के लिए जड़ी-बूटियों का लेप बनाया था। धीरे-धीरे पंछी ठीक हो गया था। समीरा जब उसके सतरंगे परो को सहलाती थी तो वह उसे कृतज्ञता से देखकर अपनी भाषा में उससे बातें भी करने लगा था। कभी-कभी तो वह बहुत बातें करता था। शायद बताना चाहता था कि वह कहाँ से आया है... उसका घर कहाँ है... वह कितने मीलों की दूरी तय करके उसके देश में आया है। इस प्रवास यात्रा में उसने कितने चक्रवातों को झेला था... वायुमण्डल के उठते-गिरते दबाव क्षेत्रों को उसने कितनी कठिनाइयों से पार किया था। सूर्य-किरणों के चुम्बकीय संकेतों ने कैसे उसे दिशा ज्ञान दिया था और फिर मौसम ने अगवानी करके कैसे उसे प्रवासी घर में उतरने के लिए बुलाया था। भयानक शीत बर्बर थी। हवाओं के दबाव क्षेत्र और चक्रवात भी कम भयानक और कम हिंसक नहीं थे, पर वे सारी विपरीत शक्तियाँ जिंदगी के हौसले को तौलती थीं और हारती थीं, तो रास्ता दे देती थीं... लेकिन...

और इस लेकिन की मुद्रा में जब वह चोंच उठाकर समीरा की आँखों से अपनी गोल-गोल मासूम आँखें मिलाता था तो समीरा उसके प्रश्न को फौरन समझ लेती थी... यही कि जीवन को नष्ट करके जीवन के लिए कोई सौंदर्य पैदा नहीं किया जा सकता...

आखिर सर्दियाँ बीतने को आ गई थीं। प्रवासी पक्षी लौटने लगे थे। पिंकू को भी जाना ही था। जब झील प्रवासी पंछियों के लौटने से निर्जन होने लगी थी तो समीरा ने उसके पैर में रत्ती की मूंगा घुंघरू की तरह पहना दिया था और महल की छत से यह कहते हुए उसे उड़ा दिया था कि अगले वर्ष वह उसके आने की प्रतीक्षा करेगी और इस घुंघरू से उसे पहचान लेगी...

आज उसने पिंकू को पहचान तो लिया था, लेकिन...

●●

"है न सुंदर!" कुँवर की आवाज से समीरा की तंद्रा टूटी थी। उसने बेहद मुश्किल से स्वयं को सँभाला था। कुँवर के तमाम शब्द एक-दूसरे से टकरा रहे थे—"यह रेनबो लौरीकीत पिछली सर्दियों का ही है... इसके परों में दुनिया के सारे रंग मौजूद हैं। इसकी आदतें भी शाही-शहंशाही हैं।... यह पहले भी कभी सर्दियों में यहाँ आया होगा। इसके पैर में वह रत्ती वाला मूंगा देखो... इसे यह लाल घुंघरू जरूर किसी ने पहनाया होगा... यह सिर्फ फूलों और उनकी गंध का शहद पीता है... मन आये तो सुबह-सुबह गाता भी है..."

समीरा ने संयत रहते हुए मन ही मन उस पंछी से पूछा—पिंकू! तुमने मुझे पहचाना? और कुँवर से भी पूछना चाहा कि अब यह क्यों नहीं गाता? पर वह खामोश रही। उसका मन इतना डूब रहा था कि वह यह सवाल पूछ ही नहीं सकी।

कुँवर ने उसे देखा, फिर खुद ही बोले—"लगता है तुम थक रही हो। कॉफी मँगवा लें या थोड़ी-सी वाइन... यहीं मंगवाता हूँ..."

"नहीं, वहीं नीचे खुले में चलते हैं।" समीरा ने कहा।

●●

रात को सर्दी तो थी, पर समीरा ने कक्ष की सारी खिड़कियाँ खोल रखी थीं। उसके दिल और दिमाग पर इतनी गहरी थकान हावी थी कि सोने और जागने का अंतर ही मिट गया था। काफी देर बाद कुँवर आये थे। वे समीरा के इस आकस्मिक बेगानेपन का कारण नहीं समझ पाये थे। खिड़कियाँ खुली पाकर भी उन्हें अजीब लगा था। एक-एक कर उन्होंने खिड़कियाँ बंद कीं। उनके मन में उलझन, क्षोभ

और आक्रोश तो था, पर उन्होंने समीरा से कुछ भी पूछना या जानना मुनासिब नहीं समझा। वह जाग रही है या सो रही है, यह मालूम करने की उन्होंने कोशिश नहीं की।

समीरा जल्दी जाग जाती थी। कुँवर देर से उठने के बाद नहा-धोकर पूजा-पाठ पर बैठ जाते थे। फिर वे नाश्ते की मेज पर ही मिलते थे। पंछियों के अजायबघर की उस बेगानी शाम के अगले दिन जब वे नाश्ते पर मिले तो एक-दूसरे की भावनाओं को जानने का कोई प्रश्न नहीं था या फिर कोई जरूरत भी नहीं थी। इस सामंती समाज की मानसिक बुनावट ही यही थी कि चाहे कुछ भी हो जाए, पर न कुछ पूछो और न किसी घटना या बात का खुलासा पेश करो। यह समाज संवेदनाओं का गुलाम नहीं था। यहाँ भावुकता और भावनाओं की जरूरत नहीं थी।

नाश्ता करते हुए समीरा ने सीधी बात की, "देखिए मैं आपकी पत्नी जरूर हूँ लेकिन मैं एक औरत भी हूँ... जिस दुनिया में आप रहते हैं, वह भी सही है और जिस दुनिया में मैं रह सकती हूँ, वह भी सही है... मेरा शरीर संतृप्त होता रहे और मेरा मन मृत होता रहे, यह मुझे आपके साथ बहुत दूर तक नहीं ले जा सकता... मैं जानती हूँ पंछियों के केमीकल से युक्त भूसा भरे शरीरों के करोड़ों रुपये के बिजनेस को छोड़ना या बंद करना आपके लिए मुममिन नहीं होगा... लेकिन मेरे लिए यह मुमकिन होगा कि मैं मुर्दों की इस दुनिया से बाहर चली जाऊँ।"

"मतलब!" कुँवर ने रूखी आवाज में पूछा।

"मतलब यही कि मैं कुछ दिनों के लिए अपने घर सुमेरगढ़ जाना चाहती हूँ।"

"इस तरह तुम्हारा एकाएक सुमेरगढ़ जाना क्या मुनासिब होगा? सोचो, राजमहल के लोगों की नजरों में इसका क्या मतलब होगा? लेकिन ऐसी क्या बात है कि तुम..." कुँवर बोल ही रहे थे कि उनकी बात को काटते हुए समीरा ने कहा—

"कुछ चीजें होती हैं जिन्हें इन्सान पहली नजर में भी भाँप लेता है... उनकी अच्छाई-बुराई को जान लेता है लेकिन कुछ चीजें ऐसी भी होती हैं जिनकी वास्तविकता का पता काफी-काफी दिनों बाद चलता है।" समीरा ने कहा, "जो कुछ भी हो। मैंने यही तय किया है... मैं कल सुमेरगढ़ जाना चाहूँगी।"

समीरा के बेगानेपन का कारण कुँवर समझ गये थे, पर वे बहस में पड़ने से कतरा रहे थे, उनके मुँह से तभी बँधा-बँधाया वाक्य निकल गया—"लेकिन सोच लो... दुनिया क्या कहेगी समीरा?"

"दुनिया क्या कहेगी? मुझे इस बात की कोई चिंता नहीं।" समीरा बोली और फिर मैं कोई हमेशा के लिए तो जा नहीं रही। कौन लड़की है जो अपने माँ-बाप के पास नहीं जाती।"

समीरा की बात सुनकर कुँवर जयसिंह हैरानी से उसका मुँह देखते रह गए। समीरा ने बड़ी कुशलता से बात का रुख मोड़ दिया था।

"ठीक है कुछ दिनों के लिए मैके जाने में कोई बुराई नहीं है। लेकिन तुम्हारा रंग-ढंग और रवैया देखकर ऐसा नहीं लगता कि तुम जल्दी लौट आओगी।" जयसिंह ने समीरा के चेहरे को गौर से पढ़ते हुए कहा और फिर कुछ रुककर उन्होंने पूछा, "तुम्हारे साथ सुमेरगढ़ कौन-कौन जायेगा?"

—"कोई नहीं।"

—"क्या मतलब?" जयसिंह हैरान रह गए।

—"कुँवर जी, एक बात आप अच्छी तरह समझ लीजिए।" समीरा ने बहुत ही सीधे-सपाट लहजे में कहा, "यह तो ठीक है कि आपके साथ मेरा विवाह हुआ है और इस सच्चाई से भी इन्कार नहीं किया जा सकता कि मैं आपके कुमार विक्रम की माँ हूँ। लेकिन कुँवर जी, संसार के जितने भी रिश्ते-नाते हैं, भले ही वह रिश्तेदारी हो, दोस्ती हो या भाईचारा, पति-पत्नी के संबंध हों या माता-पिता और सन्तान के... हर संबंध, हर रिश्ते और नाते का एक आधार होता है, एक-दूसरे की भावनाओं की अनकही लय... जैसी लहरों में होती है। अपनी-अपनी तरह से उठने-गिरने और साथ जुड़े होने का रिश्ता... उसी पानी को आप अलग कर लें तो उस बंद पानी में लहरें नहीं उठतीं, मुझे लगता है, मैं उसी बंद पानी की तरह रह गई हूँ... बंद पानी की अपनी कोई जिंदगी या मर्जी नहीं होती..." बोलते-बोलते समीरा की आवाज जैसे कहीं दूर से आती हुई लगने लगी थी।

कुँवर जयसिंह समीरा के चेहरे को देखते ही रह गए। उनके पास उसकी किसी भी बात का कोई उत्तर नहीं था।

"अगर आप चाहते हैं कि मैं यहीं रहूँ—जिन्दगी भर आपके पास और साथ रहूँ तो यह टेनरी का धन्धा बन्द करना पड़ेगा आपको। विदेशों को आप जो डिब्बाबंद गोश्त, तरह-तरह के जिंदा-मुर्दा पशु-पक्षियों का एक्सपोर्ट, साँपों की चर्बी और उनकी खालों वगैरह की सप्लाई करते हैं, वह सब आपको बन्द कर देना पड़ेगा..." समीरा बोली।

"यह क्या कह रही हो तुम?"

"वही, जो मैं सोचती हूँ। मैं जानती हूँ कि एकाएक आप यह नहीं कर सकते क्योंकि आपने और आपके परिवार ने जिस शानो-शौकत के साथ शाही

जिन्दगी बसर की है उसके लिए पैसा चाहिए... बेपनाह पैसा... और उतना पैसा आपको अपनी बची-खुची जागीरों, हवेलियों, जमीनों, खेतों और बागों से मिल नहीं सकता। फिर भी मैं चाहूँगी कि आप इस कारोबार को बदलने के बारे में सोचिए।''

कुँवर जयसिंह समीरा की इन बातों से उत्तेजित हो उठे। बोले—''समीरा मैंने तुम्हें इतना दकियानूसी कभी नहीं समझा था... आई एम शॉक्ड!'' फिर खुद को सँभालते हुए वे बोले—''हमारे देश में ही इन कामों पर ऊँगली उठाई जाती है। विदेशों में तो इसे सिर्फ एक व्यवसाय माना जाता है और व्यवसाय कोई भी हो, उससे नफरत नहीं की जाती। मैं यूरोप और अमेरिका के ऐसे कई लोगों को जानता हूँ, जिन्होंने इसी कारोबार से करोड़ों-अरबों डालर कमाए हैं और कमा रहे हैं।''

''इसका मतलब है कि हम दोनों के बीच सम्मानपूर्ण समझदारी की कोई गुंजाइश नहीं है... मैं नहीं चाहूँगी कि आप मेरी वजह से किसी भी तरह के टेंशन में रहें... इसलिए मैं सुबह ही सुमेरगढ़ चली जाऊँगी।'' समीरा ने कहा और वहाँ से उठकर चली गई।

कुँवर जयसिंह की आँखों में खून उतर आया था, लेकिन वह समीरा से कुछ कह भी नहीं पा रहे थे। क्योंकि समीरा सुमेरगढ़ राज्य की एकमात्र वारिस थी और कुँवर जयसिंह को विश्वास था कि एक न एक दिन सुमेरगढ़ की सारी सम्पत्ति उन्हें मिल ही जायेगी। इसलिए समीरा का विरोध करना मुनासिब नहीं था। इसलिए उन्होंने एक पराजित, पर चतुर सैनिक की तरह, फिलहाल खामोशी से हथियार डाल दिए थे।

◆◆◆

[21]

समय जैसे-जैसे बीतता जा रहा था दीवान द्वारिकादास की चिन्ता बढ़ती जा रही थी। उनकी पिछली कई पीढ़ियों ने इस राज्य का नमक खाया था। वह स्वयं इसी राज्य की बदौलत पले-बढ़े थे। वर्षों से राज्य की शासन व्यवस्था उनके हाथों में थी। महाराज सुरेन्द्र सिंह को उन पर पूरा-पूरा विश्वास भी था, इसलिए उन्होंने अपने दीवान के किसी भी काम में कभी दखल नहीं दिया था। एक तरह से उन्होंने अपनी तमाम जिम्मेदारियाँ दीवान द्वारिकादास के कन्धों पर डाल रखी थीं।

दीवान द्वारिकादास अच्छी तरह जान चुके थे कि अगर गौतम की रिपोर्ट राजधानी तक पहुँच गई और मंजूर कर ली गई तो महाराज सुरेन्द्र सिंह की स्थिति

सुमेरगढ़ के महाराजा के बजाय मामूली जागीरदार जैसी रह जायेगी। पूर्वजों के बनाए राज्य के विशाल दुर्गों, राजमहलों और अन्य इमारतों के साथ-साथ बाग-बगीचे, झीलें, पहाड़ियाँ और शिकार के लिए आरक्षित जंगलों पर सरकार का अधिकार हो जायेगा। केवल रह जायेगा यह रिहायशी दुर्ग, जो पिछले कई वर्षों से मरम्मत और समुचित देखभाल के अभाव के कारण बड़ी तेजी से खंडहर बनता जा रहा है। राज्य के खजाने में अब इतना पैसा नहीं है कि अगर किले के परकोटे का कोई पत्थर उखड़ जाए तो उसे ठीक ढंग से लगवाया जा सके।

रात-दिन दीवान द्वारिकादास इसी चिन्ता में डूबे रहते थे कि अगर सरकार ने महाराज की खास-खास अचल सम्पत्ति पर अधिकार कर लिया तो क्या होगा? राज्य का मान-सम्मान तो नष्ट हो ही जायेगा, आमदनी के बचे-खुचे जरिए भी बंद हो जायेंगे। वे जानते थे, गौतम की रिपोर्ट अगर पुरातत्त्व सर्वेक्षण कार्यालय पहुँच गई तो सब चौपट हो जाएगा। वैसे वे गौतम के बारे में जरूरी जानकारियाँ इकट्ठी कर चुके थे। सुमेरगढ़ में ही नहीं, राजधानी दिल्ली में भी उनके अपने आदमियों की कमी नहीं थी। उनसे उन्हें पता चला था कि गौतम एक मध्यमवर्गीय परिवार का युवक है। उसके पिता की मृत्यु हो चुकी है। भाई-बहिन कोई नहीं है। केवल एक माँ है जो अक्सर बीमार रहती है। जब से गौतम के पिता की मृत्यु हुई है, उसे कोई न कोई रोग घेरे ही रहता है और अब तो गौतम के सुमेरगढ़ आ जाने के बाद से घर में उसकी देखभाल करने वाला भी कोई नहीं है। दीवान द्वारिकादास लगातार यही सोच रहे थे कि किसी तरह उसकी माँ को काबू में लाया जाए। गौतम अपनी माँ का इकलौता बेटा ही नहीं, इकलौती सन्तान भी है और माँ कभी नहीं चाहेगी कि उसके बेटे का कभी कोई अहित हो जाए। वैसे कुँवर जयसिंह के दोस्त होने के कारण सुमेरगढ़ के कलक्टर महाराज सुरेन्द्र सिंह के भी मित्र हो गये थे। उन्होंने तो कहा था कि वह गौतम को एक नहीं, कई ऐसे मामलों में फँसवा सकते हैं कि उसकी अक्ल ठीक हो जाएगी। आखिर सब कुछ सोचकर दीवान द्वारिकादास ने अपने कुछ आदमी गौतम की निगरानी पर तैनात कर दिए। उन्हें सख्त ताकीद कर दी थी कि गौतम के हर कदम की पूरी-पूरी सूचना तत्काल उन तक पहुँचाई जाए। इन और ऐसी तमाम चिंताओं के बीच उन्हें खबर मिली कि समीरा मायके लौट आई है। वैसे इस खबर में कोई खास बात नहीं थी। लड़कियाँ मायके आती ही रहती हैं, लेकिन दीवान द्वारिकादास का माथा ठनक गया था।

●●

सुमेरगढ़ दुर्ग के विशाल सिंहद्वार में जैसे ही समीरा की कार ने प्रवेश किया,

सिंहद्वार की मुंडेरों और प्राचीरों के कंगूरों पर बैठे अनगिनत कबूतर पंख फड़फड़ाकर उड़े और आकाश की ऊँचाइयों में उड़ान भरकर फिर वहीं आ बैठे।

उनके पंखों की फड़फड़ाहट और उनके गले से निकलती गुटरगूँ की आवाजें सुनते ही समीरा लम्बे पहाड़ी रास्ते की सारी थकान भूल गई। उसके तन-मन पर महीनों से छाई उदासी और बेचैनी न जाने कहाँ चली गई? एक लम्बी मुद्दत के बाद उसे अपने तन-मन के तनावों से मुक्ति मिली थी। उसने इत्मीनान की एक लम्बी साँस ली और खिड़की का शीशा गिराकर बाहर की ओर झांकने लगी।

आती हुई कार की आवाज सुनते ही समीरा की माँ विजयलक्ष्मी और पिता नरेन्द्र सिंह कमरे के सामने बनी बारादरी में आ खड़े हुए। उन्हें सुबह ही समीरा के पति जयसिंह ने समीरा के सुमेरगढ़ जाने की सूचना दे दी थी। समीरा के संबंध में इस सूचना के अलावा उन्होंने और जो कुछ बताया था, उसने सुमेरगढ़ के राजपरिवार के सदस्यों को ही नहीं, दास-दासियों तक को उलझन में डाल दिया था।

"हिन्दू परिवारों और विशेष रूप से राजपरिवारों में तो ऐसा होता नहीं है कि कोई स्त्री, जिसके विवाह को अभी दो वर्ष भी नहीं बीते हैं पति को इस तरह छोड़कर मैके चली आए।" एक बूढ़ी दासी ने रानी विजयलक्ष्मी से कहा था।

"इतना अच्छा लड़का है। इतना अच्छा कारोबार है। सम्मानित राजघराना है। राज्य चला गया, लेकिन फिर भी लाखों रुपए के मुनाफे की जमीन-जायदाद मौजूद है। कई सौ एकड़ का फार्म है। खेती है, जिसमें लगभग सौ आदमी काम करते हैं। किसी चीज की कमी नहीं है," समीरा के पिता नरेन्द्र सिंह ने अप्रसन्नता भरी आवाज में कहा। और पत्नी को साथ लेकर सीढ़ियों की ओर चल दिए।

●●

सुमेरगढ़ आना खुद समीरा को अच्छा नहीं लग रहा था, लेकिन मजबूरी थी। उसकी नानी माँ महारानी राजलक्ष्मी ने उसे बचपन से जो संस्कार दिए थे, वे उसकी आत्मा में रच-बस गये थे।

उसके जीवन के प्रारम्भिक पन्द्रह-सोलह वर्ष सुमेरगढ़ की झील के किनारे, उसकी लहरों से बातें करते हुए बीते थे। नीली झील के किनारों पर खड़े पेड़ों और झाड़ियों पर बसेरा करने वाले देशी-परदेशी पंछियों की मधुर-मनहर चहचहाहट सुनकर वह दूर से ही उन्हें पहचान लेती थी। नीली झील के वासी परिन्दों का सुख-दु:ख उसका अपना सुख-दु:ख बन गया था। लेकिन फिर भी नीली झील के

आस-पास के घने जंगलों में वन्य पशुओं और झील के पंछियों का शिकार करने वाली सैलानी टोलियाँ और शिकारी आते ही रहते थे। खुद नाना महाराज भी शिकार के बहुत शौकीन थे, पर समीरा ने जिद कर करके, कई बार खाना-पीना छोड़ कर अपने नाना महाराज सुरेन्द्र सिंह को इस बात पर राजी कर लिया था कि वह नीली झील और जंगल के वासी-प्रवासी पशु-पंछियों का शिकार कभी नहीं करेंगे। जब भी उनकी शिकार खेलने की इच्छा जोर मारती थी, वह चुपचाप अपनी बन्दूकों और दो-चार शिकारी मित्रों के साथ, राज्य के किसी भी घने जंगल में चले जाते थे। सुमेरगढ़ के दुर्ग से दूर, कोसों दूर, जहाँ छूटती गोलियों की भनक तक सुमेरगढ़ दुर्ग की विशाल प्रस्तर प्राचीरों को लांघकर समीरा और उसकी नानी महारानी राजलक्ष्मी के कानों तक न जा सके।

●●

समीरा ने आते ही महसूस किया कि राजमहल में उसका वैसा स्वागत नहीं हुआ, जैसा होना चाहिए था। परिवार में कुल तीन ही सदस्य तो थे—समीरा के नानाजी, पिता और माँ। इन तीनों के अलावा दास-दासी थी। महारानी राजलक्ष्मी के जीवनकाल में राजमहल में जो दास-दासियाँ काम कर रही थीं, उनमें से कुछेक के छुट्टी समीरा की माँ रानी विजयलक्ष्मी ने यहाँ पहुँचते ही कर दी थी। लेकिन उन्हें महाराज सुरेन्द्र सिंह ने फिर बुलवा लिया था। वह अक्सर अपनी बेटी और अपने दामाद से कहते रहते थे—"महारानी इनको हमें अपनी धरोहर के रूप में सौंप गई हैं। यह लोग उनकी अमानत हैं जब तक हम जिन्दा हैं, उनकी अमानत और इच्छाओं की हिफाजत करना हमारा फर्ज है, इसलिए राजमहल की किसी भी काम में रत्ती भर भी परिवर्तन करना मुनासिब नहीं होगा..."

महाराज सुरेन्द्र सिंह ने अपने दामाद कुँवर नरेन्द्र सिंह से भी साफ-साफ कह दिया था कि वह झील के आसपास और जंगल के इलाके में किसी पशु-पक्षी का शिकार न खेलें। और फिर समीरा वाली उस घटना को वह भूले नहीं थे। महारानी राजलक्ष्मी के देहान्त के बाद चिड़ियों को जाल बिछाकर पकड़नेवाले बहेलियों तक को समीरा ने नीली झील के आसपास फटकने नहीं दिया था और अपनी इस जिद के कारण उसे अपने पिता ही नहीं, माँ विजयलक्ष्मी के गुस्से का शिकार भी बनना पड़ा था।

महाराज सुरेन्द्र सिंह यह अच्छी तरह जानते थे कि राजपाट चले जाने के बाद कुछ राजघरानों के महत्त्वाकांक्षी युवराजों—कुँवर साहबों ने जिंदा-मुर्दा पशु-पंछियों के व्यापार का यह नया धंधा खोज निकाला था। उन्हें मालूम था कि इस धंधे के वैध लाइसेंसों के पीछे अवैध कारोबार का बहुत बड़ा संजाल पनप चुका

है, पर वे चाहते हुए भी इसमें दखल दे सकें, इस स्थिति में वे खुद को नहीं पाते थे।

●●

कुँवर नरेन्द्र सिंह और रानी विजयलक्ष्मी समीरा के रुख और जिद को जानते हुए उसके आने पर खुश नहीं हुए थे। इसके अलावा भारत सरकार द्वारा पुरानी इमारतों को संरक्षण में लेने की जो मुहिम चल रही थी, उसे लेकर वे चिंताओं से घिरे थे। हालांकि भारत सरकार के पुरातत्त्व विभाग ने प्राचीन इमारतों आदि पर अभी तक कब्जा नहीं किया था, लेकिन उनके संरक्षण की बात तो हवा में फैली हुई थी। इसी समय समीरा के इस तरह आ जाने से वे लोग और अधिक दु:खी और चिन्तित हो उठे थे। समीरा के पिता नरेन्द्र सिंह को तो समीरा पर बहुत ही क्रोध आ रहा था। उनके विचार में पति कैसा भी हो, पत्नी का धर्म है कि उसके साथ निर्वाह करे। पति के कामों में, उसकी इच्छाओं में न तो दखल दे और न विरोध करे। समीरा की माँ, उनकी पत्नी विजयलक्ष्मी ने आज तक यही किया था। उनकी किसी भी बात का उन्होंने कभी विरोध नहीं किया था, लेकिन उन्हीं की बेटी अपने पति के कारोबार को कसाइयों और हत्यारों का धन्धा बताकर उन्हें छोड़कर इस तरह चली आये, यह तो स्त्रीधर्म नहीं था।

समीरा ने देखा राजपरिवार के सदस्यों की ही नहीं, राजमहल के दास-दासियों की नजरें भी बदली हुई हैं। उसका ससुराल छोड़कर चले आना, उन्हें जैसे सख्त नागवार गुजर रहा था। समीरा को उन लोगों की आँखों में अपने प्रति आदरभाव और स्नेह की ही नहीं, सहानुभूति तक की कमी दिखाई दे रही थी।

वह सारे दिन अपने कमरे में लेटी-बैठी इन्हीं विचारों में डूबी रहती थी। उसने निश्चय कर लिया था कि वह सब कुछ बर्दाश्त कर लेगी, लेकिन अपनी आत्मा के तहत लिये फैसले के कदम पीछे नहीं हटाएगी।

●●

कमरे की खिड़कियों के पर्दों से छनकर सांझ के सुरमई साए कमरे की दीवारों और फर्श पर पसरने लगे तो समीरा बिस्तर से उठकर खिड़की के सामने जा खड़ी हुई। खिड़की से झील और उसके चारों ओर हरियाली से भरी पहाड़ियाँ साफ दिखाई दे रही थीं। आकाश के खुले सीने पर उड़ान भरते रंग-बिरंगे, परिन्दे और झील की सतह पर लहरों के साथ अठखेलियाँ करतीं उनकी परछाइयों ने उसे निकट अतीत में पहुँचा दिया।

रतनपुर के राजमहल में पहुँचकर अपने पति कुँवर जयसिंह का उत्तप्त प्यार पाकर वह लगभग सब कुछ भूल-सी गई थी। यहाँ की केवल एक धुँधली-सी याद उसके जेहन में बाकी रह गई थी। समीरा को हैरानी हो रही थी कि इतने दिनों तक उसे किसी की याद क्यों नहीं आई? विवाह के बाद के उन्माद भरे कुछ दिन बीत जाने के बाद जब उसकी आँखों के आगे पति कुँवर जयसिंह के एक के बाद एक चेहरे आते रहे, तब भी कोई याद तो क्या, किसी क्षण या निजी घटना विशेष का उसे ध्यान तक नहीं आया था, लेकिन आज अपनी रौ में वह कमरे से निकल कर झील तक चली आई थी। उसने तब झील को गवाह बनाकर अपने मन को टटोला था। कहीं ऐसा तो नहीं कि उसके इस फैसले में कहीं पुरानी परछाइयाँ भी शामिल हों... कोई यादें... या उन यादों के अक्स... कोई ऐसा स्पर्श जो अभी तक ऊष्मा देता हो। कोई ऐसा क्षण जो अभी तक मुरझाया न हो। कोई ऐसा निशान जो मिटने से मना करता हो... स्मृति की कोई छाया जो पीछा करती हो... कोई रुका हुआ क्षण?

और तब समीरा ने झील को पुकारा था—तुम गवाह हो... साक्षी हो मेरे सारे क्षणों की... तुम्हीं सच-सच बताओ कि अपना घर-बार, रतनपुर और कुँवर जयसिंह को छोड़कर चले आने के मेरे फैसले में कोई पुरानी परछाईं, कोई यादें या उन यादों के अक्स, कोई स्पर्श, कोई क्षण, कोई निशान शामिल हैं?

झील ने तब गवाही दी थी—"नहीं! नहीं! तुम्हारे इस फैसले में सिर्फ तुम्हारे संस्कार और तुम्हारी आत्मा शामिल है।"

झील की इस गवाही से समीरा को राहत और शक्ति मिली थी। उसके मन में जो संशय और दंश था कि पति-परित्याग के जो परम्परावादी आक्षेप उस पर लगाये जा सकते थे, उनसे वह मुक्त थी। कुँवर जयसिंह को छोड़कर चले आने का कारण वह स्वयं थी, उसमें कोई दूसरा या तीसरा कारण नहीं था।

वह झील के सामने खड़ी थी और वह निर्मल झील उसे उसके मन की सच्चाई की भरपूर गवाही दे रही थी।

●●

आज एक लम्बे अर्से के बाद उसकी प्यारी नीली झील उसके सामने थी। वह रोमांचित हो उठी थी। हालांकि उसके माता-पिता ने सख्ती से उसे हिदायत दी थी कि वह झील पर न जाए, क्योंकि उन्हें डर था कि सुमेरगढ़ दुर्ग से बाहर जाते ही गौतम के साथ समीरा की मुलाकात हो सकती है! जिसका परिणाम यह होगा कि समीरा अपनी ससुराल की ओर से पूरी तरह मुँह मोड़ लेगी। राजपरिवार

के लोग नहीं चाहते थे कि गौतम के साथ समीरा की मुलाकात हो। वे लोग उसे अपना सबसे बड़ा दुश्मन मान बैठे थे और रात-दिन ऐसी कोई योजना तलाश करते रहते थे, जिसके अनुसार गौतम से हमेशा-हमेशा के लिए छुटकारा मिल जाए... छुटकारे का मतलब होगा कि न गौतम हो और न उसकी रिपोर्ट!

समीरा को इन सब बातों का कोई पता नहीं था। ससुराल जाने के बाद सुमेरगढ़ से माँ की चिट्ठियाँ अक्सर जाती रहती थीं। तीज-त्यौहार और पारिवारिक उत्सवों में उसके पिता और महल की दास-दासियाँ उपहार लेकर आती-जाती रहती थीं। लेकिन 'सब कुशल है,' इसके अलावा उनमें से किसी के भी मुँह से सुमेरगढ़ के इन हालात के बारे में एक शब्द तक न निकला था और सुमेरगढ़ में सब लोग सुख-शान्ति से अपना जीवन व्यतीत कर रहे हैं, यही सोचकर समीरा बहुत ही निश्चिंत भाव से सुमेरगढ़ चली आई थी।

◆◆◆

[22]

सुमेरगढ़ के महाराज सुरेन्द्र सिंह बड़ी गम्भीरता से समय के इस परिवर्तन को देख रहे थे। एक जमाना था जब वह किसी रास्ते से गुजरते थे तो उनकी सवारी आने के घंटों पहले रास्ता खाली हो जाता था। रास्ते के दोनों ओर रहने वाले अपने सिर पर पगड़ी लपेट कर रास्ते के दोनों ओर से खड़े हो जाते थे। और हाथ बाँधे महाराज की निगाहों या उनके हुकुम का इंतजार करते थे। महाराज सुरेन्द्र सिंह 15 अगस्त, 1947 को आई आजादी को अभी तक पचा नहीं पाये थे। वे सोचते थे कि दरअसल देश अभी आजाद नहीं हुआ है। आजादी तो मिली है उन लोगों को जिनकी कहीं कोई गिनती नहीं थी। कोई इज्जत नहीं थी। यह आजादी तो उनकी थी, सामंती राजघरानों की नहीं...

वे हतप्रभ थे यह देखकर कि समय कैसे बदलता है... आज भिखमंगों की आँखों में उस छलकते, दबदबे और भय का स्थान उपेक्षा, घृणा और अनादर ने ले लिया है। कल वह किसी को मेहरबानी का एक मामूली-सा तिनका भी थमा देते थे तो वह निहाल हो जाता था। स्वयं को भाग्यवान समझने लगता था, लेकिन आज सरकार के एक मामूली से नौकर ने लाखों रुपयों से भरी अटैची को ठोकर मारते हुए उनके दीवान को धमकी दे डाली थी कि अगर आइन्दा उसे रिश्वत देने की कोशिश की, तो वह उन्हें जेल की हवा खिला देगा। सुमेरगढ़ राज्य का दीवान द्वारिकादास, जिसकी परछाईं तक से रियाया थर-थर काँपती थी, उसे जेल में

चक्की पिसवाने की धमकी... कितना बदल गया है वक्त! पहले का जमाना होता तो इन शब्दों के मुँह तक आने से पहले यह कहने की जुर्रत करने वाले की लाश किसी खड्ड में फेंक दी गई होती।

...लेकिन अब सुमेरगढ़ राज्य उनका नहीं, यहाँ अब भारत की आजाद सरकार का कानून चलता है। और यह सोच कर वह खून का घूंट-सा पीकर रह जाते थे।

●●

कई बार अपमानित होने के बावजूद दीवान द्वारिकादास ने अपनी कोशिशें छोड़ी नहीं थीं। आज दोपहर को वह फिर गौतम के आफिस में आए थे। आज उन्होंने बड़ी नर्मी से और अपनी बुजुर्गी का अहसास कराते हुए गौतम से अनुरोध किया था कि वह कम से कम अपनी रिपोर्ट के बारे में उन्हें इतना ही बता दे कि उसने सुमेरगढ़ राज्य के किन-किन किलों, राजमहलों और जागीरों को अपने अधिकार में लिये जाने की सिफारिश सरकार से की है। यह तो वह भी मानते हैं कि राज्य में कई ऐसी इमारतें हैं जिनका पुरातत्त्व की दृष्टि से बहुत महत्त्व है। अनेक इमारतें ऐसी भी हैं जिन्हें सुमेरगढ़ के भूतपूर्व राजाओं ने सार्वजनिक हिंत के लिए बनवाया था। अगर वे इमारतें पुरातत्त्व विभाग के अधिकार में चली जाती हैं तो महाराजा को कोई नुकसान न होगा।

गौतम ने रिपोर्ट तो दीवान द्वारिकादास को दिखाई नहीं थी, लेकिन उन्हें इस बात का पूरा-पूरा विश्वास दिलाने की कोशिश जरूर की थी कि उसकी रिपोर्ट से महाराज सुरेन्द्र को किसी भी तरह की हानि नहीं पहुँचेगी। बल्कि वह कोशिश करेगा कि उनकी उस जमीन-जायदाद का उचित मुआवजा मिल सके, जो उनके ही नहीं, और भी किसी के काम नहीं आती और उससे उन्हें किसी भी प्रकार की आमदनी नहीं हो रही है।

लेकिन गौतम के इन आश्वासनों को दीवान द्वारिकादास ने केवल बहाना या झाँसा ही माना था। उन्हें इस बात पर ताव आ गया कि कल का छोकरा उनकी औकात और रुतबे को क्यों नहीं समझ रहा है और उन्हें वह रिपोर्ट क्यों नहीं दिखा रहा है जिसमें सम्पत्तियों का विवरण है। गुस्से से पैर पटकते हुए दीवान द्वारिकादास गौतम के आफिस से निकल कर अपने आफिस की ओर चल दिये।

और इधर दीवान द्वारिकादास की इस एक ही रट से गौतम बुरी तरह तंग आ चुका था।

●●

अब तक समीरा को इन तमाम बातों और उलझनों का पता चल चुका था। दीवान द्वारिकादास ने जब महाराज सुरेन्द्र सिंह के पास आकर उस छोकरे और दो कौड़ी के सरकारी नौकर गौतम की बदतमीजी और हेकड़ी के बारे में बताया था, तब दीवान जी ने कनखियों से समीरा को भी कई बार देखा था, यह एहसास कराते हुए कि यह वही दो-कौड़ी का छोकरा है, जिसे समीरा जानती है और वह उसका मित्र रहा है, जिससे वह झील पर मिलती रही है... दीवान द्वारिकादास के इन घटिया इशारों ने उसे परेशान और उदास भी किया था।

और अपने कमरे में लौट कर समीरा बहुत देर तक उद्विग्न भी रही थी कि जैसे यह मान लिया गया है कि 'उसका प्रेमी' ही उसके राजवंश की सुख-सुविधाओं को मटियामेट करने के काम में लगा है... समीरा स्वयं को गुनहगार पा रही थी... गौतम से परिचित होने के कारण भी और अपने नितांत निजी कारणों से ससुराल छोड़कर मायके लौट आने के कारण भी। तब मास्टरजी ने उसे इन हालात की नाजुक स्थितियों के बारे में खुलकर आगाह किया था।

"देखो बेटी समीरा! इस राजशाही और लोकशाही की मानसिकता को समझो... राजघरानों को अपने निरंकुश अधिकार, नये संविधान के तहत लोकसत्ता को समर्पित करने पड़े हैं, पर अभी अपना देश इन राजसी-सामंती मानसिकता से मुक्त नहीं हो पाया है, इसीलिए दीवान द्वारिकादास अपनी सामंती सत्ता को लेकर पुरातत्त्व सर्वेक्षण के सरकारी अधिकारी की लोकसत्ता से टकरा रहे हैं।"

"तो इसमें मैं क्या कर सकती हूँ? इसमें मेरा योगदान या दोष कहाँ हैं?"

"इसमें तुम्हारा दोष यह है कि तुम गौतम को जानती हो... और यह भी कहा जा रहा है कि गौतम से तुम्हारा बहुत गहरा भावनात्मक संबंध है..."

"यह क्या कह रहे हैं आप?"

"यह मैं नहीं कह रहा हूँ, राजघराना और तुम्हारे माता-पिता कुँवर नरेन्द्र सिंह और रानी विजयलक्ष्मी इसी पर विश्वास करते हैं... कि गौतम तुम्हें नहीं पा सका, इसलिए वह अब इस राजघराने से इस तरह बदला ले रहा है!"

"मास्टरजी... मेरी आत्मा और वह झील गवाह है कि मेरी जिंदगी में कोई पुरानी परछाइयाँ नहीं हैं, कोई स्पर्श, स्मृति की कोई छाया या ऐसा निशान मौजूद नहीं है जो मिटने से मना करता हो...।" समीरा ने बहुत विचलित होते हुए कहा।

लेकिन यहाँ माना यही जा रहा है कि तुम गौतम के कारण ही कुँवर जयसिंह और अपनी ससुराल छोड़कर मायके चली आई हो!"

"यह गलत है! बिल्कुल गलत है!" समीरा चीख उठी।

"लेकिन चली आती बँधी-बँधाई परम्परा की सोच का सच यही है!" मास्टरजी ने कहा।

कुछ देर के लिए दोनों के बीच सन्नाटा छा गया। समीरा कुछ सोच ही नहीं पा रही थी, तब मास्टरजी ने उसे परम्परा के दलदल से निकल सकने का रास्ता सुझाया—

"उचित यही होगा कि तुम रतनपुर रियासत के वारिस अपने बेटे विक्रम को लेकर ससुराल लौट जाओ..." मास्टरजी ने उसे राय दी।

"लेकिन..."

"बंधी-बंधाई परम्पराओं के सामने लेकिन-वेकिन नहीं चलता! उन्हें निभाना ही ठीक होता है..."

●●

समीरा अपने कमरे में पहुँची ही थी कि रानी माँ विजयलक्ष्मी भी वहाँ पहुँच गईं। समीरा को एहसास हो गया कि वे उससे क्या कहने आई होंगी, बात भी वही थी। रानी माँ ने उसे खबर दी कि कुँवर साहब का संदेशा आया है कि वे बेटे विक्रम को देखना चाहते हैं। उसे रतनपुर ले जाने के लिए दाई माँ को भेज रहे हैं! विक्रम को हफ्ते-दस दिन बाद वापस हमारे पास भेज दिया जायेगा।"

"तो वे खुद विक्रम से मिलने यहाँ क्यों नहीं चले आते?"

"इसलिए कि कुँवर यहाँ नहीं आना चाहते! इसलिए कि तुम उनका अपमान करके और ससुराल छोड़ कर यहाँ चली आई हो! इसलिए कि पति-पुरुष की कुछ इज्जत भी होती है! समझी तुम!" रानी विजयलक्ष्मी की आवाज में तुर्शी थी।

"तो क्या औरत और पत्नी की कोई इज्जत नहीं होती?"

"हम तुमसे बहस करने नहीं आये हैं!" रानी विजयलक्ष्मी ने थोड़ा नरम पड़ते हुए कहा—"हम तो तुम्हें यही राय देंगे कि तुम विक्रम को लेकर खुद ही रतनपुर चली जाओ!"

"क्यों? क्यों चली जाऊँ... यह आप कह रही हैं... एक औरत और माँ होकर!"

"हाँ, क्योंकि पति-पत्नी को एक धार में बहना पड़ता है।"

"लेकिन अगर एक ही धार में दो धाराएँ हों, तब!"

"क्या मतलब... हम समझे नहीं!"

"अगर आप माँ होकर भी यह बात नहीं समझ सकेंगी तो कोई नहीं समझ

सकेगा! सुनिए रानी माँ! हम दोनों एक ही नदी के बहती दो धाराओं की तरह हैं। एक सीधी धारा, दूसरी उल्टी धारा। एक उत्तर को बहती है, दूसरी दक्षिण को। क्या कोई नदी इस तरह बह सकती है?'' समीरा की बात सुनकर रानी विजयलक्ष्मी ने उसे गौर से देखा।

''आप ही बताइए, क्या रात को पलंगों पर साथ-साथ सो लेना ही सुख है? एक धारा बनकर बहने की क्या यही शर्त है... उल्टी धारा में बहने से साँसें कितनी घुटती हैं, इस सच्चाई को समझते हुए भी आप क्यों समझना नहीं चाहतीं?'' समीरा ने बड़ी तकलीफ से आखिर सब कुछ कह ही दिया।

''तो तुम विक्रम को लेकर रतनगढ़ नहीं जाना चाहती?''

''नहीं! और इसलिए भी कि विक्रम को बुलाया गया है, हमें नहीं... और आप देख लीजिएगा कि विक्रम एक बार रतनपुर पहुँच गया तो फिर वापस नहीं आयेगा!''

''तो क्या हुआ, वो वारिस तो उन्हीं का है!''

''तो क्या वो मेरा वारिस नहीं है?... मुझे मजबूर करने और सताने के लिए यह तरीका सोचा गया है।''

''लेकिन हम विक्रम को भेजने से मना भी तो नहीं कर सकते!''

''तो ठीक है, भेज दीजिए उसे।''

''हमें तुम से एक बात और कहनी है।'' रानी विजयलक्ष्मी ने उसे टेढ़ी आँखों से देखते हुए बात जारी रखी, ''वह जो गवर्नमेंट ऑफ इण्डिया का मामूली-सा सर्वे आफिसर आया है, उससे तुम्हारा मिलना-जुलना किसी को पसंद नहीं है इसके लिए हम तुम्हें आगाह कर देना जरूरी समझते हैं!''

समीरा का माथा ठनक गया। भीतर ही भीतर वह आहत हो उठी। आखिर रतनपुर वापस जाने के लिए उसे किस-किस तरह से घेरा जा रहा था। वह कहती भी क्या? मन ही मन वह लांछन-सा महसूस करते हुए चुप ही रही, बोली कुछ नहीं। रानी विजयलक्ष्मी उठ कर चली गईं।

●●

तीसरे दिन महल में यह जानकारी बिजली की तरह कौंध गई कि सारे गिले-शिकवे भूलकर रतनपुर वाले कुँवर साहब ससुराल आये हैं। सभी को मालूम था कि समीरा और कुँवर जयसिंह के रिश्तों में कुछ ऐसी दरारें पड़ गयी थीं कि समीरा ससुराल छोड़ कर मायके चली आई थी। वैसे भी इन बड़े घरानों में होता यही है

कि जो बात सबसे छिपा कर रखी जाती है, वह सबको मालूम हो जाती है। इसीलिए सबको बहुत आश्चर्य हो रहा था कि कुँवर साहब कैसे चले आये? एकाएक कुँवर के आने से समीरा भी पशो-पेश में पड़ गई थी।

सुबह जब दोनों का नाश्ता वहीं बालकनी में लगा दिया गया, तो कुँवर जयसिंह ने बात शुरू की थी।

"रतनपुर से इस तरह यहाँ चले आना, क्या तुम्हें ठीक लगता है? सोचो, इससे दोनों राजवंशों की बदनामी होती है... तुम्हें रतनपुर लौट चलना चाहिए।"

"ऐसा तो नहीं है कि मैं यह बात समझती नहीं हूँ लेकिन..." समीरा ने बात अधूरी छोड़ दी।

"लेकिन क्या?..."

"लेकिन यही कि आप भी जानते हैं कि मैं क्यों चली आई हूँ... मुझे न आपसे कोई निजी शिकायत है न और किसी से, पर मुझे वहाँ हर पल मौत का एहसास होता रहता है। आधी-आधी रात को अचानक मेरी नींद टूट जाती है... पिंजरों में बंद या मरते हुए, तड़पते हुए पंछियों की निरीह आवाजें मेरा पीछा करती हैं... ऐसे में आप ही बताइए कि मैं वहाँ मौत और मुर्दों की दुनिया में कैसे रहूँ..." समीरा ने बड़ी आजिजी से कुँवर से कहा—"आप ही बताइए कि वहाँ ऐसा क्या बदल गया है, कौन-सा फर्क पड़ गया है कि मैं रतनपुर लौट चलूँ?"

कुँवर जयसिंह ने झुँझलाते हुए फोर्क में फँसा कटलेट का आधा टुकड़ा प्लेट में रख दिया और मायूसी से भरी गहरी साँस लेकर वे इतना ही बोले—

"समीरा! तुम समझती क्यों नहीं... कारोबार कारोबार है..."

"मुझे पता लगा था कि एक्सपोर्ट के लिए मुर्गाबियों के डिब्बाबंद मीट का एक प्लांट भी वहाँ लगने वाला था... वह भी शायद लग गया होगा!"

"हाँ, वह करीब-करीब तैयार है। सर्दियों से पहले वह ऑपरेटिव हो जायेगा, उसमें एक इटेलियन कम्पनी की भी साझेदारी है। मुर्गाबी का मीट एक डेलिकेसी है, उसी तरह जैसे पीकिंग डक है, जैसे हमारा तंदूरी चिकिन है! जैसे उड़ीसा की स्वीट वाटर लेक चिलका के झींगे हैं..."

"यानी जो भी मुर्गाबी पनाह पाने के लिए हमारी झीलों पर आयेगी, वह अब जिंदा बच के नहीं जाएगी! इस ग्लोबलॉइजेशन ने हमारा नजरिया ही बदल दिया है... अपनी खुशहाली और ऐशो-आराम के लिए दूसरे की मौत जरूरी हो गई है..."

"तुम्हें समझा सकना बहुत मुश्किल ही नहीं, नामुमकिन है!" कहते हुए कुँवर ने चाय का प्याला तश्तरी में पटक दिया।

"आपकी यह नाराजगी बता रही है कि रतनपुर में कुछ भी बदला नहीं है... न बदला है न बदलने वाला है। निरीह मौतों का कारोबार जारी ही नहीं, बल्कि फल-फूल रहा है!" समीरा ने थोड़ी तल्खी से कहा।

"हाँ, वहाँ कुछ बदला या न बदला हो, लेकिन लगता है कि यहाँ कुछ ऐसा जरूर बदल गया है कि तुम रतनपुर नहीं लौटना चाहतीं!" कुँवर ने गुस्से से तिलमिलाते हुए कहा।

"मैं समझी नहीं!" कुँवर का इशारा समझ कर भी उसने खुद पर अंकुश लगाते हुए कहा।

"जो तुम समझी हो, उससे ज्यादा मैं तुम्हें समझाना भी नहीं चाहता!" कुँवर ने कहा।

"खुलकर कहिए न! मैं भी कुछ छिपाना नहीं चाहती।"

"यहाँ ऐसा कुछ है जो तुम्हें मेरे पास और रतनपुर आने से रोकता है!" कुँवर जयसिंह ने उसे जलती नजरों से देखते हुए आखिर कह ही दिया।

"तो सुनिए कुँवर साहब! यहाँ कुछ भी ऐसा नहीं है जो मुझे रोकता हो, लेकिन आपके रतनपुर में ऐसा कुछ नहीं है जो मुझे बुलाता हो!"

"तो फिर रास्ता क्या है?"

"यही कि हम अपनी-अपनी सच्चाइयों को मंजूर करें!"

"कौन-सी सच्चाई?"

"यही कि न आप बदल सकते हैं, न मैं! इसलिए बेहतर होगा कि हम अपनी जिंदगियों को सुलझा लें!"

"लेकिन कैसे?"

"एक-दूसरे की भावनाओं का आदर करते हुए जैसे भी मुमकिन हो!" समीरा ने कहा।

तो कुँवर चीख पड़े—"समीरा! यह मुमकिन नहीं होगा। मैं मर सकता हूँ मगर हार नहीं सकता।"

"लेकिन मैं हार सकती हूँ... मरना पड़ा तो मर भी सकती हूँ, लेकिन मरने के बाद भी मैं मरूँगी नहीं, कहीं और जी उठूँगी!"

◆◆◆

[23]

अभी रात उतर ही रही थी कि गौतम की हवेली वाले दफ्तर पर दस्तक हुई। उसने फाटक खोला तो देखा सुमेरगढ़ राज्य के दामाद राजा नरेन्द्र सिंह सामने खड़े थे।

"जी आइए, अंदर आइए!"

"हमें अंदर आने की जरूरत नहीं है। हम इतना ही कहने आये हैं कि तुम हमारे राज्य की सर्वे रिपोर्ट जो भी चाहे दो... चाहे कितना भी इमारतों और क्षेत्रों को तुम पुरातात्त्विक महत्त्व का बता कर हमारी मिल्कियत से अलग करने की सिफारिश करो... वह तुम्हारे सर्वे और जमीर का सवाल है पर मैं चाहूँगा कि तुम मेरी बेटी राजकुमारी और अब रतनपुर रियासत की रानी समीरा से आइंदा कभी भी मिलने की कोशिश मत करो!"

गौतम ने कुछ क्षण कुछ सोचा फिर बड़ी शालीनता से जवाब दिया—

"राजा साहब! मेरे ख्याल से दोनों बातें आपको मेरे जमीर और ईमान पर छोड़ देनी चाहिए! मैं आपका दुश्मन नहीं हूँ, इसे आप समझेंगे नहीं, पर अपने देश में सामाजिक न्याय की सोच शुरू हुई है, यह अधिकारों की विषमता को संतुलित करेगी। मैं आपको वचन देता हूँ कि अपनी सर्वे रिपोर्ट मैं अपने ईमान की बात ही पेश करूँगा... रही राजकुमारी और अब रतनपुर की रानी समीरा से मिलने या न मिलने की बात, तो वैसे मैं उनसे मिलता भी नहीं हूँ, लेकिन मैं उनसे न मिलूँ, यह आदेश है तो इसके बारे में मैं आपको कोई वचन नहीं दे सकता!"

"सोच लो, कहीं तुम्हें पछताना न पड़े!"

"जी, मैं पछता लूँगा।"

अभी राजा नरेन्द्र सिंह गये ही थे कि मास्टर दीनानाथ उसे समझाने आ गये। आते ही वे बोले—

"देखो गौतम! बात बहुत बढ़ गई है। समीरा ने रतनपुर लौटने से इनकार कर दिया है, इसका कारण तुम्हें बनाया जा रहा है... कि समीरा के इस फैसले का कारण तुम हो... वहाँ घर में तूफान-सा आ गया है।"

"लेकिन मास्टरजी, समीरा और कुँवर के संबंधों में यदि कोई दरार आई है तो उसका कारण मैं कैसे हो सकता हूँ? आखिर समीरा के एक बेटा भी है, वही इस सच्चाई का प्रमाण है कि समीरा ने कुँवर को मंजूर किया है। संबंधों को स्वीकार किये जाने का सबसे बड़ा सबूत तो संतान के रूप में सामने मौजूद है... नहीं?" गौतम ने थोड़ा गुस्से से कहा—"मुझे क्यों इस मामले में घसीटा जा रहा

है? मैं सब समझता हूँ, यह समीरा को जलील करने के लिए किया जा रहा है! यह तो बड़ा अजीब दस्तूर है आपकी दुनिया का!''

''देखो गौतम, मैं तुम्हारी बात समझता हूँ, लेकिन समीरा की जिंदगी का रूप बिगड़ जाए, क्या यह तुम्हें मंजूर होगा?''

''नहीं, यह तो मैं नहीं चाहूँगा... लेकिन मुझे बहाना बनाकर उसकी जिंदगी का रूप बिगाड़ दिया जाए, तो मैं क्या कर सकता हूँ!''

गौतम के आहत मन की चोट को समझते हुए मास्टरजी ने उसे सलाह दी—

''देखो गौतम... मैं जानता हूँ कि इन बातों की जड़ में कहीं तुम्हारी उस सर्वे रिपोर्ट का मसला भी है जो तुम सरकार को देने जा रहे हो... लेकिन शायद...''

''देखिए मास्टरजी, मेरी सर्वे रिपोर्ट इतिहास के प्रामाणिक साक्ष्यों पर टिकी है। सुमेरगढ़ रियासत और इसके राजपरिवार से मेरी कोई दुश्मनी तो है नहीं, पर सच्चाई यही है कि यहाँ महाराज सुरेन्द्र सिंह के राजवंश का अधिकार होने से पहले की कई महत्त्वपूर्ण पुरातात्त्विक इमारतें और क्षेत्र ऐसे हैं जिन्हें वे अपनी सम्पत्ति मानते हैं। उत्तर में जलालाबाद की सारी इमारतें और महल, पश्चिम की छतरियाँ और मोती महल, नीली झील का सारा क्षेत्र और आलीशान पचपन मंदिरों की श्रृंखला मंदिरों पर उत्कीर्ण बेमिसाल कला-कृतियाँ, यह सब इनके राजवंश की सत्ता की स्थापना से सदियों पहले की हैं! यह सुरेंद्र सिंह के राजवंश की नहीं, इस देश की धरोहर हैं। मैं तो सिर्फ अपना फर्ज अदा कर रहा हूँ।... जानते हैं आप, रिपोर्ट महाराजा साहब के पक्ष में देने के लिए दीवान द्वारिकादास मुझे दस लाख रुपये की घूस देने को तैयार थे! और समीरा के पिता जी 'मुझे पछताना पड़ेगा' की चेतावनी और धमकी देकर गये हैं!''

मास्टर दीनानाथ यह सब सुनकर अवाक् थे। चिंता की रेखाएँ उनके चेहरे पर उभर आई थीं। फिर वह बोले—

''सुनो गौतम, तुम्हारी सर्वे रिपोर्ट पूरी हो गई है। तुम्हारी माँ भी तुम्हें बुला रही हैं...''

''जी, आप शायद कहना चाह रहे हैं कि...''

''हाँ... कि बेहतर यही होगा कि तुम समीरा का खयाल अपने दिल से निकाल दो...''

''मास्टरजी, आप भी वही और वैसी ही बात दोहरा रहे हैं जो और लोग कह रहे हैं। मेरे दिल में समीरा की सोच और जिंदगी को देखने के उसके नजरिए को लेकर गहरा लगाव है! समीरा मेरी आदत नहीं, वह मेरे लिए कुछ अच्छी

भावनाओं का एहसास है। मेरे और उसके बीच आहों, आँसुओं और एक-दूसरे के लिए तड़पने वाले क्षणों का रिश्ता नहीं है... इस रिश्ते को प्यार जैसे मामूली शब्द से नहीं समझा जा सकता!''

मास्टरजी उसके शब्दों की गहराइयों में डूबते जा रहे थे। तभी गौतम ने कहा, ''मास्टरजी, समीरा चाहे सुमेरगढ़ में रहे या रतनपुर में, मुझे कोई फर्क नहीं पड़ता। मेरे लिए वह एक वृक्ष है जो मेरे साथ-साथ चलता है। मैं जहाँ भी थक कर बैठता हूँ वह वृक्ष मुझे छाया देता है...''

मास्टरजी के पास अब शब्द नहीं थे, पर उन्हें स्थितियाँ तो सँभालनी ही थीं। वे इतना ही बोले—

''गौतम! तुम यहाँ से अजनबी बनकर लौट जाओ। दिल्ली जाके अपनी रिपोर्ट दाखिल कर दो... और सुमेरगढ़ को भूल जाओ... इसे व्यतीत मान लो... तुम्हारे इस बलिदान से बहुत से रिश्ते और बातें शायद संभल जायेंगी!''

''जी, मैं खुद नहीं चाहूँगा की मेरे कारण किसी का कुछ बिगड़ जाये। अगर मेरे जाने से कुछ बनता या सँभलता है तो मैं चला जाऊँगा, लेकिन जाने से पहले मैं एक बार समीरा से मिलना जरूर चाहूँगा।''

''अच्छा यही होगा कि तुम उससे न मिलो... मौका मिलते ही मैं समीरा को सब बता दूँगा और समझा भी दूँगा कि तुम एकाएक क्यों चले गये हो...''

''जी, जैसा आप ठीक समझें, लेकिन मैं दो-चार दिनों में चला जाऊँ, यह सम्भव नहीं होगा। मुझे हफ्ता-दस दिन रिपोर्ट को फाइनल करने में लग जायेंगे।

मैं दिल्ली जाकर रिपोर्ट दाखिल कर दूँगा, फिर वहाँ से माँ को देखने चला जाऊँगा, उनकी तबियत भी अब ठीक नहीं रहती...''

◆◆◆

[24]

सर्दियों का मौसम शुरू ही हुआ था। अब परदेसी पंछी आने ही वाले थे... समीरा नीली झील की ओर देखती तो उसका मन घबराने लगता था। वह नहीं चाहती थी कि नीली झील या रतनपुर की झीलों पर उतर कर वे मासूम प्रवासी पंछी बसेरा करें। उनके साथ क्या सलूक होगा, यह सोच कर ही उसका दिल दहल जाता था। सुमेरगढ़ में तो कारोबार थम-सा गया था, बहेलियों का आना-जाना लगभग बंद था, लेकिन रतनपुर में तो कारोबार और अधिक फल-फूल रहा था।

सर्दियों से पहले वहाँ तो वह फ्रोजन मीट फैक्ट्री चालू भी हो जाएगी। ...उसका मन यही सोच-सोचकर जब बहुत घबराता तो वह विक्रम को लेकर झील पर चली जाती। वहाँ विक्रम पंछियों के पंख जमा करता और खेलता रहता। वह सोचकर सहम जाती थी कि जब विक्रम थोड़ा बड़ा होकर अपने वंश के कारोबार को देखेगा तो उसके मासूम दिल पर क्या बीतेगी?

शाम गहराने लगी तो वह लौट आई। महल की तरफ आते हुए उसने देखा कि दीवान द्वारिकादास बड़ी तेजी से दीवानखाने की ओर चले जा रहे हैं।

●●

जिस समय दीवान द्वारिकादास दीवानखाने में पहुँचे, महाराज सुरेन्द्र सिंह और नरेन्द्र सिंह के अलावा वहाँ समीरा के पति कुँवर जयसिंह भी मौजूद थे। माहौल बहुत गर्म था। वही मसला छिड़ा हुआ था। समीरा की रतनपुर न जाने की जिद और गौतम की सर्वे-रिपोर्ट का सवाल। सभी बहुत गंभीर, चिंतित और उत्तेजित थे। नरेन्द्र सिंह ने जब गौतम से मिलनेवाली घटना और उसका दिया हुआ जवाब कि 'मैं पछता लूँगा!' की जानकारी दी तो कुँवर जयसिंह का खून खौलने लगा। वे भड़क उठे, "सिर्फ इतना ही नहीं कि उसकी रिपोर्ट को दिल्ली पहुँचने से रोका जाये, ऐसे काँटे को तो जड़ से उखाड़ कर हमेशा के लिए खत्म कर देना जरूरी है!"

दीवानखाने के ऊपर वाले रास्ते से कमरे की ओर जाते हुए समीरा ने कुँवर की कड़कदार आवाज में यह बात सुनी तो उसके दिल की धड़कन जैसे रुक-सी गई। वह अपने कानों पर विश्वास ही नहीं कर पा रही थी कि इतनी भयानक बात भी सोची जा सकती है। वह विक्रम को लिए हुए कमरे तक तो चली आई पर भीतर ही भीतर वह बहुत भयभीत हो उठी थी। उसकी साँसें घुट रही थीं। विक्रम को दाई माँ के हवाले करके वह महल की छत पर चली गई थी ताकि साँस ले सके। उसकी समझ में नहीं आ रहा था कि वह क्या करे? गौतम की जान को खतरा था, वह समझ नहीं पा रही थी कि उसे कैसे आगाह करे? अभी तो रात भी गहरा रही थी।

●●

अभी सबेरा हुआ नहीं था। वैसे भी वह रातभर सो नहीं पाई थी। उसी कमरे में दाई माँ और विक्रम भी सो रहा था। साथ वाले कक्ष में कुँवर जयसिंह सोते थे। बीच में दरवाजा था, पर समीरा विक्रम के साथ ही सोती थी। समीरा उठी, उसने

विक्रम को देखा, वह गहरी नींद में सो रहा था। उसने कुँवर के कमरे की आहट ली, वहाँ भी गहरा सन्नाटा था। उसने शाल लिया और दबे पाँव सीढ़ियाँ उतर कर वह महल के उस पिछले फाटक पर पहुँची, जहाँ से झील के किनारे-किनारे होता हुआ सबसे नजदीकी रास्ता गौतम के घर तक जाता था।

हालाँकि अभी सर्दी भरपूर नहीं उतरी थी लेकिन झील के कारण कुहासा छाया रहता था। सुबह-सुबह घास भी नम होती थी। सुरमई सुबह होने को थी। पंछी-पखेरुओं कि दुनिया भी जागने को थी। समीरा को अंदाज था कि सुबह टहलने के लिए गौतम झील की तरफ ही आता था, शायद वह मिल जाए...

समीरा तेजी से झील के किनारे-किनारे बढ़ती जा रही थी, तभी पीछे कुछ आहट हुई। उसने मुड़ कर देखा, कोई नहीं था। वह फिर तेज कदमों से चल दी। कुछ ही पलों बाद फिर आहट-सी हुई। उसने फिर मुड़कर देखा, कोई नहीं था। उसने सोचा कोई जानवर पानी पीने आया होगा। वह फिर तेज-तेज चली दी। अभी वह कुछ ही दूर गई थी कि एक चीखती आवाज आई।

"मैं कहता हूँ रुक जाओ!"

समीरा ने पीछे मुड़ कर देखा, पर अभी इतना उजाला नहीं हुआ था कि किसी को साफ-साफ देखा जा सके, पर समीरा ने आवाज पहचान ली थी। वह कुँवर जयसिंह की थी। और उसी के साथ बंदूक चलने की आवाज आई। अलस्सुबह का सन्नाटा टुकड़ों-टुकड़ों में टूट कर बिखर गया। सोये-अध सोये पंछी भय से चीखते हुए इधर-उधर दिशाहीन से उड़ने लगे।

लेकिन समीरा रुक नहीं सकती थी।

झील किनारे टहलने आया गौतम भी बंदूक की आवाज सुनकर सकते में आ गया था। उसने रुक कर सामने से आई आवाज की तरफ देखा, पर दलदल, झाड़ी-झुरमुटों के कारण उसे कुछ भी दिखाई नहीं दिया। वह ठिठक कर वहीं खड़ा हो गया!

तभी दूसरी गोली चली। सन्नाटा दूसरी बार टूटा।

इस बार गोली समीरा की गर्दन में पीछे की ओर लगी... वह बुरी तरह से डगमगाई थी। उसके सफेद शॉल पर खून की धार बहने लगी थी। वह फिर भी पाँच-सात कदम आगे बढ़ी, पर डगमगा कर वह किसी परकटे परिंदे की तरह झील में जा गिरी।

पानी में गिरने की भारी आवाज से गौतम को लगा कि जरूर कोई भयानक हादसा हुआ है। गोली किसी इंसान को मारी गई है। वह तेजी से उधर भागा, पर दुर्घटना वाली जगह वहाँ से काफी दूर थी। पर उधर भागते हुए भी वह अब काफी

कुछ देख सकता था। उसने देखा कि एक घायल औरत पानी की सतह पर तैरने की कोशिश करती हुई उसी के तरफ वाले किनारे कीं ओर जैसे-तैसे पहुँचने की कोशिश कर रही है। उसके बहते हुए खून की लकीर उसके साथ-साथ पानी पर खिंचती और पीछे छूटती जा रही है। उसका शाल झील के पानी की हिलती-डुलती लहरों पर कफन की तरह पड़ा हुआ काँप रहा था। इससे पहले कि वह वहाँ से दौड़ कर उस औरत को बचाने के लिए झील में छलाँग लगाता, उसने देखा कि बंदूक चलाने वाला आदमी अपनी राइफल झील के घाट पर पटक कर पानी में कूद चुका था। वह तेजी से तैरता हुआ उस घायल-अधमरी औरत की ओर बढ़ रहा था।

गौतम ठिठक कर रुका रह गया। अब उसे समझते देर नहीं लगी थीं कि वह घायल औरत, जिसका पीछा उसी के खून की लकीर कर रही थी, जिसका शाल पानी पर पड़ा कफन की तरह काँप रहा था, वह और कोई नहीं, समीरा ही थी। और जो राइफल फेंक कर समीरा के पीछे झील में कूदा था, वह कोई और नहीं, उसी का पति कुँवर जयसिंह था! यह सोचकर कि उनकी जिंदगी या मौत में उसे दखल देने का कोई हक नहीं था, वह सोचता-तिलमिलाता हुआ वहीं रुक कर खड़ा रह गया!

वहीं खड़े-खड़े उसने देखा था, तेजी से तैरते हुए कुँवर जयसिंह ने अधमरी समीरा को तैर कर पकड़ा था, उसे एक बाँह से लिपटा कर महल वाले घाट की ओर ले गया था और उसे घाट पर लिटाकर पेट में भर गये पानी को निकाला था और फिर वह उसे दोनों बाँहों में उठाकर महल की ओर चला गया था।

गौतम कुछ नहीं कर सकता था, पर इस हादसे से वह निर्जीव-सा हो गया था। इसके लिए वह स्वयं को दोषी मान रहा था।

●●

दूसरे दिन महल के एक नौकर से उसे मालूम हुआ था कि पहुँच और पैसे के बल पर इस हत्याकाण्ड की कोशिश को दबा दिया गया था और समीरा की अधमरी लाश को लेकर कुँवर जयसिंह और घर के कुछ लोग रतनपुर चले गये हैं। समीरा बचेगी या नहीं, इसका कोई भरोसा नहीं है! नौकर ने यही कहा था।

◆◆◆

[25]

गौतम बुरी तरह से टूट चुका था, लेकिन उसका मन बताता था कि समीरा उसे कुछ बताने आ रही थी, तभी उसके और उसके पति के बीच अधिकार और पुरुष वर्चस्व का सवाल खड़ा हो गया होगा!

गौतम मास्टरजी से सारी बात जानना चाहता था, पर पता चला कि वे भी घायल समीरा के साथ रतनपुर चले गये हैं। उसके पास सही जानकारी का और कोई सूत्र था भी नहीं। उसे कोई यह बताने वाला भी नहीं था कि समीरा को रतनपुर ले जाने के बाद क्या हुआ, पर जो जानकारियाँ मिल सकी थीं, उनमें समीरा के जिंदा बचने की उम्मीद नहीं थी। सब यही कहते थे कि अपने राजसी अहंकार के कारण कुँवर जयसिंह समीरा की लाश को रतनपुर ले गये हैं। उसका तो झील से महल तक आते-आते देहांत हो चुका था।

यह सदमा वह सह नहीं पा रहा था, पर अब तक उसने सुमेरगढ़ रियासत की अपनी पुरातात्त्विक सर्वे रिपोर्ट फाइनल कर ली थी। उसे लेकर वह दिल्ली जाने वाला था तभी उसके घर पर एकाएक हत्यारे गुण्डों का हमला हुआ। उसने समझदारी यह बरती थी कि उस रिपोर्ट की एक कॉपी अपने सिक्योरिटी गार्ड थापा के हाथों पुरातत्त्व विभाग को पहले ही भिजवा दी थी। वह वहाँ पहुँच चुकी थी। इस खतरे का उसे आभास था, लेकिन वह नहीं चाहता था कि उसकी कॉपी हमलावरों के हाथ पड़े। वे इसीलिए आये थे कि रिपोर्ट वाली फाइल को हासिल कर लिया जाए, हासिल न हो सके तो उसे नष्ट कर दिया जाए। काफी धमकाने, जान से मार देने की धमकियाँ देने और गुण्डागर्दी करने के बाद भी वे सफल नहीं हुए, तो उन्होंने उसके दफ्तर वाले कमरे में आग लगा दी। आग से गौतम की सारी फाइलें और रिकार्ड नष्ट हो गये थे। गनीमत यह थी कि गौतम को मामूली खरोचें आई थीं। पड़ोसियों ने दौड़-भाग कर आग बुझा दी थी, लेकिन उसे मशवरा दिया था कि वह खतरा न उठाये और जल्द से जल्द सुमेरगढ़ छोड़ दे।

●●

ऑर्कयोलॉजीकल सर्वे ऑफ इण्डिया के दफ्तर में गौतम जब अपने विभाग के चीफ से मिला तो उन्होंने उसकी रिपोर्ट की प्रामाणिकता और इतिहास के साक्ष्यों सहित उसे पेश करने के लिए उसकी तारीफ की और कहा, "मुझे पता है कि तुमने कितना खतरा उठाकर यह काम पूरा किया है। आजादी मिलने के बाद अपने देश

की धरोहर को सँभालने का यह हमारा राष्ट्रीय दायित्व है, सुमेरगढ़ की जिस झील और वहाँ के पुरातन मंदिरों का जो विवरण तुमने दिया है, उसे तो मैंने पर्यटन मंत्रालय को तुम्हारे आने से पहले ही भेज दिया है... क्योंकि उसे टूरिस्टों के लिए विकसित किया जा सकता है!''

''लेकिन सर! बाजारवाद के अपने व्यापारिक नियम हैं! टूरिस्टों को आकर्षित करने और रिझाने के लिए हमने भी यदि हांगकांग और सिंगापुर फार्मूले अपनाए, तब तो सब-कुछ नष्ट हो जाएगा! सिंगापुर-हांगकांग के रेस्टोरेंट्स में ग्लास टैंक्स में तैरती जिंदा मछलियों, केकड़ों और लॉब्सटर्स को दिखाकर वे पूछते हैं कि इनमें से आप किस मछली, केकड़े या झींगे को पसन्द करेंगे और चुनाव के बाद वही जिंदा मछली, केकड़ा या शाही झींगा आपकी प्लेट में पक कर आ जाता है। सर! सोचिए... यह कितना अमानवीय है...?''

''तुम कहना क्या चाहते हो?'' चीफ ने पूछा।

''सर! झीलवाले इलाके को टूरिस्टों के लिए डेवलप जरूर किया जाये, लेकिन पिंजरों में कैद मुर्गाबियों और तीतर वगैरह को दिखाकर यह न पूछा जाए कि तुम किस पंछी का गोश्त खाना चाहोगे... और फिर हांगकांग, सिंगापुर की तरह उसे ही मार कर उसका मांस टूरिस्ट की प्लेट में पेश न कर दिया जाए!''

गौतम के चीफ रेड्डी साहब ने उसे गौर से सुना, समझा और बोले, ''हूँ! समझा, समझ गया... वैसे गौतम! मैं तुम्हें शाबाशी और मुबारकबाद देता हूँ... तुम्हारी रिपोर्ट मंजूर होकर रहेगी और सरकार से भी तुम्हें इसके लिए शाबाशी मिलेगी।''

''थैंक्यू सर!'' गौतम ने कहा तो चीफ बोले, ''अब एक और चुनौती भरा काम मैं तुम्हें सौंपना चाहूँगा... तुम जा के मध्य प्रदेश की कुक्षी तहसील के क्षेत्र को देखो और पता लगाओ कि आदिवासी बाघ गुफाएँ कितनी पुरानी हैं और उन गुफाओं की चट्टानों पर उत्कीर्ण मानव और पशु आकृतियाँ हमें क्या बताती हैं और कहीं वे किसी आदिवासी कबीले के सरदार द्वारा उत्कीर्ण करवाई गई आकृतियाँ तो नहीं हैं?''

''सर! मैं यह जिम्मेदारी भी सँभालूँगा! लेकिन अभी मुझे दो-तीन महीने की छुट्टी चाहिए क्योंकि मेरी माँ बहुत बीमार हैं।''

''ग्रांटेड!''

◆◆◆

[26]

गौतम की टूटी हुई आस्था और विश्वास का यह दूसरा बड़ा हादसा था कि जब वह माँ के पास उज्जैन पहुँचा तो माँ लगभग मौत के बिस्तर पर पड़ी थीं।

"अच्छा हुआ कि तू आ गया! सुन... यह उज्जयिनी महाकाल की नगरी है। इसे कालिदास ने कालजयी बनाया है। शिप्रा नदी यहाँ बहती है और यही महाकाल की दिशा को निर्धारित करने वाली नदी है... समय और दिशा, दोनों को यही नदी तय करती है! भारतीय काल निर्धारण और गणना का यही मेरुदण्ड है... अच्छा हुआ, तू आ गया। संतान का पुण्य मुझे मिल गया! महाकाल की इस नगरी में, अब विसर्जित होकर मुझे अनंत शांति मिलेगी..."

"ऐसी बातें क्यों करती हो माँ..." कहते हुए गौतम ने अपने आँसू पोंछे, तो माँ ने उसके सर पर अपना काँपता हाथ रखकर कहा—"सुन, हर माँ के पास बेतार का तारवाला एक यंत्र होता है, वह उसे सब कुछ बताता रहता है... मुझे मालूम है, तूने कैसे-कैसे खतरे और सदमे उठाये हैं... अब कुछ दिन घर पर आराम से बैठ..."

"वैसे तो माँ मैं तीन महीने की छुट्टी लेकर आया हूँ... मैं तुम्हारे पास ही रहूँगा।"

"तीन महीने... फिर उसके बाद?"

"अब मुझे सतपुड़ा के जंगलों में जाना होगा, जहाँ की गुफाओं में अपने पूर्वजों की अमूल्य धरोहर बिखरी हुई है!"

"अरावली के बाद अब सतपुड़ा की कंदराओं, वनों और खंडहरों में... फिर जरूरत पड़ी तो नीलगिरि चला जाएगा तू... तो क्या सारी उम्र तू इसी में लगा रहेगा? कुछ तो सोच अपने लिए। कोई संग-साथ ढूँढ़ ले, अपना दु:ख किसी से बाँट ले..."

"अरे माँ! तुम्हीं ने तो एक बार कहा था कि दु:ख किसी से बाँटा नहीं जाता, सहा जाता है... और अब तुम्हीं..."

गौतम पूरी बात कह भी नहीं पाया था कि दरवाजे की घंटी बजी। गौतम ने दरवाजा खोला तो जो सज्जन अंदर आये, गौतम उन्हें नहीं पहचानता था। उन्होंने आते ही उसकी माँ को प्रणाम किया, गौतम का परिचय प्राप्त कर वे बहुत प्रसन्न हुए, तब माँ ने ही बताया, "ये ठेकेदार साहब हैं, शिप्रा के तट पर गरीब तीर्थयात्रियों के लिए एक बड़ा-सा धर्मशाला बनवाने की मेरी इच्छा है। सोचा चलते-चलते यह पुण्य कार्य करती जाऊँ..."

"जी, माँ जी ने यह इच्छा दस-बारह महीने पहले प्रकट की थी, इसीलिए मास्टरनी जी की इच्छा के मुताबिक मैं नक्शे भी बना लाया हूँ... अब आप भी हैं, यह अच्छा है, पहले वाला नक्शा माँ जी को पसंद नहीं आया... अब मैं दो नक्शे लाया हूँ!"

ठेकेदार ने दोनों नक्शे वहीं जमीन पर सामने फैला दिये। गौतम नक्शे तो देख रहा था पर इस पशोपेश में था कि पैसा कहाँ से आयेगा? यह किस बिड़ते पर माँ ने इतनी बड़ी योजना बना डाली। नक्शा भी भव्य था। हर कमरे के साथ छोटे-से रसोईघर की भी व्यवस्था थी।

ठेकेदार से फिर मिलने की बात हुई और जब वह चला गया तो उसने माँ से पूछा, "माँ, मगर धर्मशाला बनवाने के लिए इतना पैसा कहाँ से आयेगा? जमीन भी तो खरीदनी पड़ेगी!"

"उसकी फिक्र तू मत कर। तेरे नाना ऐन शिप्रा के किनारे करीब साढ़े तीन एकड़ जमीन वसीयत में छोड़ गये हैं और तेरे बाबूजी के फण्ड का जो पाँच लाख था, वह बढ़ कर दस-ग्यारह लाख हो गया है। उसमें से मैंने एक पाई खर्चा नहीं की... और फिर मेरे पास भी कुछ पड़ा है..."

गौतम को माँ की इस बात पर अचरज भी हुआ।

"माँ! तुमने बाबूजी के फण्ड को हाथ नहीं लगाया, अपने वेतन में से भी बचा लिया, आखिर इतने कम में तुम काम कैसे चलाती रहीं?"

"बेटा! सुन, जब तक अपना देश गरीब है, हर औरत को तन ढँकने का कपड़ा, परिवार को दो जून खाने की रोटी और सर पर छप्पर नहीं मिल जाता, तब तक हमें अपने देश में शान-शौकत से रहने का अधिकार नहीं है! पहले मेरे पास बहुत कपड़े थे... तूने तो देखे हैं... पर जब से मैंने गाँधी जी के जीवन की एक घटना के बारे में जाना, तब से मेरा यह मन ही बदल गया।"

"कौन-सी घटना माँ?"

"गाँधी जी की लँगोटी लगाने वाली घटना... एक बार साबरमती नदी के किनारे गाँधी जी टहल रहे थे, उन्होंने देखा, एक गरीब औरत किसी तरह फटी-फटाई धोती से अपना बदन छिपाते हुए साबरमती में नहाने की कोशिश कर रही थी। तब गाँधी जी ने जैसे-तैसे अपनी पगड़ी कमर से लपेटी और धोती उतार कर उस औरत के लिए फेंक दी, तभी से वे सिर्फ लँगोटी पहनने लगे... लंदन की गोलमेज कांफ्रेंस तक में वे लँगोटी पहन कर ही गये। तब हमें गुलाम बनाकर रखने वाले अंग्रेजी साम्राज्य के प्राइम मिनिस्टर चर्चिल ने कहा था कि वे इण्डिया के इस नंगे फकीर गाँधी के साथ एक ही मेज पर बैठना मंजूर नहीं करेंगे। तब गाँधी जी

ने कहा था, आप अंग्रेजों की लूट-खसोट और शोषण की वजह से इण्डिया के बदन पर कपड़े ही नहीं हैं, तो मैं कपड़े कहाँ से लाऊँ? कहाँ से पहन कर आऊँ? तब उस गोलमेज कांफ्रेंस में साम्राज्यवादी चर्चिल को उनके साथ उसी मेज पर बैठने के लिए मजबूर होना पड़ा था...''

गौतम ने अपनी माँ को आश्चर्य से देखा था!

''अब मेरे पास चार धोतियाँ और चार फतोइयाँ हैं, उनसे अच्छी तरह मेरा काम निकल जाता है... इससे काफी पैसा बच गया है, तू चिंता न कर, लोग भी इस पुण्य कार्य में हाथ लगा देंगे... धर्मशाला आराम से बन जाएगा। अब तो तू ही इस पूरी सम्पत्ति का मालिक है, मैं न रहूँ तो भी गरीब तीर्थयात्रियों के लिए तू यह धर्मशाला जरूर बनवा देना। इससे उज्जयिनी के महाकाल में विलीन मेरी आत्मा को शांति मिलेगी!''

यह कहते-कहते माँ की आँखों में आँसू छलक आये थे और उन्हें सँभालते हुए गौतम ने उनके घुटनों पर अपना भाव-विह्वल सर टिका दिया था।

◆◆◆

[27]

गौतम के चले आने से सुमेरगढ़ के राजघराने ने राहत की साँस ली थी। वैसे पंछियों का कारोबार भी ढीला पड़ता जा रहा था। रतनपुर में युवराज जयसिंह की फ्रोजन मीट फैक्ट्री का काम तो शुरू हो गया था, पर समीरा के देहांत के कारण दोनों राजपरिवारों में मुर्दनी और उदासी छाई हुई थी। कुँवर जयसिंह का दिल पश्चाताप से भरा हुआ था। वे कहते तो नहीं थे पर जानते जरूर थे कि राजसी अहंकार और परम्परा से चले आते, पति होने के पुरुषोचित अधिकार के दंभ ने उनसे कितना जघन्य हत्याकाण्ड करवा डाला था। वह तो राजे-रजवाड़ों का चला आता दबदबा था कि कुँवर जयसिंह कानून की पकड़ से बच गये, नहीं तो साधारण समाज का कोई व्यक्ति होता तो वह हत्या के इल्जाम से बच नहीं सकता था। सुमेरगढ़ राज-परिवार ने भी इस भयानक हादसे पर पर्दा डाल देना ही जरूरी समझा था। सामंती समाज के चरित्र की यही उन्मादी खासियत है कि वह कोई भी गलत काम करने से पहले सोचता नहीं, कर डालने के बाद ही सोचता है। कुछ यही हाल कुँवर जयसिंह का था। अपने अहंकार के कारण वे समीरा के घरवालों से क्षमा भी नहीं माँग सकते थे, पर भीतर ही भीतर वे बहुत परेशान थे। इसीलिए अपनी फ्रोजन मीट वाली फैक्ट्री को लेकर अब वे बहुत उत्साहित नहीं थे, पर

उसमें लगे पैसे और इटली वाली कम्पनी की साझेदारी के कारण वे उसे बंद भी नहीं कर सकते थे।

••

उधर सुमेरगढ़ में अब दूसरी तरह की हलचल थी। मास्टरजी भी समीरा के अंतिम क्रिया कर्मादि के बाद लौट आये थे। महल में जो विचार-विमर्श चल रहा था, उसमें राय-मशवरे के लिए उन्हें भी शामिल किया गया था, क्योंकि कुँवर नरेन्द्र सिंह और दीवान द्वारिकादास का यह सोचना गलत भी नहीं था कि मास्टरजी को इस बात का मोटा-मोटा अंदाज होगा कि गौतम ने सरकार को जो रिपोर्ट दी है, उसमें खास बातें क्या हैं? जब यह बातें चल रही थीं, तब महाराज सुरेन्द्र सिंह भी मौजूद थे और दो बड़े वकील भी, जो अभी से इस मसले की तैयारी में लगे हुए थे किं अगर सरकार उनकी पुश्तैनी जायदाद को हस्तगत करती है तो उसके खिलाफ अदालत में अपना केस कैसे प्रस्तुत किया जायेगा?

तभी दीवान द्वारिकादास ने एक बड़ी नायाब योजना पेश की।

"महाराज! इससे पहले कि पुरातत्त्व सर्वेक्षण विभाग की सिफारिश पर सरकार कोई आदेश जारी करे, क्यों न हम उससे पहले ही उन पुरातन अवशेषों को बेच कर जो पैसा मिलता है, वह खड़ा कर लें! सरकार का आदेश या अध्यादेश आने के पहले ही हम यह काम कर डालें... फिर सरकारी आदेश आता है तो आता रहे... जब जायदाद ही नहीं होगी तो सरकार क्या कर लेगी? तब न रहेगा बांस न बजेगी बांसुरी!"

"लेकिन तब वह लोग तो फँसेंगे, जो प्रापर्टी महाराज साहब से खरीदेंगे!" एक वकील ने कहा।

"तो फँसा करें... हमें क्या लेना-देना? वह लोग जानें और सरकार जाने!" दीवान द्वारिकादास ने शातिराना अंदाज में कहा था।

"लेकिन यह तो एक तरह से जालसाजी होगी!" महाराज सुरेन्द्र सिंह ने कहा तो उन्हें समझा-बुझाकर खामोश कर लिया गया। यह तर्क भी दिया गया कि अभी किसी को क्या मालूम कि सरकार कुछ पुराने अवशेषों और झील के साथवाले पुरातन मंदिरों की शृंखला को हस्तगत करना चाहती है... यह तो सिर्फ हमीं लोगों को पता है क्योंकि सरकारी अधिकारी गौतम, पहले-पहल मास्टरजी के यहाँ किराये पर रहने आया था, नहीं तो हमें भी कहाँ कुछ पता होता!"

तब यही तय हुआ कि यह जानकारी किसी भी हालत में बाहर न जाने पाये

कि केन्द्र सरकार की निगाह सुमेरगढ़ रियासत के पुरातन ऐतिहासिक अवशेषों पर है।

••

छुट्टी खत्म हुई तो गौतम वापस आफिस पहुँचा। अगली योजना उसकी प्रतीक्षा में थी। एक सप्ताह बाद अधीक्षक ने उसे आदेश-पत्र देते हुए कहा, "गौतम! अपना सर्वेक्षण संभाग तुम्हारी रिपोर्ट की प्रामाणिकता और इतिहासगत साक्ष्यों से बहुत प्रभावित हुआ है! हम सभी तुम्हारी निष्पक्ष दृष्टि के बहुत कायल हैं और मैं इस बात के लिए तुम्हारी बहुत तारीफ करता हूँ कि तुम किसी प्रलोभन के शिकार नहीं हुए, नहीं तो आज का यह दौर इतना गिर गया है कि आदमी की ईमानदारी को टूटते देर नहीं लगती... और फिर यह बड़े-बड़े राजघराने तो किसी भी व्यक्ति के ईमान को कितनी भी कीमत दे कर खरीद सकते हैं!"

गौतम ने चुपचाप कृतज्ञता से सारी बातें सुन लीं, कुक्षी जाने का आदेश-पत्र लिया, फिर चलते-चलते इतना ही बोला, "सर! वह इलाका सतपुड़ा के जंगलों और पहाड़ों का है, क्या यह उचित नहीं होगा सर, कि मैं वहाँ सर्दियाँ शुरू होते ही चला जाऊँ..." उसने विनम्रता से पूछा था।

"कोई दिक्कत नहीं, तुम खुद ही तारीख तय कर लो... जाने लगो तो मुझसे मिलकर जाना।" अधीक्षक ने कहा।

वह नमस्कार करके चलने ही वाला था कि उसी का चपरासी दौड़ता हुआ आया और बोला, "साहब! आपके घर से फोन आया है..."

"क्या?"

"यहीं साहब के फोन पर कॉल ट्रांसफर हो गई है, यहीं बात कर लीजिए!"

गौतम का माथा ठनका... घर से फोन...! ऐसी क्या बात हो सकती है? तब तक चीफ रेड्डी साहब ने फोन उसे पकड़ा दिया था। दूसरी तरफ से वही ठेकेदार बोल रहा था, "गौतम बाबू! मैं ग्यारह बजे करीब आपकी माताजी से मिलने गया था। अचानक उन्हें दिल का दौरा पड़ा। मैं कुछ समझ ही नहीं पाया... लेकिन मैंने उन्हें ले जाकर फौरन अस्पताल में भर्ती करवा दिया है। वे आई०सी०यू० में हैं, आप फौरन पेश्तर आ जाइए।"

अधिक कुछ पूछने-पाछने का मौका ही नहीं था। गौतम उल्टे पैरों उज्जैन लौट पड़ा।

लेकिन गौतम जब तक माँ के पास पहुँचा, वे आखिरी साँस ले चुकी थीं!

◆◆◆

[28]

माँ की अंत्येष्टि के बाद गौतम वहीं शिप्रा में स्नान करके घर लौट आया था। माँ की मुक्ति के लिए जो अनुष्ठान और कर्मकाण्ड महा-ब्राह्मण और ब्राह्मणों ने बताये थे, वे उसने पूरे कर दिये थे। उसकी आँखों के आँसू सूख ही नहीं रहे थे। माँ के चले जाने के बाद वह निपट अकेला रह गया था। सूना घर अब उसे काटने को दौड़ता था। वह उज्जैन में अधिक रहा भी नहीं था, इसलिए उसका अपना मित्र-समाज भी वहाँ नहीं था। कभी-कभी वह ठेकेदार ही मिलने चला आता था, थोड़ी-बहुत औपचारिक बातें करके वह भी लौट जाता था।

अब गौतम के लिए घर नाम की कोई चीज नहीं रह गई थी। आखिर एक महीने बाद उसने दिल्ली लौट जाना ही ठीक समझा। शिप्रा किनारे नानाजी की जमीन पर तार की बाढ़ उसने खिंचवा दी थी। ठेकेदार से मिलकर उसने कहा था कि कुक्षी की अपनी सरकारी योजना का काम सात-आठ महीनों में पूरा करके वह जब आयेगा, तभी धर्मशाला बनवाने का काम हाथ में लेगा। तब तक वह नगर परिषद-जिला परिषद या जो भी सरकारी संस्थान हो, उससे निर्माण कार्य की शुरुआती औपचारिकताओं को निपटाने की दौड़-भाग शुरू कर दे।

और उसके दो-तीन दिन बाद ही अपने उज्जैन वाले घर में ताला लगाकर गौतम दिल्ली के लिए रवाना हो गया। दिल्ली पहुँच कर उसने दफ्तरी औपचारिकताएँ पूरी कीं, अपने चीफ रेड्डी साहब से जरूरी सलाह ली, और उनका आशीर्वाद लेकर वह चल पड़ा।

उसका काफी सामान तो अभी तक सुमेरगढ़ में ही पड़ा था। यहाँ तो वह अपना कामचलाऊ सामान ही लेकर आया था। गौतम को जरूरी लगा कि वह सुमेरगढ़ जाए और जो भी सामान वहाँ पड़ा है वह पैक करवा के कुक्षी भिजवा दे। सामान ढोनेवाली ट्रक कम्पनियों की वहाँ कमी नहीं थी। वैसे गौतम के मन में सुमेरगढ़ जाने के लिए कोई उत्साह नहीं था। वहाँ भी अब उसका कौन था... अब तो समीरा नाम का वह वृक्ष भी वहाँ नहीं था, जो उसके साथ न होते हुए भी साथ-साथ चलता था। जहाँ भी वह थक कर बैठता या रुकता था तो वह उसे छाया देता था। माँ के चले जाने के बाद अब तो गौतम के लिए कोई भी वृक्ष नहीं रह गया था। उसके सामने सिर्फ निचाट-सुनसान मरुस्थल फैला हुआ था...

पूरा एक वर्ष बीत गया था। सर्दियाँ फिर आनेवाली थीं... गौतम का मन बहुत उदास था, इसीलिए वह चाहता था कि अपने सर्वेक्षण के काम में डूब जाए। एक ही उम्मीद उसे थी कि सुमेरगढ़ में शायद मास्टरजी मिल जाएँ, और कुछ नहीं तो उनसे मिल लेगा... उनसे समीरा के अंतिम क्षणों की कुछ जानकारी मिल

सकेगी... फिर उसका मन इस इच्छा से भी विरक्त हो गया... आखिर समीरा भी तो बीता हुआ व्यतीत ही थी...

●●

आखिर दोपहर बाद गौतम जब सुमेरगढ़ रेस्ट हाउस में पहुँचा, तो बहुत थका हुआ था। उसकी गाड़ी पर धूल की परत जमी थी। चौकीदार ने उसका सामान कमरे में पहुँचा दिया था, वापस जाकर वह पानी का जग और रजिस्टर लेकर आया। गौतम ने रजिस्टर में नाम-पता दर्ज करने से पहले, वहीं मेज पर रखी मोमबत्ती को जलाया तो चौकीदार अचरज से उसकी ओर देखता रह गया—इस दोपहर में मोमबत्ती!

"साब! मोमबत्ती!"

"क्यों? तुम्हें नहीं लगता कि अँधेरा बहुत है!"

"अँधेरा... अभी तो दोपहर है साब!"

गौतम को झटका-सा लगा, यह बेचारा मासूम-सा चौकीदार उसके अंदर के अँधेरे को कैसे समझ पायेगा!...

"लो, तुम परेशान मत होओ, मैंने यों ही इसे जला दिया था!" कहते हुए उसने फूँक कर मोमबत्ती बुझा दी। कॉफी का एक प्याला पीकर वह पैदल ही बाहर निकल गया। चला तो था वह मास्टर दीनानाथ से मिलने, पर उसके पैर उसे झील की तरफ ही पहले खींच कर ले गये। झील पर पहुँच कर वह खोया-खोया-सा खड़ा रह गया। सब कुछ वही था... वही झील का नीला पानी, वही पहाड़ियाँ... वही पहचाना हुआ जंगल और पेड़, झाड़ियाँ और वही भीगा हुआ झील का तट। उठती छोटी-छोटी शांत लहरें और वही सम्मोहक दृश्य, जिन्हें वह देखता रहता था। वही चट्टानें... वही पंछियों का हल्का-हल्का शोर। पहले तो उसका मन उचट गया था... अब क्या रखा है इस नीली झील में... जो भी था, वह बीत गया है। अब तो दुनिया में वह निहंग अकेला है। कहीं भी उसका कुछ नहीं है! लेकिन न जाने कैसा आकर्षण था, जो उसे वहीं बाँधे हुए थे... उसी चट्टान से, जिस पर वह कभी-कभी समीरा के साथ बैठ कर वह घंटों बातें किया करता था। समीरा के साथ पंछियों को देखता था... और तब, जब सर्दियाँ आती थीं और प्रवासी पंछियों के झुण्ड के झुण्ड आकर झील पर उतरते थे, सारी प्रकृति उनके चहचहाने और पंखों की रेशमी सरसराहट के संगीत से गूँजने लगती थी...

लेकिन उसके लिए तो अब यह सारा निर्जीव और व्यतीत था... जिसका

उसके लिए कोई अर्थ नहीं रह गया था... वह पूरी तरह से अब वीतराग था। गौतम उठ कर मास्टर दीनानाथ से मिलने के लिए चलनेवाला था कि किसी ने उसे पुकारा—

"बाबूजी!"

उसने मुड़ कर देखा, बगल में बहेलिया-सा लगता एक आदिवासी खड़ा था। उसके हाथों में एक पिंजरा था, जिसमें चकोर पंछियों के बीस-पच्चीस जोड़े चहक रहे थे... गौतम ने उसे देखा।

"कुछ चाहिए बाबू?"

"क्या?"

"ये चकोर पंछी!"

"नहीं..."

"तीतर... बटेर..."

गौतम,चौकन्ना हुआ। उसके मन पर दस्तक-सी पड़ी। जानने के लिए उसने पूछा, "तीतर मिलेगा?"

"मिलेगा बाबू..."

गौतम ने उसे देखा, उसने गौतम को। वह बोला, "तुम यहाँ के नहीं लगते बाबू!"

"हाँ, मैं परदेसी हूँ!"

"तो तुम जहाँ ठहरे हो, वहाँ का पता बता दो... मैं बावर्ची को पहुँचा दूँगा..." बहेलिए ने कहा।

"मुर्गाबी मिलेगी?"

"मुर्गाबी अभी कहाँ बाबू... सर्दी और उतरने दो... मुर्गाबी की कमी नहीं रहेगी... तो तीतर या बटेर जो बोलो पहुँचा दूँ, पता बताओ... यहाँ का तीतर बहुत मशहूर है बाबू..."

"तुम यह दस रुपये रखो!" गौतम ने उसे पैसे देते हुए कहा, "आज तो नहीं, मैं कल तुम्हें बताऊँगा, तब तुम सरकारी गेस्ट हाउस में तीतर पहुँचा देना..." उस बहेलिए ने दस का नोट लेकर एहसान से उसे देखा तो गौतम ने मन में घुमड़ती हुई बातें पूछ ही ली, "क्या यहाँ शिकारी आने लगे हैं?"

"हाँ बाबू, खूब आते हैं... बस राजा साहब की फीस भरनी पड़ती है... छोटे शिकार की छोटी फीस, बड़े शिकार की बड़ी फीस। अब सर्दी उतरते ही जैसे-जैसे पंछी आयेंगे, वैसे ही शिकारी भी आने लगेंगे..."

यह सुन कर गौतम का मन कसैला हो गया... उसे लगा, कहीं न कहीं, यहीं कहीं समीरा की आत्मा विलाप करती हुई छटपटा रही होगी... बदन के दाग तो फिर भी मिट जाते हैं, मन के दाग तो कभी मिटते नहीं... बहुत कुछ ऐसा होता है जो बीत कर भी नहीं बीतता...

और तब अतीत का वह क्षण जीवित हो कर उसके सामने आ गया...

झील पर कुहासा भरा हुआ था। तब तक सुबह हुई नहीं थी। एक आवाज आई थी—रुक जाओ! लेकिन कोई था जो रुका नहीं था... और फिर बंदूक चलने की तड़तड़ाती आवाज। सारी प्रकृति दहल गई थी... सोये हुए पंछी भय से चीखते हुए इधर-उधर दिशाहीन-से उड़ने लगे थे। तब वह खुद भी तो यहीं खड़ा था। ठीक इसी जगह... अवसन्न-सा। तभी दूसरी गोली चली थी। सन्नाटा दूसरी बार टूटा था... और तब वह छाया बुरी तरह डगमगाई थी। उसके सफेद शाल पर खून की धार बह रही थी... और तब पाँच सात लड़खड़ाते कदमों के बाद वह छाया किसी परकटे परिंदे की तरह झील में जा गिरी थी।... फिर भी वह जैसे-तैसे तैरते हुए इसी किनारे की ओर आने की कोशिश कर रही थी। उसके बहते हुए खून की लकीर उसका पीछा कर रही थी। उसका शाल झील की सतह पर कफन की तरह पड़ा हुआ काँप रहा था...

''अच्छा बाबू... हम चलते हैं!'' बहेलिए की आवाज से वह जैसे जागा था।

''ठीक है...'' गौतम बोला था और वहीं खड़े-खड़े उसे लगा था कि बीतता तो कुछ नहीं। कुछ भी व्यतीत नहीं है... वह बीतने से इनकार करता रहता है...

●●

आखिर गौतम मास्टर दीनानाथ से मिलने चल पड़ा था। उनके घर पहुँचा तो उसे देखते ही मास्टरजी ने उसे अपनी बाँहों में भर लिया।

''अच्छा हुआ गौतम तुम आज आये... मैं कल रात ही लौटा...''

''कहीं बाहर गये थे आप?''

''हाँ, दिव्या के पास!'' मास्टरजी की आवाज खुशी से छलक रही थी।

''दिव्या के पास!'' गौतम आश्चर्य और अविश्वास से मास्टरजी को देखता रह गया, ''दिव्या के पास...''

''हाँ, गौतम! हाँ... मुझे भी विश्वास नहीं हुआ था... कि ऐसा भी कभी हो सकता है! पर वही हुआ जो मेरा मन सोचता था। मेरा मन हमेशा कहता था कि

वह आत्महत्या कर ही नहीं सकती... है न यह एक नितांत अनहोनी बात...''

"अनहोनी ही नहीं, आश्चर्यजनक और अद्‌भुत!... दिव्या है कहाँ?''

"बताता हूँ, सब बताता हूँ...'' कहते हुए मास्टरजी उसके साथ वहीं बैठ गये थे। उन्होंने विस्तार से बताया था, "गौतम सुनो, दिव्या ने आत्महत्या नहीं, आत्मनिषेध किया था! दुनिया में सब को सब-कुछ तो मिलता नहीं... उसने भी समझ लिया था कि यही उसके जीवन की सच्चाई है... जो दिव्या को नहीं मिल सका था, उस शून्य की पूर्ति उसने अपने अंतरतम की ऊर्जा से किया था, वह एकांत चाहती थी, इसीलिए वह अपनी चप्पलें, शाल, पर्स त्याग कर एकांतवास में चली गई थी... इसलिए कि उसे मृत मान लिया जाए, तलाशा न जाए...''

गौतम साँस रोके सुन रहा था।

"फिर कई वर्षों और समीरा की शादी के बाद जब समीरा ने पुत्र विक्रम को जन्म दिया था, तब सप्ताह भर चलने वाले उत्सवों में एक भजन संध्या का आयोजन भी हुआ था। उसी में एक गायिका ने बड़ी तन्मयता से भजन गाये थे... उसकी आवाज की कशिश से मैंने और समीरा ने उसे पहचाना था... हम असमंजस में थे, विश्वास नहीं कर पाये थे... पर मन कहता था, वह गायिका दीपशिखा नहीं, दिव्या ही है, लेकिन जब तक मैं उससे मिल पाता या समीरा उसे बुलाती, वह अपनी भजन मण्डली के साथ वापस जा चुकी थी... वह न समीरा से मिली, न हम से... तब मन में संदेह हुआ कि उसने तो हमें और समीरा को अवश्य पहचाना होगा, वैसे वह जानती भी होगी कि रतनपुर की छोटी रानी है समीरा... तब वह बिना मिले कैसे और क्यों चली गई?... तभी से मैं उसे तलाश रहा था। समीरा के कारिंदों से उसके ठौर-ठिकाने की जो-जो जानकारी मिली, मैं सब जगह उसे तलाशने गया... मैं निराश तो नहीं हुआ, पर हताश अवश्य हो गया था... उसके बाद तो समयचक्र इतनी तेजी से घूमा कि समय ही नहीं मिला। ...समीरा का दु:खद देहांत, ...मैं रतनपुर से जब लौटा, तब तक तुम भी वापस जा चुके थे...''

"फिर वह मिली कैसे?''

"कुरुक्षेत्र में एक लोकगीत-संगीत सम्मेलन हुआ था, वहीं वह मिली! उसका नाम अब दिव्या नहीं, दीपशिखा था! उसने आत्महत्या का भ्रम रचने के बाद अपना नाम बदल लिया है!''

"ओह... तो अब उससे मिलना कैसे सम्भव होगा? उसने कोई स्थान तो बनाया होगा?''

"नहीं... उसने संन्यास ले लिया है... वह कभी उत्तर, कभी दक्षिण, पूरब

या पश्चिम के मंदिरों में भक्ति गायन के लिए घूमती रहती है। मैंने उससे बहुत कहा, पर उसने घर आने से बिल्कुल मना कर दिया। उसने मीराबाई की तरह अपना जीवन साकार ब्रह्म को समर्पित कर दिया है... कब कहाँ होगी, कुछ पता नहीं... हो सकता है, कभी कहीं, वह अक़स्मात तुम्हें मिल जाए!"

◆◆◆

[29]

गौतम उठा, तब अँधेरा था। सर्दी भी कल से कुछ ज्यादा थी। वह उठ कर झील की तरफ टहलने चला गया। उसके पैर उसे बार-बार झील की तरफ ही ले जाते थे, जैसे कि पैरों की यही आदत पड़ गई हो... काफी देर तक वह झील पर टहलता भी रहा और भटकता भी रहा। झील के पानी पर कोहरे की हल्की परत बिछी थी। वह झाड़ियों के पास से गुजरा तो उसके कदमों की आहट पाते ही कई बार तीतर एक झाड़ी से निकल कर ज्यादा घनी झाड़ी में छुप जाते थे... काफी देर तक वह बेमकसद टहलता रहा। गिलहरियों को पेड़ पर चढ़ते-उतरते, घास में टिड्डों को फुदकते देखता रहा। जंगली घास के फूलों पर मधुमक्खियों का आना-जाना, पंखुड़ियों की कोख में थोड़ा-सा विश्राम और मधुसंचय करके उड़ जाना... डबडबाई आँख की तरह झील का किसी को अपलक देखते रहना... तट की घास को पानी से भिगोते रहना, पानी में पड़ती छायाओं से नि:शब्द बात करना... हवा चले तो झील के पानी का धीरे से हँस पड़ना... वृक्षों में छिपे घोंसलों से पंछियों के जागने की आहट और पुकारती आवाज के साथ किसी टिटहरी का तीर की तरह गुज़र जाना...

टिटहरी की पुकारती आवाज उसे लौटा लाई थी। देखा, सुबह हो चुकी थी।

●●

गौतम रेस्ट हाउस पहुँचा तो चौकीदार ने चाय का प्याला और अखबार लाकर मेज पर रख दिया।

"साब, नाश्ता कितने बजे करेंगे?"

"यही साढ़े आठ, नौ बजे। दो के लिए..." वह कल ही मास्टरजी से नाश्ते पर आने के लिए कह आया था। चाय पीते-पीते वह अखबार भी देखता रहा। कोई खास खबर नहीं थी। अखबार बंद करने लगा तो अंतिम पेज पर छपे बड़े से विज्ञापन पर उसकी नजर पड़ी। विज्ञापन उसने गौर से पढ़ा। दो-तीन बार पढ़ा।

विज्ञापन पढ़ कर वह चकित था। एक प्याला चाय और मँगा कर उसने विज्ञापन का एक-एक शब्द फिर पढ़ा।

विज्ञापन सुमेरगढ़ नगर में स्थित महाराज सुरेन्द्र सिंह के पाँच पुश्तैनी और निजी महलों, पंद्रह विशेष स्थानों आदि की बिक्री का था। इनमें शामिल था—उत्तर वाला रंगमहल, उसी के पासवाला झूलामहल, खण्डहर हो गया प्राचीन संस्कृत विद्यालय और उसकी जमीन, सावन-भादों वाली रंगशाला और नीली झील का क्षेत्र। इनमें से संस्कृत विद्यालय और नीली झील वाले क्षेत्र को पट्टे पर दिये जाने का प्रावधान था।

विज्ञापन सुमेरगढ़ नगर परिषद की ओर से महाराज सुरेन्द्र सिंह की सहमति और अनुमति से जारी किया गया था!

गौतम गहरे सोच-विचार में डूब गया। गनीमत यह थी कि विज्ञापन में वे पुरातन इमारतें और स्थल नहीं थे जिनके अधिग्रहण की सिफारिश उसने की थी। नीली झील वाले क्षेत्र से प्राचीन पचपन मंदिरों वाली उस श्रृंखला को अलग कर दिया गया था... जो पुरातात्त्विक महत्त्व की थी! अभी वह यह सब सोच रहा था कि मास्टरजी आ गये।

"आपने यह विज्ञापन देखा है मास्टरजी?"

"हाँ, देखा हैं... पिछले पच्चीस दिनों से हर रोज निकल रहा है! यह बहुत बड़ी साजिश है!"

"साजिश!"

"हाँ महाराजा साहब ही यह जायदाद नगर परिषद खरीद चुकी है। नगर परिषद इसका सत्तर करोड़ रुपया महाराजा साहब को पहले ही अदा का चुकी है।"

"सत्तर करोड़... नगर परिषद इतनी अमीर है क्या?"

"नहीं, नगर परिषद ने तो कुल एक करोड़ लगाया है, बाकी विदेशी बैंकों से कर्ज उठाया गया है!... सब ने मिल-बाँट कर खाया है... पहले महाराजा साहब की ओर से परिषद को प्रापर्टी बेचने का निवेदन भिजवाया गया, फिर मेम्बरों को यह भरोसा दिलवा कर कि यह प्रापर्टी खरीदने में मुनाफा ही मुनाफा है, परिषद में प्रस्ताव पास करवाया गया..."

"लेकिन परिषद के अपने भी तो नियम कानून होंगे?"

"नियम कानून गये भाड़-चूल्हे में! यह सब दीवान द्वारिकादास की जालसाजी है... यहाँ का कलक्टर समीरा के पति कुँवर जयसिंह का पुराना दोस्त है... कलक्टर और नगर परिषद के अध्यक्ष की मिली-भगत से यह सब संभव

हुआ है। रहे नियम-कानून, वे कलक्टर की राय से दीवान द्वारिकादास के घर में बनते हैं!''

''यह तो बहुत बड़ा घपला है!''

''है तो हुआ करे। बिचौलियों की जेबें गरम हो गईं! महाराजा साहब को खड़ा पैसा मिल गया... अब विज्ञापन निकल रहा है, प्रापर्टी बिके न बिके... उसकी बला से!''

''लेकिन बैंकें तो अपना ब्याज लेंगी... जनता का पैसा तो डूब जायेगा!''

''डूबे तो डूब जाय... और देखना, नगर परिषद का अध्यक्ष जान-बूझकर अगले इलेक्शन में हार जायेगा। जो नया अध्यक्ष बनेगा, ठीकरा उसके सिर फूटेगा, सड़कें बनेंगी नहीं, बिजली मिलेगी नहीं, तनख्वाहें बँटेगी नहीं!...''

गौतम गौर से सब सुन रहा था। मास्टरजी अपनी रौ में बोलते जा रहे थे, ''कौन खरीदेगा बीस करोड़ में रंगमहल! सत्तरह करोड़ में रंगशाला! चौदह करोड़ में संस्कृत विद्यालय का खण्डहर... और वह तमाम ऊसर पड़ी जमीनें... दौड़ मैदान सोलह लाख! अर्नी साहब का भुतहा बंगला-तीस लाख...''

''नगर परिषद ने सबके दाम तय कर दिये हैं?'' गौतम ने जानना चाहा।

''हाँ... सबके नक्शे परिषद के आफिस में टंगे हुए हैं। दाम लिखे हुए हैं। ...और वह झील और दलदल, जहाँ तुम टहलने जाते थे, नौ लाख में! कोई भला खरीदेगा उस दलदली झील और भुतहा बंगले को?...''

तब तक नाश्ता आ गया था।

नाश्ता करते-करते सामान वगैरह पैक करने और ट्रक कम्पनी के बारे में भी गौतम ने सलाह-मशवरा कर लिया। सामान ज्यादा था भी नहीं, आधे से ज्यादा तो जल ही चुका था। मास्टरजी ने सामान पैक करवाने का जिम्मा ले लिया था। मास्टरजी ने तो यहाँ तक कहा था कि वो सामान भिजवा भी देंगे। जरूरत पड़ी तो मदद के लिए वो थापा को बुला लेंगे!

''थापा यहीं है क्या?'' बड़ी उत्सुकता से गौतम ने पूछा था।

''हाँ, उसका बेटा यहीं था न... वह महकमा जंगलात में फारेस्ट आफीसर है। रिटायर होने के बाद थापा यहीं बेटे के पास रहता है।'' मास्टरजी ने बताया।

''थापा के बहुत एहसान हैं मुझ पर...'' गौतम ने कृतज्ञता से कहा, ''उन मुश्किल दिनों में थापा ने कई बार मेरी रक्षा की थी... और सबसे बड़ी बात तो यह कि थापा ने ही मेरी रिपोर्ट दिल्ली पहुँचाई थी!''

मास्टरजी चलने लगे तो किराये वगैरह का बकाया पैसा और सामान वगैरह

भिजवाने के लिए कुछ पेशगी पैसा उन्हें थमाते हुए गौतम ने कहा था, "ठीक है मास्टरजी दिव्या से कभी मिलना हो तो उसे मेरा नमस्ते कह दीजिएगा... तो फिर मैं कल सुबह सतपुड़ा के शालवनों की ओर कुक्षी के लिए निकल जाऊँगा..."

◆◆◆

[30]

लेकिन सुबह बहुत जल्दी उठ जाने के बावजूद गौतम सतपुड़ा के जंगलों की ओर निकल नहीं पाया। सही बात तो यह थी कि वह रात भर सो नहीं पाया था। जैसे-तैसे अजीब-अजीब ख्यालों और भावनाओं की उलझी हुई रात उसने गुजारी थी। उसका मन भटकता रहा था माँ के लिए... वह अपने मन और माँ को दिये वचन को लेकर खुद से उलझता रहा था। उसने कई बार रो-रो कर माँ से क्षमा माँगी थी और वह जानता था, माँ से ज्यादा क्षमाशील कोई नहीं होता। माँ उसे जरूर क्षमा कर देंगी...!

●●

सुबह की चाय पीकर वह दस बजने की प्रतीक्षा करता रहा। दस बजते ही वह नगर परिषद के कार्यालय की ओर चल दिया। वहाँ पहुँचकर उसने बिक्री वाली जायदाद के नक्शे वगैरह देखे। संबंधित अधिकारी से मिलकर उसने सभी जरूरी जानकारियाँ इकट्ठी कर लीं और औपचारिकताओं का ब्यौरा ले लिया था। सारी सूचनाएँ इकट्ठी कर लेने के बाद उसका उज्जैन जाना जरूरी हो गया था।

गौतम ने दो हफ्ते की छुट्टी की अर्जी हेड आफिस को भेज दी और उज्जैन के लिए रवाना हो गया। उज्जैन पहुँचा तो उसे माँ की यादों ने तरह-तरह से घेरा था। वह शिप्रा के तट पर गया, जहाँ उसने माँ की अंत्येष्टि की थी। वहाँ भी गया, जहाँ उसने माँ की अस्थियाँ विसर्जित की थीं। आँसू भरी आँखों से उसने बार-बार माँ से क्षमा माँगी थी। शिप्रा तट पर बैठ कर उसने माँ से बात की थी... माँ, तेरे पास तो मन की बातें जान लेने वाला और सब कुछ बता देने वाला बेतार का यंत्र है... तू सब कुछ जान रही होगी... धर्मशाला बनवाने की तेरी इच्छा थी... माँ, शिप्रातट पर न सही, पर मैं धर्मशाला ही बनवाने जा रहा हूँ...।

आँखें पोंछ कर वह उठा था और दूसरी सुबह सुमेरगढ़ के लिए चल पड़ा था।

●●

सुमेरगढ़ पहुँच कर गौतम सबसे पहले थापा से मिलने गया था। थापा के लड़के का मकान उसने तलाश लिया और अच्छा हुआ कि थापा घर पर ही मिल गया था। मास्टरजी को सारी बात बता देना भी गौतम को जरूरी लगा था। मास्टरजी उसके फैसले से सहमत नहीं थे, लेकिन वे उसे रोक भी नहीं सकते थे। इसलिए मास्टरजी भी गौतम के साथ दौड़-भाग में लग गये थे। आखिर नगर परिषद के साथ खरीद-फरोख्त की सारी औपचारिकताएँ पूरी हो गईं! रजिस्ट्री वगैरह की सारी कार्रवाई भी पूरी हो गई।

अब गौतम नीली झील का मालिक था।

●●

सुबह उठकर वह झील पर गया था।

सर्दी तो शुरू हो ही चुकी थी। वहीं चट्टान पर खड़े होकर उसने देखा... पानी पर छाई भाप की परत... लगता था कि जैसे झील सांस ले रही हो... सामने, झील के किनारे प्रवासी पंछियों का एक कुनबा शायद कल शाम या रात को ही उतर चुका था!

गौतम ने माँ को याद करते हुए मन ही मन कहा था—"माँ, जो धर्मशाला तुम बनवाना चाहती थीं, उसे मैंने प्राणीमात्र की धर्मशाला बनवा दिया है...।"

फिर बहुत ही खामोशी से समीरा को याद करते हुए उसने यही कहा था—"समीरा, मैं इतना ही कर सकता था...।"

●●

और उस मुख्य सड़क पर, जहाँ से झील की सरहद शुरू होती थी, वहाँ पर थापा एक बड़ा-सा बोर्ड लगा रहा था—

"पंछियों का धर्मशाला,
यहाँ शिकार करना मना है।"

◆◆◆